Angelika Overath

Ein Winter
in Istanbul

Roman

btb

Einen Winter will Cla, Religionslehrer aus dem Engadin, in Istanbul verbringen. Er arbeitet an einer Studie über die Konstantinopel-Mission von Nikolaus von Kues. Doch kaum lernt Cla den jungen türkischen Kellner Baran kennen, taucht er mit ihm ein ihn die Stadt: Sie streifen durch die Gassen und über Märkte, sitzen am Meer und in Cafés, gehen ins Hamam. In ihren Gesprächen prallt die spätmittelalterliche Welt mit ihrer Trennung in Ost- und Westkirche unmittelbar auf das religiös gespaltene Istanbul der Gegenwart. Bei einem geheimen Treffen der Derwische erlebt Cla, wie nah sich christliche Mystik und islamischer Sufismus sein können. Ohne es zu wollen hat er sich in Baran verliebt. Erst als seine Verlobte aus der Schweiz zu Besuch kommt, begreift Cla, wie weit er aus seinem Leben gefallen ist.

ANGELIKA OVERATH wurde 1957 in Karlsruhe geboren. Sie arbeitet als Reporterin, Literaturkritikerin und Dozentin und hat die Romane »Nahe Tage«, »Flughafenfische«, »Sie dreht sich um« und »Ein Winter in Istanbul« geschrieben. »Flughafenfische« wurde u. a. für den Deutschen und Schweizer Buchpreis nominiert. Für ihre literarischen Reportagen wurde sie mit dem Egon-Erwin-Kisch-Preis ausgezeichnet. Sie lebt in Sent, Graubünden.

Für Manfred,
in Erinnerung
an einen Tübinger Winter
vor vierzig Jahren.

For us, there is only the trying.
The rest is not our business.
T. S. Eliot

Inhalt

I. Eminönü

Drei Wasserstraßen und ein Schal

1

Für einen, der aus den Bergen kam, war diese Stadt die Hölle. Er stutzte, als er das dachte, denn er wollte korrekt sein. Eine Vorhölle, korrigierte er sich. Er zögerte und sah hinunter auf die mit weiten Schwingen kreuzenden Möwen. Gut, die schönste aller möglichen Vorhöllen vielleicht. Er faltete seine Serviette zusammen.

In beiläufiger Grazie hatte der Kellner einen türkischen Kaffee auf das weiße Tischtuch gestellt, sich leicht verneigt, und schon war er mit einer Drehung wieder von ihm entfernt und weiter auf anderen Umlaufbahnen durch die Ordnung des gläsernen Speisesaals. Cla sah ihm nach, nicht ohne ihn um die fraglose Sicherheit seiner Haltung zu beneiden. Auch hatte der Mann schöne Hände.

Oder konnte Anmut täuschen?

Cla blickte in die Tulpenmuster-Tasse mit der schwarzen Mitte. Sie hatte etwas Pralinenhaftes. Und dann lag, als sollte die Süße dieser Erscheinung noch gesteigert werden, ein Würfelchen eingedickten Sirups mit Pistazieneinschlüssen daneben, ein rosa-lindgrüner Happen, in Puderzucker gewendet.

Er nahm einen Schluck und steckte sich die Beigabe in den Mund. Es schmeckte bitter und nach der leichten Süße von Rosenwasser. Unter ihm lag die verkehrsreiche Passage zwischen Neuer Moschee und Busbahnhof. Graubunte, wie von irrer Hand aufgefädelte Autostränge, durchzogen vom Gelb der Taxis, liefen über den Asphalt, manchmal schienen einzelne Perlen wegzuspringen, Menschenmuster flossen ineinander, gegeneinander. Schiffe wichen sich aus mit dröhnenden Lauten, die Cla an Kühe erinnerten, an das Aufstöhnen von Stieren. Ihn schwindelte. Er kam aus einem Dorf auf fast 1800 Metern Höhe. Da war jeder ein Besonderer, und man grüßte einander, wenn man sich begegnete. Selbst aus dem Auto heraus.

Er dachte daran, daß er gelogen hatte. Nicht gelogen. Er war nur nicht genau gewesen. Das machte einen Unterschied. Wäre er genau gewesen, säße er nicht hier. Er nahm einen zweiten Schluck Kaffee und sah in die übriggebliebene schlammige Schwärze. (Er könnte den kleinen Matsch auf die Untertasse stürzen und dann, wie er es einmal an einem Nachbartisch beobachtet hatte, aus den verbleibenden Schlieren im Tassenrund seine Zukunft lesen. Wenn er es könnte.) Aber waren die Lügen, die keine Lügen waren, nicht die schlimmsten? Man kam mit ihnen so leicht davon.

Wie groß diese Möwen waren. Raubvogelhaft streckten sie ihre gebogenen Schnäbel nach vorn. Das graumelierte Gefieder ihrer ausgespannten Flügel blieb ruhig. Sie segelten, als verzögerten sie die Zeit. Er sah auf die Rücken ihres Gleitens.

Er saß hier im vierten, fünften oder sechsten Stockwerk eines Restaurants, das durch seine verglaste Fassade die Besucher schon mit Aussicht fütterte. Goldenes Horn, Bosporus und die Ahnung des Marmarameers. Eminönü, die Landspitze, an der drei Wasserstraßen zusammenkommen. Der Beginn von Byzanz. Das Zentrum des alten Konstantinopel.

Er hatte gelogen und nicht gelogen. Wenn er etwas verstehen wollte von Ereignissen, die hier vor knapp 600 Jahren stattgefunden hatten, dann mußte er herkommen! Die alten Steine anfassen. Die Stadt riechen. Hören. Ja, schmecken auch. Nicht alles war lesend zu begreifen. Er wollte noch einmal Augenzeuge werden und in aller Demut die Räume ernst nehmen. Die byzantinischen Kirchen, die Land- und Seemauern, Festungen, Handelshäuser, die aufgegebenen Sufiklöster. Auch die Räume, die sich keiner Menschenhand verdankten, die Hügel, die Wasser, die Himmel über den Wassern. Raum und Zeit lagen im Streit miteinander. Die Zeit galt in der Epoche der Beschleunigung als Siegerin. Aber war vorbei tatsächlich vorbei? Erzählten nicht Meere, Ufer, Wolken, erzählte nicht das Licht am Bosporus über das Vergehen hinweg noch davon, wie es hier einmal war? 600 Jahre sind eine lange Weile. Und ein Wimpernschlag.

Und doch. Er war nicht gekommen, um recherchierend, nacherlebend zu forschen. Zumindest vor sich mußte er das zugeben. Er war pflichtbewußt genug, um hier zu arbeiten, sicher. Schließlich war er Stipendiat der Stiftung einer Schweizer Privatbank, die sich auf den Dialog zwischen den Religionen konzentrierte. Sie ermöglichte ihm einen Winter lang den Aufenthalt in Istanbul, verbunden mit dem Wohnrecht in einem Kolleg in Tarabya. Tarabya war einer der letzten Vororte der Stadt, wenige Kilometer vom Schwarzen Meer entfernt. Von seinem Zimmer aus sah er direkt auf den Bosporus.

Er war Gymnasiallehrer, Deutsch, Religion und Ethik, an einer internationalen Schule im Engadin; ein solches Stipendium konnte als Fortbildung durchgehen. Man hatte ihn für drei Monate beurlaubt.

Er gab dem Kellner, der mit seiner fast bodenlangen Schürze an einer Säule lehnte und der, wie er, durch die Frontscheiben hinausgesehen hatte und sich nun wieder dem Saal zuwandte, ein Zeichen, er wolle bezahlen.

Und gleichsam schutzlos, hier oben ausgesetzt, in diesem aquariumhaften Raum, spürte er, was für ein unsicherer Stipendiat er war. Und welch vager Geliebter, der alle täuschte.

Der Kellner hatte ihm durch eine nickende Geste geantwortet und war verschwunden, um mit einer Mappe aus Kunstleder zurückzukommen. Er legte sie auf den Tisch und entfernte sich. Cla griff danach.

Er war hier, weil er am Ende war.

Er sah auf die Rechnung, legte Geld zwischen die zwei Deckel, klappte das Plastikteil wieder zu. Waren gut zehn Prozent Trinkgeld in Ordnung?

Er war hier, weil er am Ende war.

Nein, er wollte nicht übertreiben. Jemand wie er war nie am Ende, weil jemand wie er gelernt hatte, auch am Ende weiterzumachen. Dramen waren nicht sein Stil.

Er war müde und ein Windspiel aus Zweifeln.

Tief unter ihm rückten die Bewegungsfolgen des Nachmittagsverkehrs in ein Fernbild und wurden erträglich. Murmeln aus eines Gottes Hand, nachlässig auf ein Spielfeld geworfen.

Er lehnte sich zurück. Schon vor Jahren hatte er das Rauchen aufgegeben. Aber manchmal kam unerwartet das Verlangen nach einer Zigarette zurück. Als könne das Inhalieren ihn leichter werden lassen. Und mit einem Erschrecken dachte er jetzt an sie, an ihre Haut. Auf einmal war sie ihm nah. Näher als oft, wenn er ihren dünnen Körper im Arm hielt. Und so brachte ihn die Erinnerung an ihren Geruch zu der Lüge, die keine war. Nur ein Zögern, ein Zaudern, ein Ausweichen.

Und die deshalb doch eine war.

Hier oben über den raubvogelhaften Möwen dachte er leichter an sie. Er dachte sie licht. Hell. Als ein verwaschenes Blau. Gestreiftes Leinen. Ein häusliches Blau. Nicht dieses radikale Blau des Engadiner Himmels, ein bisweilen fast aggressiver Azur, vor dem man nur in die Knie gehen konnte. Kapitulierend in seinem kleinen Menschsein. Sie war mild, klar. Ein heimatliches Aquamarin auch. Die Farbe des Gletscherflusses seines Tals, manchmal. Oder das Blau der winzigen Schmetterlinge im Schwarm an seinen Sommerufern. Oder ein Flachsblau, wehend. Er sah sie in ihrer taubenblauen Strickjacke mit den Perlmuttknöpfen, er sah ihren schmalen Hals, der ihrem weißen Blusenkragen entstieg, ihren Nacken, den seine Hand besser kannte als sein Blick. Ihre dunklen Augen, die größer wurden, wenn sie lächelte, ihn anlächelte, ein Schmelzen, ein leichtes Verschwimmen im Schauen, den Kopf zurückgelegt, das braune Haar nach hinten gebunden. Er liebte sie. Falls er lieben konnte. Sagte er sich jetzt.

Alva und er waren ein schönes Paar, das fanden alle. Und er wußte es auch. Und sie tat, als wisse sie es nicht. Blieb scheu. Und dabei doch selbstsicher. Das Wort »tierhaft« fiel ihm ein. Und er präzisierte: ein Tier, das an eine Lichtung kommt.

Sie wurde jetzt 35, eine mädchenhafte Frau, Sport- und Romanischlehrerin an der Kantonsschule in Chur. Ein Kollege, der neu an die Schule kam, hatte sie letzthin für eine Maturandin gehalten. Das hatte sie ihm mit einem Hauch von Spott erzählt und dabei eine Haarsträhne hinter ihr blasses Ohr gestrichen. Nun gut, er rückte die Tasse von sich weg, ihm sah man seine 45 Jahre auch nicht an. Er stand auf.

Sie würde ihn besuchen.

Der Kellner war noch nicht wieder aufgetaucht. Und Cla bemerkte, daß er einer der letzten Gäste war. Drei Tische von ihm entfernt saß ein dicklicher Herr, der, ein Glas Raki vor sich, Russisch auf einen blondierten Teenager in zu engem T-Shirt und mit bürstenfalschen Wimpern einredete. Am Tisch neben ihm tuschelten zwei junge Frauen. Eine, die dunklen Augen in Kajal gebettet, trug ein schwarzes Kopftuch, die andere hatte ihre rötlichen Haare zu kurzen Zöpfen gebunden, die schräg abstanden. Jetzt lehnten die beiden, über den Tisch hinweg, ihre Wangen gegeneinander und konzentrierten ihr Lächeln auf das Rechteck eines Handys, das die Frau mit dem Kopftuch armlang von sich streckte. Sie machten Photos. Jedes Klicken schien ein neues Auflachen auszulösen.

Auf einmal hätte er gerne einen weiteren Geldschein in das Couvert gelegt. Für einen Schweizer waren die Preise in Istanbul niedrig, selbst in diesem wohl eher teuren Restaurant. Aber er schämte sich. Er wollte nicht wirken wie einer, der unsicher war. Und so nahm er seine Tasche, rückte seinen Stuhl an den Tisch und ging, den jungen Türkinnen höflich zunickend, aufrecht durch die weiß eingedeckten Reihen mit den Gläsern, die auf dem Kopf standen, langsam aus dem Saal hinaus.

2

Er nahm nicht den Aufzug, sondern stieg das Treppenhaus hinunter, um den kommenden Schock abzuschwächen. Stufenweise tauchte er ein in die Energien der Metropole. Über dem Grundlärm der beschleunigenden und abbremsenden Autos, ihrem aufkreischenden Hupen und dem dunkleren Stöhnen der Schiffe, hatte ein Muezzin zu singen begonnen. Seine Stimme wurde verstärkt durch einen Lautsprecher minderer Qualität, was sie verdarb. Um Sekunden versetzt hob etwas entfernt ein zweiter Muezzin an, ein dritter. Der Himmel war ein Echoraum aus religiösem Klang. Und die Möwen schrien.

Er trat hinaus auf den Platz, duckte sich an den rufenden Männern vorbei, die aus verglasten Rollwägen Sesamkringel anboten; Kastanienverkäufer schlugen mit Eisenzangen kriegerisch Synkopen gegen das Metall ihrer Öfen, um im nächsten Moment die röstenden Kerne einzeln und mit Andacht zu wenden. Laufburschen machten brüllend auf die schaukelnden Schiffe an der Galatabrücke aufmerksam, wo man Brötchen kaufen konnte, gefüllt mit Makrelenfilet, Zwiebeln und Salat. Es windete. Eine kalte Bö brachte den Geruch von gebratenem Fisch und Benzin. Instinktiv versuchte Cla, sich zu schützen, wandte sich ab von dem vielspurigen Verkehrsareal und überquerte den weitläufigen Platz zurück in Richtung Ägyptischer Basar. Er ging nicht in die Halle hinein, an deren Eingang Sicherheitsbeamte mit Handdetektoren standen, flankiert von jungen Polizisten, die ihre Sturmgewehre senkrecht in beiden Händen hielten, wie zu große Puppen. Unversehens geriet er in die Gasse, die an der Außenmauer des Gebäudes vorbeiführte.

Offene Verkaufsstände waren übergossen mit Halden von Nüssen, Mandeln, Fruchtkernen aller Art, als wäre Fülle ihre erste Erscheinungsform. Dabei wuchsen sie doch alle klein und einzeln an den Zweiglein von Baum und Strauch.

Verkäufer schoben Aluminiumschaufeln in die beweglichen Massen und füllten weit ausholend in Plastiktüten ab. Feuchtweiße Käseblöcke standen auf feuchtweißen Käseblöcken, hohe Formationen, von denen mit Küchenbeilen abgestochen wurde. Daneben kindskopfgroße Butterklumpen in gestuften Gelbtönen. Cla dachte an die Molkerei in seinem Dorf, wo man mit einer schmalen Spanne zwischen Daumen und Zeigefinger die Scheibendicke andeutete und auch nur 50 Gramm bestellen konnte.

Tubenartige Auberginenringe hingen als trockene Ketten von den Zeltdächern. Rote Girlanden aus dürren Peperoni, grüne Auffädelungen runzeliger Okra-Kapseln. Er schaute offen in das Fluten, und ohne daß er es bemerkt hätte, wurde er Teil einer immer dichter werdenden Masse aus Mänteln und Leibern. Sein Rhythmus war nun der der anderen, die ihn an der rechten Gassenseite entlang nach vorne schoben, während auf der linken Gesichter und Körper auf ihn einströmten, sich an ihm vorbeiquetschten. Als könne er sich an ihr festhalten oder mit ihr schützen, drückte er seine Aktentasche gegen den Brustkorb. Sekundenblicke stießen ihm ins Gesicht. Und von hinten wurde er weitergedrängt. Er ließ sich mitnehmen, gab seinen Willen auf. Und auf einmal roch er Kaffee. Und im Schwanken sah er rechts vor sich, durch Köpfe, Hälse, Schultern hindurch, am Beginn einer Seitengasse ein Eckgeschäft, wohl eine Rösterei mit Verkaufstheke, vor der Menschen in einer langen Schlange warteten.

Später sollte Baran ihn hierher mitnehmen und ihm erklären, daß dies ein rarer Ort war, an dem man echtes Salep kaufen konnte, das Pulver aus Orchideenwurzeln. Er würde dieses süße Getränk lieben lernen, das, mit Zimt bestreut, entfernt an dünnen Reisbrei erinnerte. Sie würden es zu zweit auf den Schiffen trinken, draußen im Wind, und sich die Hände an den Tassen wärmen. Und lachend darauf anspielen, wie sie das erste Mal, noch ohne sich zu kennen, in einem Restaurant gleichsam im Himmel hinter Glas aufeinandergetroffen waren, Baran als Kellner und Cla als sein Gast.

Er war an die Öffnung der Seitengasse gedrückt worden. Hier schien ein Ausweichen möglich. Und er meinte schon, er hätte es geschafft, da stolperte er und wäre beinahe über einen kleinen, schmutzfarbenen Knaben gefallen, dessen Bild in ihm den Wortreflex »Zigeuner« auslöste. Worauf er sich sofort fragte, ob dieses Kind nicht doch ein Flüchtlingsjunge aus Syrien sei, der hier zu betteln versuchte.

Am Morgen hatte er auf der Einkaufspassage İstiklal, kurz unterhalb von Taksim, drei kurzgeschorene Buben sitzen sehen. Sie saßen, die Schultern dicht aneinandergepreßt, als seien sie ein einziger Körper und schrien lauthals halbwegs Melodisches aus sich heraus, das in ihrer aufgegebenen Welt und in anderen Zusammenhängen vermutlich ein Lied gewesen wäre. Er hatte die Kinder auf acht, neun Jahre geschätzt, das älteste höchstens zehn; sie sahen sich ähnlich, vielleicht waren sie verwandt, oder es war das Elend, das sie einander gleichen ließ wie Brüder. Er war schnell vorbeigegangen, da er ihren Anblick nicht ertrug. Und jetzt spürte er, daß er sich immer noch schämte. Er wußte um die Last dieser diffusen Scham, der er doch einmal auf den Grund gehen sollte. Denn wann, fragte er sich, berührt uns etwas? Und wann so, daß wir handeln?

In der Seitengasse hatte die Enge sich gelöst. Rechts und links gab es kleine Ladenzeilen. Nun war es wieder möglich stehenzubleiben. Cla trat an den Rand, wo sich auf einem Tisch Plastiktüten mit Grünem Tee stapelten; am Boden standen Säcke voll geschnittenem Tabak in Brauntönen zwischen Malz und Senf. Daneben begann eine Zeile mit Auslagen von Papierschleifen, Servietten und allerlei fragilem Bedarf für Zuckerbäckereien. Die Strömungskräfte der Körper hatten sich zu einem Dahinplätschern beruhigt. Nichts Reißendes war mehr in dieser luftigen Masse. Hinter schmalen Schaufenstern öffneten sich Gänge, in deren Tiefe Verpackungsmaterialien angeboten wurden, Kartonagen in Serien von Farben und Formen, hohe Papierrollen, massig wie Teppiche. Jemand verkaufte Schnur und Seile in verschiedenen Stärken und Farben. Ein anderer Holzbretter und schmale Wellhölzer diverser Formate und Längen. Cla ging weiter, als durchquere er eine Kinderfibel mit elementarem Vokabular.

Er hatte keine Ahnung, wohin er wollte. Rechter Hand hinter einer Balustrade öffnete sich ein Café mit niedrigen Holztischen und bastbespannten Hockern. Menschen tranken Tee aus Tulpengläsern, manche stachen in runde Kuchen, die in heißen Blechformen serviert wurden und an den Gabeln Fäden zogen. Cla wollte nicht auffallen, aber einen Moment verweilen. Vorsichtig ging er auf das Lokal zu und setzte sich möglichst beiläufig an einen Tisch am Rand, nahe der Balustrade, den Rücken zur Wand.

Er atmete durch wie ein Entkommener. Nun war er wieder draußen, ein Individuum, wie vorhin im siebenten Stock des verglasten Restaurants (beim Hinuntergehen hatte er die Etagen gezählt). Er sah auf das dahinlaufende Band der Menschen. Konnte man »Wellen« sagen zu dem Wogen der Körper und Köpfe auf unterschiedlicher Höhe? Bei ihm zu Hause, in seinem Tal, gab es an den alten Engadiner Häusern ganz oben unter den Giebeln eine kreisförmige kleine Öffnung und darunter ein Sgraffito-Wellenband. Das war für die Seelen der

Verstorbenen, die den Körpern entwichen. Durch das Rund konnten sie das Haus verlassen und sich vor ihrem Weiterflug im fließenden Wasser reinigen.

Obwohl der Nachmittag noch nicht weit fortgeschritten war, schien es bereits zu dämmern. Oder kam Nebel auf? Cla sah weiter in die dunkel vorbeiziehenden Schemen. Wer reinigte sich hier?

Waren die Tragödien der Menschenwelt die Katharsis eines unverstandenen Gottes?

Er lebte noch nicht lange in Istanbul, aber er hatte begonnen, eine Aufmerksamkeit für Kopftücher und Verschleierungen zu entwickeln. Er nahm Tuchlängen wahr, bis zum Hals, zur Brust, zur Taille, zum Boden und bemerkte, ob weibliche Wangen offen blieben oder Augen, Nase und Mundansatz knapp eingefaßt waren oder ob endlich nur noch ein Blick aus einem schmalen Schlitz zu den andern drang. Es gab auffallend schöne Kopftuchträgerinnen, selbstbewußte Frauen, gekonnt geschminkt, ja manche trugen diesen Stoff, der am Hinterkopf über eine Auspolsterung fiel und das Haupt altägyptisch verlängerte wie eine Verführung. Andere wiederum schienen jede erotische Ausstrahlung verbergen zu wollen. Als müßten sie sich vor männlichen Blicken schützen. Mußten sie?

Er wußte nichts über muslimische Ehen. Aber gerade die Verschleierung schien ihm nun signalhaft zu bedeuten, wie stark Religion und Körperverständnis und politische Strukturen zusammengehörten. Das war neu für ihn.

Seine Mutter war eine deutsche Katholikin aus dem Rheinland gewesen, manchmal hatte sie lachend von ihren Schuljahren bei den Dominikanerinnen erzählt. Beschleierte Lehrerinnen, das Gesicht in ein weißes Oval gelegt, haarlos. Mit beginnender Pubertät war sie ausgebrochen und hatte durchgesetzt, auf eine staatliche Schule gehen zu dürfen. Sein Vater war ein reformierter Engadiner, aufgewachsen in einer moderat religiösen Familie. Beide Eltern nahmen ihre Religion als eine heimatliche Färbung, die sie, nicht zuletzt durch ihre Lieder, geprägt hatte. Und heute war es in den Engadiner Dorfschulen üblich, daß alle in denselben Religionsunterricht gingen, auch die ungetauften Kinder (es waren meist die von Zugezogenen), die katholischen aus Italien oder Portugal und die Sprößlinge der muslimischen Familien aus dem Kosovo. Am 24. Dezember feierte man zusammen Schul-Weihnachten in der Kirche. Die Konfirmation der 16jährigen war ein Fest der Verwandten und Nachbarn, und am Abend zogen die kindlichen Jungerwachsenen aus zum ersten öffentlichen Bierrausch mit den Kollegen. Religion war dörfliches Ritual, verbindend, nicht ausgrenzend.

Doch hier kam etwas anderes hinzu. Er bemerkte es nicht immer. Weniger bei den jungen Frauen und nicht in allen Vierteln, Straßen. Aber das Kopftuch konnte wie ein politisches Signal wirken neben den Türkinnen mit Kurzhaarfrisuren oder jenen, denen offene Locken bis zu den Hüften fielen. Er spürte in der Metropole Istanbul eine atmosphärische Reibung, die stärker war als etwa in Paris oder London, wo sich auf den Boulevards die Ethnien und Religionen mischten. Und einander nachlässig gelten ließen. Dies hier waren andere Widerstände, schwierig zu benennen, aber wahrnehmbar. Da floß etwas eng Verwandtes beieinander, das politisch und sozial in entgegengesetzte Richtungen wollte.

Vielleicht war es wie mit den Wassern des Bosporus. Die Meerenge zwischen Europa und Asien galt als gefährlich, da sie in ihrer Strömung diffus blieb. Unterhalb der starken Fließrichtung vom Schwarzen Meer hin ins Marmarameer gab es salzhaltigere tiefe Gegenströmungen, die die Kapitäne der Frachter und Fähren Achtung lehrten. Die großen Tanker nahmen diese Passage oftmals nur mit Pilotbooten.

Seit er am Bosporus lebte, schlief er schlecht. Er war sicher, es lag an der Energie dieses unentschiedenen, starken Gewässers, das sich an zwei Kontinenten rieb. Oder waren die Erdplatten zu spüren, die hier aneinanderstießen, die anatolische und die eurasische, deren Verwerfungen sich morgen oder in der Spanne eines kleinen Menschenlebens in ein vernichtendes Erdbeben entladen würden?

Wenn er ehrlich war, machte ihm nicht der islamistische Terror Angst, nicht die alltäglichen politischen Verhaftungen, die mittlerweile auch Ausländer trafen. Aber die geologische Lage der Stadt hauchte ihm Respekt ein.

Oder war es die Macht der Geschichten, die in seinen Nächten zurückkam? Byzanz, Konstantinopel. Bruchstücke von Überlieferungen, Legenden griffen nach ihm. Wenn er jetzt die Augen schloß, sah er die Bilder der erzählenden Steinteppiche der Chora-Kirche. Und sie schienen ihm vertrauter als dieser exotische Alltag, in dem er hier auf einem instabilen Hocker saß.

Du übertreibst, sagte er sich sofort, so weltfremd bist du nicht.

Von einem Heizstrahler in der Ecke ging Wärme aus. Er versuchte sich zu konzentrieren auf das, was er sah: eher dunklere Gesichter, eher Frauen mit Kopftüchern, wenige Europäerinnen. Er befand sich wohl in einer anatolisch geprägten, ärmeren Marktzeile. Aber ihm war nicht recht wohl bei dieser Etikettierung. Hatte er nicht vor wenigen Metern ein türkisches Spezialitätengeschäft gestreift?

So viele Menschen. Vor ihm zogen Schicksale vorbei, durch ihre Vielzahl beiläufig, wie Weggeworfenes. Für ihn, der aus den Bergen kam, eine nicht enden wollende Überfülle naher Fremder, die ihn schon im nächsten Augenblick zu Körperkontakt zwingen konnten. Er schloß die Augen. Sofort stieg das Stimmen- und Lautgewirr an. Als er sie wieder öffnete, stand ein Junge mit fragendem Blick neben ihm. Offensichtlich half er in diesem Café aus. Er hatte dunkle Haut und gerötete Backen. Cla sah in die Kinderaugen. Und bestellte, als sei es das Normalste auf der Welt, einen türkischen Tee. Es ist das Normalste der Welt, korrigierte er sich. Auch wenn dies alles für ihn entmutigend neu war. Aber das wolltest du, dachte er, das wolltest du doch.

Er lehnte sich zurück gegen die Wand. Nicht bewegen. Dasitzen und schauen. Durch Schauen die Zeit verlangsamen. Dem Raum sein Recht geben. Im Sehen gleiten. Zoomen. Bis die Zeit im Augenblick zögerte.

Da zum Beispiel, diese junge Frau. Schwarze Pelerine aus Wollstoff über dem bodenlangen schwarzen Mantelkleid. Das porzellanhelle Gesicht mit der persisch anmutenden Nase von einem Kopftuch eng eingefaßt. Wangenlos. Ruhiger Blick.

Sie trug eine Plastiktüte mit Bananen (er schätzte: gut zwei Kilo), und er sah, wie das Gelb der Früchte sich intensivierte, vor dem Schwarz ihrer Kleidung. Unter dem Umhang mußte ihr eine größere Tasche von der Schulter herabhängen. Die Verhüllung ließ sie statuenhaft erscheinen und damit größer. Ein zierlicher Kragen aus schwarzem Tierfell lag ihr um den Hals. Katze?

Der Junge stellte das Teeglas mit einem bunten Unterteller auf den Tisch.

Und schon war sie dabei zu verschwinden, eine Rückenfigur, die in der Menge unterging. Wenn er nicht aufstünde und ihr folgte, würde er sie nicht wiedersehen.

Er stand nicht auf. Und doch. Er hatte sie sich gemerkt. Solches Zuschauen gab ihm eine momentane Sicherheit. Als könne er in der verwirrenden Wirklichkeit lesen wie in einem Buch. Als seien diese flüchtigen Momente verständlich, komponiert und also entschlüsselbar. Sie waren es nicht. Er war es, der schauend Ordnung schaffte. Stimmte das? Er hatte diese Szenen ja nicht entworfen, er fing sie nur auf. Aber indem er sie annahm, wie Geschenke, und festhielt, stützten sie ihn in seinem Dasein, hier auf einem zu niedrigen Schemel an einem wackeligen Tisch am Rand eines Marktes in der Nähe eines Hafens, in einer 15- oder 20-Millionenstadt, deren Sprache er nicht verstand. An einem frühen Nachmittag Ende Dezember.

3

Die Tage waren kurz in Istanbul. Er sah auf die Uhr. Bereits am frühen Nachmittag nahm das Licht ab. Zur natürlichen Dämmerung kam die politisch-religiöse Zeitverschiebung. In der Türkei galt jetzt Mekka-Zeit. Schon bald nach sechs Uhr war Nacht. Aber es lag auch am Rhythmus der Stadt selbst, der die Stunden beschleunigte. Istanbul war schneller als Paris, London, Berlin. Und die Entfernungen machten ihm Mühe. Jede Idee hatte ihre Wege.

Jetzt war er in Eminönü in einem Marktviertel nahe dem Ägyptischen Basar. Gegenüber lag Beyoğlu, das einstige Pera, mit dem Galataturm, den die Genueser Mitte des 14. Jahrhunderts als Teil der Festungsanlage für ihre Kolonie gebaut hatten. Er war ein Wahrzeichen der Stadt und für ihn ein erster Orientierungspunkt. Er würde jetzt zurück in seine Wohnung im Kolleg fahren. Vorher sollte er im Salt-Kulturzentrum vorbeischauen, um sich über die Bestände der Präsenzbibliothek zu informieren.

Vom Salt waren es dann, über den Galataturm, etwa 20 Minuten zur Metrohaltestelle Şişhane. Die Metro brachte ihn in weiteren gut 20 Minuten zur Endhaltestelle. Doch da die Züge tief unter der Erde abfuhren und man mehrere Rolltreppen hinunter und lange Rollbänder passieren mußte, marmorne, metallene Wege durch Niemandsräume, kamen noch einmal zehn, fünfzehn Minuten Reisezeit zur reinen Fahrzeit dazu. Bei Hacıosman nahm er für die wenigen Restkilometer einen Dolmuş oder ein Taxi bis ins Kolleg, das unten beim Bosporus hinter einer Mauer direkt am Wasser lag. Von Wächtern beschützt, lebte er dort mit Wissenschaftlern und Dozenten anderer Disziplinen in einem parkartigen Anwesen. Ein Idyll, mit altem Baumbestand, in dem ein Schwarm grüner Papageien lebte. Aber es lag eine Stunde von den Zentren entfernt, wo sich die drei Wasserstraßen trafen, zwischen den Fährenhäfen Eminönü und Karaköy auf der europäischen und Kadıköy auf der asiatischen Seite.

In Istanbul leben hieß: Unterwegs sein. Aber im Grunde kannte er das von seinem Alltag im Engadin. Für Engadiner war die Rhätische Bahn mit den roten Waggons ein zweites Zuhause. Nur war sie mit ihren Plüschbänken wohnlicher als die Istanbuler Metro, selbst noch, wenn sie durch die langen Tunnel fuhr. Er stutzte. Nein, dieser Vergleich war nicht gut. Besser wäre es, die Rhätische Bahn, die von Scuol nach St. Moritz, von Chur nach Tirano fuhr, mit den Fähren zu vergleichen, die den Bosporus oder das Goldene Horn hinauf- und hinunterkamen. Hierbei wiederum würden die Istanbuler Fähren besser abschneiden. Mit ihren möwenumflatterten Oberdecks und den schönen alten Salons, wo es Tee, Salep, frisch gepreßten Orangensaft und Toast gab.

Er stand auf und drückte dem Jungen das Geld für den Tee in die Hand. Statt zwei Türkische Lira hatte er ihm drei gegeben. Und als der Kleine lächelte, fiel ihm auch das andere Bild ein, eines der ersten in dieser Stadt, das ihn aufgestört hatte.

Auf den Steinstufen eines ehemaligen Bankgebäudes am Fährenhafen von Karaköy hatte er einen Jungen auf dem Bauch schlafen sehen. Das war nicht weiter ungewöhnlich in einer Stadt, in der mittlerweile an die vierhunderttausend syrische

Flüchtlinge lebten, viele davon auf der Straße. Der Junge, eingewickelt in eine Decke, hatte seinen Oberkörper auf ein altes Sofapolster gelegt – weiß Gott, in welcher Müllansammlung er es gefunden hatte –, den Kopf in seine Arme gebettet. Und hier begann ein zweiter Kopf. Mit Fell und Ohren. Mit dem Jungen schlief ein Hund. Es war eines dieser großen, halbwilden Tiere, die in den Nischen der Metropole ihre Reviere fanden, gefüttert von den Anwohnern, geimpft von ambulanten Tierärzten.

Ein obdachloser schlafender Junge auf den Stufen eines alten Bankportals war ein obdachloser schlafender Junge. Kopf an Kopf mit einem Hund war der Junge eine Geschichte.

Als Cla aufstand, näherten sich zwei vollverschleierte Frauen und sahen ihn unter kajalumrahmten Augen an. Sie wollten sich an seinen nun freiwerdenden Tisch setzen. Sie hängten ihre cremefarbenen Designerhandtaschen an die Stuhllehnen, während sie weiter arabisch in goldene Handys sprachen.

Und als er jetzt nach seiner Aktentasche griff, bemerkte er es. Sein Schal war nicht mehr da. Er bückte sich, aber der Schal lag weder unter dem Tisch noch bei den Stuhlbeinen.

Der Schal war ein Abschiedsgeschenk von Alva gewesen. Er soll dich wärmen, hatte sie gesagt. Und ihm am Flughafen den weichen Stoff mit dem grauen Karomuster um den Hals gelegt. Sie hatte dabei auf die Zehenspitzen gehen müssen. Das hatte ihn gerührt. Und er hatte gespürt, was sie meinte und nicht sagte: Der Schal soll dich behüten, wo ich es nicht kann. Das Gewebe hatte sich, am Nacken, unter dem Kinn beginnend, in einen Schauer von schlechtem Gewissen verwandelt, der ihm durch den Körper lief. Also hatte er sie nur flüchtig auf die Stirn geküßt. Und als sie sich an ihn schmiegte und er spürte, daß sie diese sprachlose Geste als ein inniges Zeichen verstand, stieg eine Beklemmung in ihm auf, die sich auch nicht legte, als sie ihre Umarmung wieder löste und er nun doch sagte, er werde sie vermissen.

Jetzt war der Schal weg, und sie würde es symbolisch nehmen. Sie würde sein Fehlen bemerken, wenn sie ihn besuchte. Es war ein italienischer Schal. Alva hatte ihn bei einem Ausflug mit ihrer Freundin, einer Kollegin von ihrer Schule, in Mailand für ihn ausgesucht. War er ihm im Gedränge beim Gewürzbasar heruntergerutscht? Das war wahrscheinlich. Dann würde er ihn nicht mehr finden. Hatte er ihn oben im Restaurant liegengelassen? Das wäre eine Chance.

Als Cla bei den letzten Treppenstufen vor dem gläsernen Terrassensaal ankam – er begriff jetzt, daß man im Sommer die Wandscheiben und Teile des Daches würde öffnen können und dann direkt unter freiem Himmel saß –, sah er den Kellner wieder mit dem Rücken an die Säule gelehnt. An einem Reflex im Glas schien er sein Kommen bemerkt zu haben, jedenfalls drehte er sich um. Und noch bevor Cla, der nun auf ihn zuging, ganz bei ihm war und etwas hätte sagen können, hatte der Kellner, der ebenfalls auf ihn zukam, auf eine Ablage gegriffen und hielt ihm nun den Schal entgegen.

Auf seinen englischen Dankesschwall sagte er: Sie sind aus Deutschland?

Er hatte diesen Satz akzentfrei gesprochen. Und Cla schüttelte noch atemlos den Kopf: aus der Schweiz.

Der Kellner legte den Kopf etwas zur Seite, sah Cla in die Augen und sprach langsam, die Silben betonend, als rezitiere er: Berge, Schokolade, Gold. Schokolade wie Berge aus Gold.

Cla fühlte eine kleine Verlegenheit, und es ärgerte ihn, daß er sie fühlte.

– Sie waren in der Schweiz?

Der Kellner verneinte, er kenne die Schweiz aus der Werbung und Toblerone aus Deutschland.

Cla sah seine gerade Nase, die ihn an die persisch wirkende Passantin in der schwarzen Pelerine mit dem schwarzen Katzenfellkragen erinnerte. Von nah, im Gespräch, wirkte sein Gesicht nun jünger als bei der ersten Begegnung, da er ihm allein in professionellen Kellnergesten entgegengetreten war. Der Mann mochte Ende 30 sein. So geläufig wie er sprach, war er vermutlich ein Kind von Gastarbeitern, in Deutschland aufgewachsen, dann in seine türkische Heimat zurückgekehrt.

Cla war froh, den Schal wiederzuhaben, so froh, daß er ihn fast krampfhaft in der Hand behielt. Neue Gäste kamen, die Zeit für das Abendessen schien zu beginnen. Auf einmal hatte er Lust, ein Glas Wein zu trinken.

– Schenken Sie Alkohol aus? fragte er, und indem er fragte, fiel ihm ein, daß das unnötig war, er hatte den Raki trinkenden Russen ja gesehen. Aber vielleicht wollte er höflich sein und zeigen, daß das für ihn nicht selbstverständlich war.

Der Kellner machte mit dem Arm eine einladende Bewegung, gerade zu dem Tisch, an dem Cla schon vor einigen Stunden gesessen hatte. Und so war es ihm, als komme er zurück und sei in diesem Restaurant bereits ein wenig vertraut. Er nahm die Weinkarte, die der Kellner ihm brachte, und sagte: Ich bin nicht aus Zürich. Kein Gold, keine Schokolade. Nur Berge. Ich komme aus einem ziemlich kleinen Dorf.

– Aus einem Dorf?

– Es liegt über 1700 Meter hoch. Wir haben sechs Monate Schnee im Jahr.

Der Kellner lachte. Und Cla sah, welch weiße Zähne er hatte.

– Aber es gibt dort ein internationales Internat mit Kindern aus der ganzen Welt. Ich bin Lehrer. Wir haben Schüler aus China, aus Russland, Spanien -

– Aus der Türkei?

– Lassen Sie mich überlegen. Doch. Da gibt es einen Jungen aus Ankara.

– Na, immerhin. Und aus Griechenland?

– Nein. Warum fragen Sie nach Griechenland?

Und der Kellner antwortete in wenigen Strichen, daß seine Familie väterlicherseits Pontos-Griechen waren, die sich nach dem Bevölkerungsaustausch in Thessaloniki angesiedelt hatten.

– Bevölkerungsaustausch?

– 1923, die Zwangsumsiedlung der christlichen Griechen, meist von der Schwarzmeerküste nach Griechenland, viele von ihnen nach Thessaloniki. Und die muslimischen Türken, die in Griechenland lebten, mußten in die Türkei kommen. Etwa vierhunderttausend Türken waren betroffen. Und etwa 1,2 Millionen Griechen.

Seine Mutter sei eine Türkin aus Giresun. Und er also halb Türke und halb Grieche. Worauf Cla erzählte, daß seine Mutter aus Deutschland kam.

– Dann haben Sie also auch zwei Heimaten? Der Kellner hielt kurz inne: oder keine?

Cla sah über das Weiß der Tischdecke mit den weißen Servietten, dem weißen Salzstreuer und sagte, seine Heimat sei das Engadin.

Und als der Kellner nun unvermittelt fragte: Sie haben nie daran gedacht, woanders hingehen zu können? da schwieg Cla für einen Moment, denn er war über diese Frage erstaunt. Dann aber sagte er nur: Nein. Und bestellte, ohne in die Karte gesehen zu haben, ein Glas Chardonnay.

Alvas Schal lag jetzt vor ihm. Es konnte kaum sein, aber er meinte wieder, ihren Geruch wahrzunehmen. Die letzten Tage vor seiner Abreise waren sie häufiger zusammengewesen.

In der Stadt unter ihm gingen die ersten Lichter an, Möwen segelten durch die Abenddämmerung über einem Straßenverkehr, der sich in Leuchtspuren auflöste.

– Wirst du mich vermissen?
 – Ja.
 – Und ich komme dich besuchen. Ich störe auch nicht.
 – Ja sicher, ich meine, ja sicher, kommst du mich besuchen. Und warum sollst du mich denn stören.

Wie zur Bestätigung hatte er ihre Hand in die seine genommen. Dabei wußte er nicht, ob er wollte, daß sie käme. Er brauchte Zeit für sich.

Es war erst wenige Wochen her, daß er seine Mutter begraben hatte.

Tagelang hatte es geschneit, ein erster heftiger Schnee im Oktober. Nun hatte er nachgelassen. Der Gemeindeangestellte

trug feierlich altes Trachtenschwarz, eine bäuerliche Sonntags-
jacke, einen Hut mit breiter Krempe, so als sei die Trauerklei-
dung tröstlicher, wenn sie eine Vergangenheit hatte. Er führte
das Pferd, das den Sarg auf dem offenen Wagen zog. An den
Straßenrändern lag der Schnee, der von den Räumfahrzeugen
weggeschoben, aber nicht aufgenommen worden war. Und der
Trauerzug folgte dem Gemeindeangestellten, der das Pferd
führte, das den Sarg zog. Vom Haus der Mutter, in dessen Stu-
be sie aufgebahrt gewesen war, durch die Gassen des Dorfes
bis zum Friedhof. Im leichten Schneefall kam die Sonne durch
und ein wenig Himmelsblau. Auf den Holzpfosten der Gärten
saßen Alpendohlen wie fürs Protokoll.

Seine Mutter war Mitte 80 gewesen. Eine eigensinnige, meist
heitere alte Dame, die sich und ihre drei Hühner bis zum
Schluß allein versorgen konnte. Ein schneller Tod, so, als wolle
sie dem Tod und sich keine Umstände machen. Und alle Vor-
kehrungen waren getroffen. Auch ihre Hühner hatte sie bereits
bei der Nachbarin angemeldet.

Und er wunderte sich, daß er, als er hinter ihrem Sarg her-
ging, auf dem Weg vom inneren Dorf zum Friedhof hinaus, das
Gefühl hatte, nun ein anderer zu sein. Oder vielmehr, jetzt ein
anderer werden zu müssen. Ihr Tod hatte ihn in eine Drehung
versetzt, aus der heraus er noch kein Gleichgewicht gefunden
hatte. Es war weniger Trauer, die er empfand, als eine diffuse
Furcht, nun in anderer Weise auf sich aufpassen zu müssen.

In den letzten Jahren hatten sie fast jeden Tag miteinander telephoniert und sich alle vierzehn Tage, am Ende jedes Wochenende und dazwischen manchmal auch noch abends, ge-

sehen. Sie waren zusammen in ihrer Küche gesessen, im alten Elternhaus, in dem schon die Eltern des Vaters gewohnt hatten. Immer hatte er gemeint, Stall zu riechen, obwohl hier schon lange keine Tiere mehr zusammen unter einem Dach mit den Menschen lebten. Manchmal war Alva mitgekommen. Die Mutter hatte die junge Lehrerin gern gehabt, und Alva hatte sich bei der alten Frau wohl gefühlt, in diesen kleinen Stunden am Sonntagnachmittag bei Kaffee und Butterzopf. Aber sicher hatte sie ihn auch um seinetwillen zur Mutter begleitet. Und um danach am Abend mit ihm zusammenzusein.

Draußen kreiste eine letzte Möwe und schrie im Flug. Es hatte zu regnen begonnen. Die Autos, die Schiffe versanken in einem grauen Gewebe. Im leichten Nebel wurde das Wasser zu einer wattigen Substanz.

Vor seiner Abreise hatte er Alva von Byzas erzählt, Splitter von Mythologien und Legenden, die sie vermutlich kannte, aber sie hatte ihm zugehört, in ihrem Bett, in der Dachgeschoßwohnung in Chur, das immer noch mit einem englischen Streublumenmuster aus ihrer Studienzeit überzogen war. Sie hatte ihr glattes Knie, das nackte Bein zwischen seine Oberschenkel geschoben, und an den Waden spürte er die Wolle ihrer selbstgestrickten Socken. Zeus, weißt du, erzählte er, der sich in das Mädchen Io verliebte, verwandelte sie, damit seine eifersüchtige Gattin Hera nichts merken sollte, in eine junge Kuh.

Sie hatte sich an ihn geschmiegt und ihn ein wenig fester umfangen.

Doch die mißtrauische Hera kam auch hinter diese Affaire. Die schwangere Io mußte vor ihr fliehen. Mutig durchschwamm sie das Ionische Meer, dem sie damit seinen Namen gab, und auch die Meerenge von Europa hinüber nach Asien, die nun ebenfalls nach ihr hieß. »Bous«, sagte er und imitierte seine Lehrerstimme, ist auf Griechisch ja das Rind, »poros« der Übergang, Weg, Furt. Bosporus also die Rinderfurt.

Und bei diesen Worten war er mit dem Zeigefinger von ihrem Kinn hinuntergefahren, über ihren Kehlkopf bis an ihr Schlüsselbein. Alva hatte die Augen geschlossen, und er hatte auf ihre Wimpern gesehen.

Später, fuhr er fort, wieder in Menschengestalt, gebar Io die Nymphe Keroessa. Keroessa wiederum wurde schwanger vom Meeresgott Poseidon und gebar Byzas. Immer, hatte Cla gesagt, mischt sich die Historie mit Legenden, als suche sie einen Trost für ihre Vergänglichkeit in der Dauer des Erzählens und Weitererzählens. Alva hatte ihr Bein stärker angezogen, so daß ihr Oberschenkel nun in seinem Schritt lag. Sie war ein wenig an ihm hinaufgerutscht und hatte ihre Wange an seine Achsel gedrückt. Und er hatte die Wehmut in dieser Bewegung gespürt, war aber nicht darauf eingegangen. Was hätte er sagen sollen? Er würde fortfahren; also erzählte er weiter.

Und als Byzas, ein sagenhafter dorischer Heerführer aus dem attischen Megara, einen Ort für eine neue griechische Kolonie suchte und das Orakel von Delphi befragte, erhielt er die ihm nicht verständliche Antwort, er solle seine neue Stadt gründen gegenüber »dem Land der Blinden«. Dann allerdings entdeckte der Grieche während seiner Eroberungszüge im Norden des Marmarameers, auf der europäischen Seite, eine fruchtbare Landzunge mit einem natürlichen Hafen im Süden. Er sah hinüber nach Asien, wo die Stadt Chalkedon lag. Und Byzas erkannte sofort die gute Lage der Landzunge, auf der er stand, und daß die Gründer von Chalkedon dies offensichtlich nicht bemerkt hatten. Sie waren »blind« gewesen für den strategischen Vorteil des jenseits des Wassers liegenden Ortes. So gründete Byzas, schloß er und zog die Decke etwas hoch, als wolle er sie zudecken wie ein Kind, hier 660 v. Chr. eine griechische Kolonie, die er nach sich benannte: Byzantion. Den natürlichen Hafen aber nannte er nach seiner Mutter Keroessa: Goldenes Horn.

Sie hatte ihn geküßt, als sei der Kuß der Lohn für das Erzählen. Und er hatte sie zurückgeküßt. Vorsichtig hatte sie mit der Spitze ihrer Zunge die Öffnung seiner Lippen gesucht, gefunden, war in seinen Mund vorgedrungen, und sie waren in ein trinkendes Saugen geraten. Er hatte ihre festen Brüste auf seiner Brust gespürt und ihr das kurze Baumwollnachthemd, das sie immer trug, hochgeschoben über ihren kühlen Hintern, und sie war ihm entgegengekommen, hatte sich auf ihn gesetzt, so daß sie sein Eindringen dirigierte. Er fühlte den umfassenden Druck noch jetzt, da er sich erinnerte. Sie bewegte sich auf ihm in den Wellen, auf die sie beide schon eingeübt waren, eine weiche Sportlerin, die ihren Körper kannte. Und seinen auch. Die dosieren konnte und beschleunigen, er bewunderte und genoß ihre Körperbeherrschung. So fuhren sie dahin, durch die englische Zeit der Streublumen, der Kelche, der Blitzblüten; ihr Haar schäumte über seinem Gesicht.

Der Kellner stellte das Glas Wein auf den Tisch, wandte sich aber gleich wieder ab und folgte einer Hand, die ihm, über einige Tische hinweg, ein Zeichen gegeben hatte. Cla sah ihm kurz nach.

Er spürte noch Alvas zuckende Erschütterungen, die durch alle ihre Muskeln zu laufen schienen. Und die noch nicht aufhören wollten, als sein Samen, warm von ihm und ihr, schon wieder über seinen Schoß floß.

Sie hatte aufgelacht, eine siegreiche Liebestaucherin, und sich die Haare aus der feuchten Stirn gestrichen, und dann hatte sie ihren Kopf wieder gegen seine Achsel gelegt und geweint. Und er hatte sie wortlos gehalten, bis sie eingeschlafen war.

Er nahm einen Schluck Chardonnay und schaute hinaus auf den Bosporus.

Das alte Chalkedon war heute Kadıköy; von Eminönü aus war man mit der Fähre in kaum einer halben Stunde drüben.

Draußen war jetzt Nacht, der Regen hatte aufgehört, und die Lichter waren zurückgekommen.

Und nun fiel ihm ein, daß er Alva mit Io und Keroessa, ohne es zu wollen, eine doppelte Schwangerschaftsgeschichte erzählt hatte.

Cla sah über die bunten Lampen und Girlanden der Schiffe auf den Wasserstraßen hin zur Galatabrücke, deren Restaurants im Untergeschoß glänzten, zum beleuchteten Galataturm, in das Funkeln der den Hügel hinaufsteigenden Häuser und hinüber zur Bosporusbrücke. Es war ein feierlicher Anblick, als neige jedes Dunkel hier zum Fest.

Später würde er erfahren, daß die Bosporusbrücke seit dem Putschversuch gegen den Prinzipal nachts nicht mehr in wechselnden Farben beleuchtet wurde, sondern nur noch rot. Es hatte 400 Tote gegeben, in manchen Metrostationen hingen ihre Portraits an den Pfeilern. Sie zeigten Frauen und Männer, wie sie täglich auf ihren Wegen in den Straßen zu sehen waren. Die meisten von ihnen jung. Tote nun. Die Brücke sollte jetzt Brücke der Märtyrer heißen und das Rot an ihr Blut erinnern.

Cla bezahlte (und gab mehr Trinkgeld). Und als er aufstand, war es der Kellner, der Alvas Schal vom Tisch nahm und ihm das weiche Tuch in einer höflichen, ja theatralischen Geste um den Hals legte. Cla blickte in sein Gesicht und dankte verwirrt. Diese Männer hier waren auch Frauen. Sie hatten Wimpern wie diese. Nur länger und von metallischem, schon stechendem Schwarz.

Und während der Kellner nun lächelnd zurücktrat, sah Cla sein Namensschild am Jackett, auf dem in schwarzen Lettern »Baran« stand.

II. Tarabya

Wissen als Nichtwissen oder das Cusanus-Projekt

1

Er stand am Fenster und sah hinüber zu den Hügeln Asiens. Die Wasser des Bosporus spielten in Wellen mit Indigo. In der frühen Sonne gaben ihm tiefffliegende Möwen Einsprengsel von Weiß. Die Vögel schrien wie atemlos.

... bis ich auf dem Meer von Griechenland zurückkehrend dahin geführt wurde – ich glaube durch ein höheres Geschenk vom Vater der Lichter – unbegreifbar zu umfangen das Unbegreifliche in wissender Unwissenheit ...

Cla nahm die stille Gewalt eines beladenen Containerschiffs wahr, das langsam der Biegung des Bosporus folgte. Diese Frachter hatten einen Bremsweg von sieben, acht Kilometern. Er sah die Fähre, die von Eminönü gekommen war und nun nach Sarıyer fuhr und weiter bis Anadolu Kavağı, dem letzten Hafen am asiatischen Ufer vor der Küste des Schwarzen Meers.

... unbegreifbar zu umfangen das Unbegreifliche in wissender Unwissenheit ...

Nach der Matura hatte die Mutter, damals schon lange Witwe, ihn in der Nähe halten wollen. Sie sah ihn mit ihren braunen Augen an, die sagten: Warum wirst du nicht Lehrer im Tal? Er war ihr einziges Kind. Diese kleine Frau war mittlerweile fast 60 und grau wie ihre drei Hühner mit den purpurroten Kämmen. Immer hatte sie graue Hühner gehabt. Und ihre Eier gegessen wie Opfergaben. Wenn sie sie fütterte, rief sie ihnen Aufmunterndes zu, als wolle sie ihr Dasein erhöhen.

Als er vom Studium sprach, sagte sie: Zürich? Aber er hatte weiter hinauswollen. Sie rief Verwandte in Köln an. Er kannte die Stadt von Besuchen in seiner Kindheit. Der Kölner Dom war ein Glücksschock gewesen. Wenn er im Bahnhof, von den Gleisen aus der Unterführung kommend, auf den Platz hinaustrat, stand dieser Dom in einer Plötzlichkeit da. Einfach da. Groß. Steinern. Den Himmel verdunkelnd. Ein Finger Gottes.

Obwohl er wußte, daß der Kölner Dom groß war, war er doch jedesmal wieder unerwartet groß. So, als wollte er ihn persönlich auch dieses Mal zum Willkommen überraschen.

Er liebte die Nähe des Flusses, die Bewegung des breit strömenden Wassers, auf dem die Schiffe, die zur Nordsee wollten oder von der Nordsee kamen, vorbeifuhren.

Für einen Jungen aus den Bergen lag Köln schon am Meer.

Und so war er für einige Jahre seines Lebens an den Rhein gezogen. Er hatte sich an der Kölner Universität für Germanistik und Geschichte auf Lehramt eingeschrieben. Doch gleich im ersten Semester war er in eine fachübergreifende Vorlesung zu »Mystik und Mathematik« geraten. Nun hörte er von Dionysius Areopagita, der auf die neuplatonische Philosophie zurückgriff, um das Christentum auszulegen; er beschäftigte sich mit Gottesvorstellungen bei Meister Eckhart, dem kühnen Dominikanermönch, der wegen Häresie verurteilt worden war. Aber vor allem elektrisierte ihn das dialektische, nein dialektisch konnte man sicher nicht sagen, das hin- und herfließende Denken des Nikolaus von Kues.

Ja, und dann war da dieser Philosophieprofessor gewesen.

Sie nannten ihn Albatros. Er mußte kurz vor der Emeritierung gestanden haben, ein magerer Mann in leicht gebückter Haltung. Sein schlohweißes Haar fiel schulterlang in Wellen. Es war dünn, und er wusch es regelmäßig, so daß er ein flaumartiges Haupt bekam. Manchmal sah man ihn auf der Toilette, wie er, sich im Spiegel betrachtend, mit einem Hornkamm durch seine Locken fuhr.

Wenn er dozierte, fuchtelte er mit überlangen Armen. Aus den Ärmeln des Jacketts schaute dann das Weiß des Hemdes hervor. Gewöhnlich trug er weiße Hemden, nur die Farbe der Manschettenknöpfe wechselte. Silber, Gold, Bernstein, Rosenquarz. Und wenn er in Fahrt kam, war es, als erhebe er Schwingen.

Was ist Gott?

Gott, meine Damen und Herren, Gott ist das Eine, das alles umfaßt. Wenn er aber alles umfaßt, muß er das Größte und das Kleinste zugleich sein. Also kommen in Gott notwendig Maximum und Minimum zusammen. Verstehen Sie, meine Damen und Herren, was Nikolaus von Kues damit meint? Gut. Ich gebe Ihnen ein Beispiel.

Er nahm die Arme herunter, trat zwei Schritte zurück vom Pult. Und begann von neuem:

Ein rechter Winkel ist ein rechter Winkel. Aber wenn Sie jetzt über sein Wesen nachdenken, dann ist ein rechter Winkel der größtmögliche spitze Winkel und zugleich ist er der kleinstmögliche stumpfe Winkel. Also fallen in einem rechten Winkel das Minimum eines stumpfen Winkels und das Maximum eines spitzen Winkels zusammen.

Er schien zufrieden und kam wieder einige Schritte nach vorn.

Es ginge noch radikaler, meine Damen und Herren.

Eine Linie ist eine Linie. Unendlich. Gut.

Er trat an die Tafel, griff nach einem Stück Kreide, und beständig weitersprechend zeichnete er.

Nun liegen auf dieser Linie die zwei Punkte a und b. Und in der Mitte von a und b liegt der Punkt c.

Er hielt kurz inne und sah sein Werk an.

Wenn man die Linie nun bei Punkt c knickt – er zeichnete von neuem –, bekommt man einen Winkel mit dem unbeweglichen Schenkel ca und dem beweglichen Schenkel cb. Jetzt liegt in c der Scheitelpunkt aller nur möglichen Winkel. Das sehen Sie doch, oder? Also ist die Linie die Wahrheit aller Winkel. Denn in ihr fallen alle Winkel, fallen der größtmögliche und der kleinstmögliche zusammen. Das ist es, was Cusanus »coincidentia oppositorum« nennt, den Zusammenfall der Gegensätze.

Er drehte sich gleichsam fliegend um. Und sah ins Auditorium.

Jetzt überlegen Sie doch einmal:

In der sinnlichen Wahrnehmung gibt es kein absolutes Minimum, sowenig wie es dort ein absolutes Maximum gibt. Alles ist zu steigern oder zu vermindern. Absolut ist ein Maximum nur, wenn es zugleich das Minimum ist. Nur das ergäbe die Einheit. Das Ganze. Die unendliche Linie, die die Wahrheit der Winkel ist.

Er schwieg und ließ seine Sätze wirken.

Dieses Zusammenfallen der Gegensätze – das ist ganz gegen Aristoteles und dessen legendären Satz vom Widerspruch, den Sie ja kennen: »Denn es ist unmöglich, daß dasselbe demselben in derselben Beziehung zugleich zukomme und nicht zukomme.«

Das Denken einer »coincidentia oppositorum« verweist den Verstand, der nur vergleichen kann, in die Schranken und setzt auf die Vernunft, in der für Cusanus etwas Gottähnliches liegt. Etwas Schöpferisches. Auch sie kann das Unfaßbare natürlich nicht fassen. Und doch ist in der Erkenntnis der Vernunft ein Überschreiten möglich. Und der Mensch kann sich einer Sphäre annähern, in die sein Verstand einfach nicht gelangt. Dieses Annähern bleibt freilich unendlich.

Er schwieg. Als überlege er. Er legte die Hände in den Nakken, wiegte mit dem Oberkörper vor und zurück.

Denken Sie sich einen Kreis. Denken Sie sich ein Quadrat in diesem Kreis. Die beiden Figuren sind nicht identisch. Denken Sie sich ein Vieleck in den Kreis. Und: Nein. Die Figuren kommen nicht zur Deckung. Und je mehr Ecken Sie diesem Vieleck geben, wird es immer ein Vieleck bleiben, und es wird niemals eins sein mit dem Kreis. Sehen Sie. Und doch.

Er hatte die Arme wieder fallengelassen und schüttelte sie aus, als mache er eine Lockerungsübung. Dann verschränkte er sie vor der Brust.

Die Annäherung an Gott bleibt eine unendliche Annäherung. Denn Gott, das Absolute, die Einheit aller Gegensätze ist über unser Begreifen erhaben. Aber – und hierin liegt das ungeheuer Moderne – der Gott, den Cusanus uns anbietet, stößt uns nicht in die Resignation, ins Bewusstsein der menschlichen Beschränkung zurück. Nein, er lädt uns ein, er nimmt uns mit auf die ungeahnten Wege aller nur möglichen Erkenntnis.

Er stand jetzt ganz ruhig da, wie bereit für eine Erleuchtung. Ein Monument in schwarz und weiß.

Seine Studenten kannten seine Pausen. In denen sein Denken gleichsam wieder Anlauf nahm.

– Wie die Linie die Wahrheit aller Winkel ist, ist Gott, meine Damen und Herren, die Wahrheit allen Seins. Und er ist die Wahrheit allen Nicht-Seins. Weil er das Absolute ist, ist er in allem enthalten und kann sich in alles entfalten. Ist nicht die Pracht eines Walnußbaums schon im Samenkorn enthalten? Sehen Sie!

Und jetzt bedenken Sie: Weil Gott uns geschaffen hat, sind wir als seine Schöpfung gottähnlich. Als sein Ebenbild sind wir mit unendlicher geistiger Schöpferkraft begabt.

Und – nun lächelte er – Gott wäre also der absolute Mensch.

Cusanus war eine Initiation gewesen. Mit Albatros. Es war das erste Mal, daß Cla einem in der konkreten Anschauung fußenden Philosophieren begegnete, das sich kühn mit Spekulativem verband.

Ihm gefiel, daß Cusanus nicht fromm argumentierte, mit der Gnade Gottes, die dem Menschen Erkenntnis ermöglichen würde. Vielmehr, so verstand er Cusanus (oder so verstand er ihn mit Albatros), setzte er selbstbewußt auf die sinnlich-denkerischen Fähigkeiten des Individuums. Die ihm freilich von Gott gegeben worden waren. Und er hörte noch, wie Albatros einmal rief: Gott will sich im Menschen zeigen, sich an ihm spiegeln, sich an ihm erfreuen!

Also darf, nein muß der Mensch den Mut haben, seiner sinn- und denkbegabten Vernunft zu trauen.

Cla hatte seine Studienfächer gewechselt. Und er erinnerte sich, wie die Mutter seine Entscheidung leise lächelnd guthieß. Nun studierte er Deutsch und Katholische Religionslehre. Und die neue Unabhängigkeit in einem selbstverwalteten Studentenwohnheim (er hatte sich der fürsorglichen Verwandtschaft freundlich entziehen können) mischte sich mit der Freiheit eines neuen, alten Denkens, das ihn schwindelig und glücklich machte.

Das war lange her.

Ein Schnellboot der Küstenwache sauste vorbei und zog einen Kometenschweif weißer Gischt hinter sich her. Noch durch die Fensterscheibe meinte Cla die Meeresluft zu riechen.

Cusanus. Der Zusammenfall der Gegensätze. Hatte er, Cla, ein müder Pädagoge, die Chance, nach Jahren des Lehreralltags noch einmal an eine junge Begeisterung anzuknüpfen? Und wenn er nur etwas Zeit für sich fand, zum Lesen, Nachsinnen. Warum nicht im Schutz des Cusaners?

Vielleicht durfte Nikolaus seine Tarnkappe sein, hier in Istanbul.

Er war am richtigen Ort in dieser Stadt, in der die großen Gegensätze aufeinandertrafen: Orient und Okzident, die politisch-religiös zerrissenen Augenblicke der Moderne mit dem Mosaikengrund eines versunkenen Byzanz. Ließ sich die theologisch aufgeheizte Gegenwart nicht als eine Kippfigur ins Mittelalter lesen? Und umgekehrt.

Auf einmal schien ihm Istanbul-Konstantinopel ein Vexierbild zu sein, das mit dem Menschenwesen spielte, diesem Maß und Unmaß aller Dinge.

Ein beladener Tanker, die schmale Rumpflinie des Unterwasserschiffs rostrot, die breitere darüber orange, näherte sich auf seinem Kurs zum Schwarzen Meer.

Das Zusammenfallen der Gegensätze befreite das Denken. Es öffnete eine Dimension für das nicht Gedachte, das Mögliche.

Wenn man liest, liest man ja immer seine eigene Not mit.

Seine Geschichte, korrigierte Cla.

Jetzt erst sah Cla ein winziges Pilotboot, das in der Gischt kaum auffiel. Es fuhr dem Tanker zur Seite, bis das schwere Schiff die Biegung gemeistert hatte, dann folgte das Pilotboot ihm am Heck.

Und wo begriff Cusanus, daß Gott nur im Zusammenfallen der Gegensätze zu haben war? Albatros hatte im Schwung die Arme ausgebreitet, sie in der Öffnung stehen lassen und gerufen: Auf dem Meer! Seine Arme sanken wieder. Alle haben sie ihre Vision auf dem Meer, ihr Erweckungserlebnis, ihren Erkenntnisorgasmus.

Dabei hatte er mit dem Blick schweifend in die Reihen geblinzelt.

Das Meer ist geradezu prädestiniert für Visionen. Es ist salz- und sehnsuchtshaltig. Denken Sie allein an die Weite, die Unerreichbarkeit des Horizonts. Die Naturgewalt, die ständige Gefahr. Cusanus war gerade auf dem »Rückweg von Griechenland«. Verstehen Sie das? Istanbul, das ist heute Türkei. Aber vor der Eroberung durch Mehmed II. im Jahr 1453 war es das griechische Konstantinopel. Neben der Peloponnes Teil eines schrumpfenden byzantinischen Restreichs.

Er verschwand wieder hinter seinem Pult. Beugte sein weißes Flaumhaupt über seine Notizen.

Es war Winter, genauer der Winter 1437/38. Albatros zog seine Schultern zusammen, als erwarte er augenblicklichen Schneefall. Sie waren wochenlang unterwegs. Cusanus muß nervös gewesen sein. Schließlich reiste er mit dem byzantinischen Kaiser und dem Patriarchen von Konstantinopel und all ihrem Gefolge. Es ging um nicht mehr und nicht weniger als die Wiedervereinigung der beiden christlichen Kirchen. Verantwortung im Ungewissen. Und in diesem Ausgesetztsein, und vergessen wir nicht: im Kreise von hochrangigen Kollegen, Theologen, Philosophen, Astronomen, durfte er »das Unbegreifliche« umfangen, wenn auch »unbegreifbar«. Seine Erkenntnis, die er als Geschenk vom Vater der Lichter bezeichnete, war, daß er sich im Zustand »wissender Unwissenheit« befand. Gott war nicht zu erkennen. Wäre er zu erkennen, wäre er nicht Gott. Ganz einfach. Was erkannt wird, ist immer ein Bestimmtes, Einzelnes, Relatives. Gott aber ist das schlechthin Absolute. In den folgenden Monaten, meine Damen und Herren, schrieb Nikolaus sein frühes, radikales Hauptwerk: »De docta ignorantia«, vom Wissen als Nichtwissen. Das ist eine Abhandlung über das Zusammenfallen der Gegensätze in drei Büchern, über Gotteslehre, Kosmologie und Christologie. Bitte schauen Sie da einmal bei Gelegenheit hinein. Es gibt die schmalen Texte in lateinisch-deutschen Ausgaben.

Albatros warf seinen Kopf zurück und fuhr sich langsam durch sein Haar. Und alle wußten, was er dachte: Er gehörte einer Generation von Gelehrten an, die mit ihresgleichen bei Bedarf fließend auf Latein hätten konversieren können.

Dann trat der Professor mit zwei anmutigen Schritten vor sein Pult und verbeugte sich, als habe er seine Studenten dirigiert wie ein Denk-Orchester.

Der Tanker war nun auf direkter Fahrlinie zum Schwarzen Meer, und das Pilotboot verschwand gerade hinter seinem Stahlkörper. Es flankierte den Tanker, für Cla nicht mehr sichtbar, weil vom Rumpf verdeckt, das letzte Teilstück entlang auf der Seite Europas.

Es windete immer noch. Gestern abend war der Fährverkehr zwischen Sarıyer und Anadolu Kavağı eingestellt worden. Und Cla sah noch den irritierten jungen Mann in seiner dünn wattierten Winterjacke, der an der Anlegestelle auf der europäischen Seite stand und begriff, daß er nicht innerhalb von zehn Minuten drüben auf dem asiatischen Kontinent sein konnte. Ohne Fähre, mit Bussen, selbst mit einem Taxi, das er sich nicht leisten würde, müßte er über die zweite oder die dritte Bosporusbrücke nun für Stunden unterwegs sein.

Was war das für eine Reise gewesen, während der sein wohl wichtigstes Buch Fahrt aufnahm? Knapp 600 Jahre vor ihm war Nikolaus von Kues, ein Mann von 36 Jahren, mit einer Gesandtschaft des Papstes an diesen Ort der drei Wasserstraßen gekommen. Er hatte eine Mission.

Cla schaute in das vorbeiflutende Wasserband. Was sah Nikolaus von Kues, ein intellektuelles Genie auf der diplomatischen Karrierespur, als er mit drei päpstlichen Galeeren am 24. September 1437 aus Venedig kommend in Konstantinopel eintraf?

Er sah das Licht über dem Marmarameer, die Theodosianischen Seemauern, und da es spät war, lag Asien drüben noch im Abendlicht, während das europäische Ufer schon beschattet war. Er fuhr an der Hagia Sophia vorbei, mit ihrer Kuppel auf nur vier Stützpunkten ein architektonisches Wunder, das Wahrzeichen der orthodoxen Welt. Er schaute in das Strömen des Bosporus hinauf, und wenn sein Schiff nun gegen das Goldene Horn wendete, sah er den Galataturm der Genueser Kolonie, errichtet hundert Jahre zuvor als Christus-Turm. Die so viel ältere Chora-Kirche und andere byzantinische Kirchen, die, wie alles von Wert und Unwert, während des Vierten Kreuzzugs geschändet und geplündert worden waren, sah er später. Vieles, was die Kreuzritter – Christen gegen Christen! – damals mitgenommen hatten, hatte er als Raubgut bereits in Venedig sehen können, im Dogenpalast, im Markusdom. Auch die wunderbare Quadriga, die lebensechten, vergoldeten Bronze-Pferde über dem Westportal des Markusdoms. Sie hatten ihre Heimat beim Hippodrom von Konstantinopel.

Nikolaus von Kues wollte das Weltwissen erneuern. Also mußte er es kennen. Immer wenn er reiste, und er reiste fast immer, sammelte er Handschriften. Er suchte und entdeckte verschollene Texte der Antike, fand unbekannte Handschriften aus dem Mittelalter; später widmete er sich dem neuen Medium der aufregenden Drucke, die es nun gab.

In seiner Kölner Studentenzeit war Cla einmal nach Kues an der Mosel gefahren und hatte sich in der Bibliothek des Cusaners umgesehen; es war wohl immer noch eine der bedeutendsten Privatbibliotheken antiker und mittelalterlicher Schriften.

In Konstantinopel kaufte Cusanus, was er an Texten bekommen konnte; er ließ sie aus dem Griechischen übersetzen. Zu seinen Schätzen, die er dann nach Europa mitbringen sollte, gehörten Handschriften von immerhin zweien der Drei Hierarchen des 4. Jahrhunderts, der großen Heiligen des christlichen Orients: Predigten des Johannes von Antiochia, eines legendären Redners, der deshalb den Beinamen Chrysostomos, Goldmund, bekommen hatte; Schriften von Basilius dem Großen; Ausführungen des Niketas David Paphlagon zu den Gedichten von Gregor von Nazianz, dem dritten Hierarchen, der, wie Basilius der Große, aus Kappadokien stammte. Und eine Handschrift von Proklos über die »Theologie Platons«. Proklos, Anfang des 5. Jahrhunderts in Konstantinopel geboren, gestorben nach einem langen Leben in Athen, war noch ein glücklicher und überzeugter Anhänger der griechischen Götterwelt, als im Römischen Reich das Christentum bereits Staatsreligion war. Cusanus las und kommentierte ihn mit Leidenschaft.

Und er war neugierig. Er war zu den Schwarzen Franziskanern gegangen und in den Dominikanerkonvent von Pera und hatte um eine Einführung in den Koran gebeten.

Gleich in seinen ersten Tagen in Istanbul hatte Cla nach den Überresten dieses Dominikanerkonvents gesucht. Er hatte die einstige Klosterkirche im Viertel Karaköy unterhalb des Galataturms als »Arap Moschee« gefunden. Sie hatte ihren Namen »Arabische Moschee« von muslimischen Arabern erhalten, die, im 15. Jahrhundert vor der Inquisition aus Spanien geflohen, hier im Viertel Aufnahme fanden. Heute war die »Arap Moschee« die einzige gotische Kirche in Istanbul. Cla mochte ihren italienischen Glockenturm, der sich mit kleinen baulichen Veränderungen problemlos als Minarett nutzen ließ.

Cusanus sollte dann einer der ersten christlichen Theologen sein, der ein Buch über den Koran schrieb.

Als er die Moschee durch den hinteren Hofeingang verlassen hatte, saßen auf den Marmorstufen am Tor zwei syrische Mädchen mit staunenden Blicken. Zwei schwarze, lebensoffene Blüten, dicht beieinander. Er war an ihnen vorbeigelaufen. Und dann doch umgekehrt. Nicht um ihnen Geld zu geben – er hatte ihnen dann Geld gegeben –, aber er war zurückgegangen, um noch einmal ihre Gesichter zu sehen.

In Konstantinopel hatte Cusanus gut acht Wochen Zeit. Erst Ende November sollte es zurückgehen nach Italien.

In all den Religionsstreitigkeiten zwischen Rom und Byzanz (und im Innern gab es die Auseinandersetzungen mit den radikalen Hussiten) stellte sich ihm das Erkennen auf einmal selbst in Frage. Eine Erschütterung, die auch befreit haben muß.

Lessing übrigens, meine verehrten Damen und Herren – Cla sah Albatros noch vor sich, wie er sein Manuskript in die Aktentasche steckte und schon dabei war aufzubrechen –, Lessing hat gesagt, daß er, vor die Wahl gestellt, im Besitz der Wahrheit zu sein oder den Weg der Erkenntnis gehen zu dürfen, letzteres vorziehen würde.

Und dann hatte der Professor abschließend in die Runde gelächelt.

Aber, meine Damen und Herren, Cusanus wußte das früher.

Ein haigraues russisches Kriegsschiff fuhr vorbei, als patrouilliere es. Cla sah die Nummer 127 seitlich am Rumpf vor dem Bug. Ein Boot der Küstenwache folgte ihm.

2

Es gab keine Kaffeemaschine. Vor ihm stand ein kleines Behältnis aus Messing mit einem langen Stiel, in dem man türkischen Mocca zubereiten konnte. Aber er hatte keine Ahnung, wie das ging. Er öffnete den Küchenschrank, sah eine Porzellankanne, und es freute ihn auf einmal, Kaffee so aufzubrühen, wie er es während des Studiums getan hatte.

Während er das siedende Wasser auf das Pulver goß, fiel ihm der Kellner wieder ein. Sie hatten, bevor er ging, dann doch noch einige Worte gewechselt. Der Kellner erzählte, daß sich seine Eltern in Thessaloniki kennengelernt haben. Ganz romantisch in einem Rembetika-Lokal, wo man die alten Lieder sang, die die ausgewiesenen Pontus-Griechen mitgebracht hatten. Vater und Mutter seien dann sehr jung zusammen nach Deutschland, Dortmund ausgewandert. Dort sprach man griechisch und türkisch, je nachdem, wer gerade zu Besuch kam. Oder beides durcheinander. Er sei in Dortmund zur Schule gegangen. Jedenfalls die meisten Jahre. Der Kellner hatte ihm die Hand auf die Schulter gelegt und mit einem Achselzucken angedeutet, daß sich seine Kindheit und Jugend nicht so schnell erzählen ließen. Es war eine wegwerfende Geste gewesen, als sei das auch nicht mehr wichtig.

Cla rührte das aufgebrühte Pulver in der Kanne um, damit es sich setzte. Und auf einmal schien ihm, es sei angenehm, wieder hingehen zu können, vielleicht auch öfter, ja sogar in lockerer Unregelmäßigkeit. Hier im Wissenschaftskolleg waren alle beschäftigt, man grüßte sich höflich auf den Kieswegen. Und er selbst hatte auch kein großes Interesse, sich in Fachgesprächen zu üben. Das, was ihn interessierte, wollte er für sich selbst erkunden. In Gedanken und auch gedankenlos.

Im Grunde war er gerne allein. Es beruhigte ihn, auf keine Ansprüche reagieren, seine Zeit nicht mit jemand anderem abgleichen zu müssen. Aber dieses enthobene Restaurant im Möwenflug, der schmale Mann in der langen Kellnerschürze, von angenehmer Höflichkeit, mit einer interessanten Biographie, das war etwas, das vertraut werden könnte. Ohne soziale Verpflichtungen nach sich zu ziehen.

Er nahm den Kaffee zum Schreibtisch und begann, in seinen Notizen zu blättern. Was er las, gefiel ihm, vielleicht weil er es nicht immer ganz verstand und so Raum gewann für eigenes Nachdenken. Es öffneten sich ihm Fenster, bei denen nicht ganz sicher war, auf was sie zeigten.

Bewegung können wir nur erfassen, indem wir sie mit etwas vergleichen, das feststeht. Wüßte jemand nicht, daß das Wasser fließt, und sähe er nicht die Ufer, während er sich im Schiff mitten auf dem Wasser befindet, wie könnte er bemerken, daß es das Schiff ist, das sich bewegt?

Da war er wieder, der Verstand, der begriff, indem er unterschied. Das Stillstehen etwa mit der Fahrt. Und dabei konnte er sich täuschen, wenn er nichts hatte, an dem er Ruhe oder Bewegung messen konnte.

Ruhe oder Bewegung aber waren niemals absolut. Sie waren nie die Wahrheit, sondern blieben, steigerbar oder verminderbar, relativ aufeinander bezogen.

Und da sich jede Sinneserscheinung prinzipiell steigern oder vermindern ließ, konnte es keinen absoluten Stillstand geben. Damit kam Cusanus zu einer neuen Kosmologie.

Deshalb ist es unmöglich, daß der Weltapparat oder diese sinnlich wahrnehmbare Erde einen feststehenden und unbeweglichen Mittelpunkt besäße. Das gilt auch für die Luft oder das Feuer und für was auch immer. Es gilt auch, wenn man die verschiedenen Bewegungen der einzelnen Weltsphären ins Auge faßt.

Im Wissen um das Nichtwissen waren Cusanus die Fixpunkte abhanden gekommen. Sie waren vom Menschen gesetzt und entsprachen keiner kosmologischen Wahrheit. Sein Universum hatte keinen Mittelpunkt mehr. (Das heißt, es war auch nicht heliozentrisch, wie Kopernikus es sah.) Sein Universum war unendlich und umfaßte unkennbar viele Welten. Und die Erde war ein Stern unter anderen.

Also ist die Erde ein edler Stern. Sie besitzt Licht, Wärme, Einflußkraft, die verschieden sind von denen aller anderen Sterne. Aber genau so unterscheidet sich jeder andere Stern von allen anderen durch Licht, Natur und Einflußkraft.

Indem Cusanus die Hierarchie im Universum aufhob, gab er dem einzelnen Planeten einen neuen Wert. Aus sich heraus. Die Erde war ein edler Stern neben anderen Sternen, die auch edel sein mochten. Darin lag beides: Selbstbewußtsein und die Demut, gelten zu lassen.

Eine eigenartige Mischung, dachte Cla. Und dann kam er auf den Gedanken, daß echtes Selbstbewußtsein ohne Demut unwahrscheinlich war. Er nahm sich vor, diesen Satz zu prüfen.

In dieser Einsicht, als das, was er war, etwas Besonderes zu sein, kam der Mensch in neuer Weise in Bewegung in seinem Verhältnis zu Gott.

Der Mensch ist Gott, nicht im absoluten Sinn, weil er Mensch ist. Er ist also ein menschlicher Gott. Der Mensch ist auch die Welt. Er ist Mikrokosmos oder menschliche Welt. Der Bereich der Menschheit umgreift mit seiner menschlichen Macht Gott und die Welt. Der Mensch kann also ein menschlicher Gott oder wie Gott sein. Er kann als Mensch ein menschlicher Engel oder eine menschliche Bestie sein, ein menschlicher Löwe, ein Bär oder was immer sonst.

Wie bodenlos abgründig war diese Stelle, die so harmlos klang. Wenn Gott das Zusammenfallen der Gegensätze war, fielen in ihm dann auch das Gute und das Böse zusammen? Und war es dann nicht gleich richtig zu sagen, daß Gott lebendig war, wie auch, daß er nicht lebendig war?

Gott war nicht entthront, lange nicht. Aber der Mensch, ein »menschlicher Gott«, wuchs und änderte sich neben ihm, nach Maßgabe dessen, was ihm in seinem Menschsein möglich war.

In der Vielheit der Erscheinungen, in ihren Möglichkeiten zu variieren, sah Cusanus Gotteslob. Gott lobte sich in der unerschöpflichen Varianz seiner Schöpfung.

Warum gibt es so viele Sprachen, wenn nicht dazu, das Unbenennbare besser zu benennen? Warum gibt es so viele Menschen, wenn nicht dazu, die unausdrückbare Menschheit besser auszudrücken? Warum gibt es so viele Geschöpfe, die Abbilder Gottes sind, wenn nicht dazu, die Wahrheit besser in Vielfalt zum Ausdruck zu bringen, die in ihrem Ansichsein unausdrückbar ist?

Konsequent war dann nur, daß Cusanus auch die drei mittelmeerischen Religionen auf ihre Weise in ihrem Recht sah. Sie waren menschliche Versuche der einen, wahren Religion, in der alle anderen Religionen zusammenkämen.

Das Telephon klingelte, und er stand auf.

Ein wenig erschrak er, als er ihre Stimme hörte.

– Ich störe?

– Nein, nein, aber –

– Ich kann auch später anrufen.

– Ach Alva, nein!

– Aber wieso, wenn ich störe, kann ich doch später anrufen.

– Ja also, wenn du meinst. Ich habe gerade angefangen zu lesen und schon ein bißchen zu schreiben. Geht es dir gut?

– Ja, schon.

– Sei mir nicht böse, ich bin grad in Gedanken woanders; ich melde mich morgen bei dir. Oder heute abend. Ich denke an dich.

Sie hatte zuerst aufgelegt.

Es tat ihm leid. Vermutlich hatte er reflexhaft abgewehrt. Es war doch so, daß er sie gerne gehört hätte. Er mochte ihre Stimme. Und sie hatte einen wunderbaren Sopran, fast wie ein Knabe. Alva sang in zwei Chören; rätoromanische Lieder in dem einen, in dem anderen Messen.

Er ging wieder zum Schreibtisch.

Immer war da diese Unentschiedenheit zwischen ihnen, die, er wußte es, von ihm ausging. Aber warum ließ er diese junge Frau dann nicht?

Sie waren jetzt gut zwei Jahre zusammen. Das war noch nicht wirklich bindend. Oder täuschte er sich? Offensichtlich schreckte er vor dem Gedanken zurück, diese Beziehung zu beenden. Und warum konnte er sich dann nicht zu einer Heirat entschließen? Alva blieb diskret, aber es war deutlich, sie wollte Kinder, eine Familie. Er hätte nicht sagen können, daß er keine Kinder, keine Familie wollte. Aber reichte das, um eine Frau zu heiraten, von der man sagen würde, daß man sie liebt, wenn man sicher wäre, lieben zu können?

Er stand wieder auf, um sich in der Küche neuen Kaffee zu holen.

Genügte für ein gemeinsames Leben die Angst, die Trennung nicht zu leisten? Vermutlich hing er mehr an ihr, als er sich zugeben wollte. Dann müßte er sich für sie entscheiden.

Istanbul, sein Cusanus-Projekt: er war auch hierhergekommen, um sich über Alva mehr Klarheit zu verschaffen. Er brauchte den Abstand, frischen Alltag, Atmen in anderen Zusammenhängen. Er wollte neu über sich nachdenken. Und das kam ihm auch albern vor. Er stand doch im Leben, ein erfolgreicher, nicht unbeliebter Lehrer. Im Kollegium geschätzt. Warum war er so unsicher?

Er kannte und haßte die Einsicht: keine Entscheidung war immer auch eine Entscheidung, nur merkte man es nicht so leicht. In der Wahrheit der Zeit fielen beide zusammen.

Er nahm die Porzellankanne mit zum Schreibtisch, goß sich ein zweites Mal ein. Trank einen Schluck im Stehen. Der Kaffee war mittlerweile lauwarm.

Der Erfolg von Cusanus bestand schon darin, daß sich der Kaiser von Konstantinopel überhaupt mit ihm und seiner päpstlichen Gesandtschaft auf den Weg machte. Damit war seine Mission im Grunde erfüllt. Es war ein Erfolg auf dem Feld der internationalen Politik. Ferrara war weit, die Schiffsfahrt nicht ungefährlich. Und der Patriarch fast 80 Jahre alt.

Er sollte die Rückreise nicht mehr antreten.

Joseph II., einst Mönch auf Berg Athos und Metropolit von Ephesus, dann 22 Jahre Patriarch von Konstantinopel und Befürworter der Kirchenunion, starb vor Ende des Konzils in Florenz. Das Konzil war umgezogen. Cosimo de' Medici hatte die Konzilsteilnehmer gleichsam abgeworben. Das Wetter in Florenz sei besser als im sumpfigen, von Mücken heimgesuchten Ferrara, und da dem Konzil das Geld ausging, war die Einladung verlockend. Cosimo sah gern, daß Florenz der geschichtsträchtige Ort sein sollte, an dem die Kirchenunion gelang. Auch wenn diese Einigung nur von momenthafter, politisch unerheblicher Dauer sein würde. Aber das konnte auch ein Genie wie er nicht wissen.

Cla sah auf. Ein zimtroter Frachter, beladen mit blauen und grauen, beigen Containern, kam vorbei. Schiffe, wie Städte, hoch gebaut, dachte er. Gigantische Rammböcke auch.

Letzte Woche hatte ein 225 Meter langer Koloß, beladen mit Gerste aus Rußland und Saudi-Arabien, auf dem Weg zum Marmarameer einen Motorschaden und wurde auf einmal manövrierunfähig. Der Kapitän ignorierte die Anweisung aus dem Lotsenschiff, Anker zu werfen. Und mit sicherer Gewalt fuhr die metallene Macht am asiatischen Ufer in ein Ensemble von osmanischen Holzvillen aus dem 19. Jahrhundert.

Die frontal getroffene Villa wurde eingedrückt wie ein Karton. Sie war unbewohnt. Die Besitzer vermieteten das Gebäude für reiche Hochzeiten, Sommerfeste. Bilder zeigten eine aufgerissene Fassade. Dann bodenlange, wehende Vorhänge, den Saal mit weiß eingedeckten Tischen, cremefarbenes Porzellan, filigrane Gläser, Silber, helle Stühle – in die sich ein domhoher Schiffsbug gebohrt hatte.

Der zimtrote Frachter bewegte sich langsam weiter, als sei er von nicht zu erschütternder Sicherheit.

Cla hatte sich eine kleine Bibliothek zusammengestellt. Bildbände über das historische Istanbul. Reiseberichte und Stadtführer aus den unterschiedlichen Epochen. Bücher über byzantinische Kunst. Cusanus in verschiedenen Ausgaben und Cusanus-Kommentare. Cusanus-Biographien. Sein Zimmer hatte er mit Mappen und Plänen tapeziert. Er liebte es, Notate aufzuhängen. Das beruhigte ihn. Es war, als könne ihm das Gedachte dann nicht weglaufen. Es hatte seine Verbindlichkeit im Raum.

Auf seinem Schreibtisch lag eine Anthologie moderner türkischer Gedichte, die ihm Alva geschenkt hatte, als Glückwunsch zum Stipendium. Er faltete eine Landkarte auf, die er bereitgelegt hatte.

Man fuhr auf der festgelegten Route der Venezianischen Schwarzmeerflotte. Von Konstantinopel durch das Marmarameer, die Dardanellen, dann auf der Ägäis bis zur Meerenge von Euripos, die nur 40 Meter breit war und die Insel Euböa vom griechischen Festland trennte. Weiter um die Peloponnes und die Westküste hinauf durch das Ionische Meer bis Korfu. Nun die griechische Küste entlang durch die Adria, geleitet vom albanischen, dalmatischen, istrischen Ufer, bis Venedig.

Er hatte die französische Übersetzung des Tagebuchs von Sylvester Syropoulos, dem Kirchenobersten der Hagia Sophia, dabei. Syropoulos begleitete den Patriarchen Joseph II. als Protokollant des Konzils und als Berater. Er schrieb auch über die Schiffsreise. Und um eine Vorstellung davon zu bekommen, wie das Leben auf Schiffen im 15. Jahrhundert gewesen war, hatte Cla in frühen Reiseberichten der Pilger gelesen, die von Venedig nach Jerusalem fuhren.

Die Schrecken solcher Unternehmungen waren erheblich. Immer wieder fuhren Stürme in die großen Segel der Galeeren und konnten sie zum Kentern bringen, oder sie brachen die Reihen der Ruder wie Strohhalme. Und wenn die doch standhielten, war das Schaukeln und Springen der Schiffe oft so heftig, daß sich die Reisenden nur noch erbrachen. Für die Notdurft gab es wenige Löcher in der Bordwand, und dort war naturgemäß immer ein Gedränge. Und von den tönernen Nachtgeschirren ist die Rede, von den Gläsern für Urin, die in Enge und Dunkelheit dauernd umgeworfen wurden. Zum Stallgeruch des mitgeführten Schlachtviehs kamen die Ausdünstungen der Gesunden und der Kranken, deren Lager, mit Sand und Streu unterfüttert, nicht so oft ausgefegt wurden wie nötig. Mäuse und Ratten waren ungeladene Reisegesellen, deren die eigens mitgeführten Schiffskatzen und -hunde nicht immer Herr werden konnten.

Die Galeeren waren generell überfüllt; die Schiffsunternehmer trachteten danach, die kostspieligen Reiseplätze auszunutzen. Pro venezianische Galeere gab es etwa 200 Ruderer. Diese Männer waren keine Sklaven, sondern Freie, nicht verpflichtet, ständig zu rudern. Einzig bei den Häfen, beim Hinein- und Herausfahren, mußten sie arbeiten und in Notfällen, wenn die Segel wegen Flauten oder dem Umschlagen der Winde ausfielen. Die meisten der Ruderer waren ausgebildete Bogenschützen. Wenn, was nicht selten war, ein Schiff von Piraten oder Küstenbewohnern angegriffen wurde, konnten sie es verteidigen.

... bis ich auf dem Meer von Griechenland zurückkehrend dahin geführt wurde – ich glaube durch ein höheres Geschenk vom Vater der Lichter –, unbegreiflich zu umfangen das Unbegreifliche in wissender Unwissenheit ...

Die Schiffsbewegungen des Bosporus boten sich Cla als Farb- und Formsensationen dar. Nichts wußte er von der Fracht, die da an ihm vorbeizog, nichts von den Zielen dieser Riesen, die, zwischen Marmarameer und Schwarzem Meer, seinen Schreibtisch passierten. Menschen sah er nie. Vielleicht würde er sie mit einem Fernglas entdeckt haben.

Er wollte Cusanus, den offenen, den wißbegierigen, den wohl auch mystisch begnadeten Philosophen verstehen. Aber hoffte er daneben vielleicht auch selbst auf ein Geschenk vom Vater der Lichter?

Er glaubte nicht an einen christlichen Gott; die abrahamitischen Religionen interessierten ihn historisch, ethnologisch, literarisch. In ihren Riten, ihrer Formenvielfalt. Als Philologe, als Pädagoge. Im besten Falle hätte er sich einen katholischen Agnostiker nennen mögen. Als Kind hatte seine Mutter mit ihm gebetet, ihn manchmal mitgenommen in die Messe in einem katholischen Dorf. Gerne hätte er an einen Vater der Lichter geglaubt, aber es war ihm nicht gegeben. Doch manchmal sah er eine Lücke für Erfahrungen, die gerade das Nichtglauben gab. Und im Zweifelsfall glaubte er an die menschliche Bestie, den menschlichen Engel, den menschlichen Bären. Oder was immer sonst.

Und als nun das Telephon klingelte, ahnte er blitzartig, wer es war. Auch wenn das nicht sein konnte.

III. Üsküdar

Die Kirschen der Schwarzmeerküste

1

Sie lagerten nebeneinander auf den Kissen am Ufer von Üsküdar und sahen auf den Mädchenturm. Dahinter über dem Wasser lag Eminönü mit der Landzunge des Topkapı-Palastes. Sie sahen die Kuppeln von Hagia Irene, Hagia Sophia, der Blauen Moschee und weiter, Richtung Goldenes Horn, die Süleymaniye-Moschee, die große Moschee von Fatih und all die Minarette, Ausrufezeichen für die Schönheit dieses Blicks. Der Himmel vertiefte sich in warmen Farben. Und wie ein scheuer Wink aus Byzanz stand der Galataturm auf der gegenüberliegenden Seite des Goldenen Horns; von hier stiegen die spiegelnden Glasscheiben der Häuser Beyoğlus die Hügel hinauf. Und der Blick reichte bis zu den im sinkenden Licht blauenden Hochhäusern von Levent.

Die Kellner liefen mit Tabletts vorbei und reichten Wasser und Mokka, Tee. Auf den Untertellern lagen Zuckerstückchen einzeln in Papier verpackt. Manche Gäste rauchten Wasserpfeife, und ein Duft von Apfel oder Rose zog vorbei; fast alle photographierten mit ihren Handys das wechselnde Licht, den Anflug der Möwen. Es war ein milder Winternachmittag.

Und die Menschen hatten rosa Gesichter vom frühen Abend-licht.

Cla war noch nie in einem Café gewesen, in dem man nicht an Tischen saß, sondern auf Polstern lag, unter freiem Himmel auf langen Uferterrassen.

Immer wenn es sehr fremd war, dachte er an Zuhause. Wie um sich zu vergewissern, daß er ein Zuhause hatte. Und daß er vielleicht gerade deshalb auch anderswo daheim sein konnte.

Im Engadin war jetzt noch heller Tag, und es gab viel Schnee. Es waren die Wochen des Wintertourismus. Auch Chur lag weiß unter einem blauen Himmel; Alva hatte geschrieben. Sie war im nahen Arosa skifahren gewesen. Aber über Alva sprach er jetzt nicht. Er war froh, nichts sagen zu müssen. Seine Augen lagen geschützt unter einer neuen Sonnenbrille. Er fand, sie stand ihm. Und Baran neben ihm trug auch eine Sonnenbrille, wie die jungen Türken sie eben trugen. Jetzt beschirmten die Gläser sie gegen das Licht und ein wenig auch voreinander. Cla war glücklich. Aber auch von einer glücklichen Unsicherheit. Als könne ein falsches Wort alles zerstören.

Baran drehte sich eine Zigarette.

Was hast du da für Papierchen, sie sind sehr dünn? fragte Cla nun doch.

– Aus Damaskus, es gibt da einen speziellen Kiosk an der İstiklal.

Er leckte über das weiße Blättchen und bog es um den zusam-mengerollten hellen Tabak. Cla lehnte sich zurück. Die Sonne hatte eine Kraft, die sie nur im Winter haben konnte, und malte Farben, die nie so stark waren wie kurz vor ihrem Untergang.

– Wie hast du mich gefunden?

Baran zündete die Zigarette an. Das war wohl nicht schwer. Tarabya, Forschungskolleg einer Schweizer Stiftung. Ich fragte nach dem Lehrer aus dem Engadin und wurde durchgestellt.

Cla lächelte.

Gute Idee – er zögerte –, ich hätte den Mut kaum gehabt.

Baran nahm einen Zug, inhalierte und blies den Rauch gegen das Wasser.

– Ich brauchte keinen Mut; ich hatte keine Angst.

Er lehnte sich seitlich, ihm zugewandt, gegen das Kissen zurück. In Jeans und blauem Baumwollhemd, einen schwarzen Pullover um die Schulter gelegt, sah er magerer und jünger aus als in Kellnerweste, Jackett und Schürze. Und diese Haltung jetzt betonte, womit er auch zu spielen schien, seine Hüften. Er lehnte den Kopf zurück, als wolle er die Sonne auf sein Gesicht einladen.

Cla fand ihn attraktiv. Und zugleich irritierte ihn die Vorstellung, daß Baran vor ihm attraktiv erscheinen wollte.

– Hier ist Baran, der Kellner, bei dem Sie Ihren Schal vergessen haben. Lust auf einen Kaffee? Ich weiß einen guten Ort.

Und Cla, verblüfft und erfreut über die scheinbare Selbstverständlichkeit der Frage, hatte nicht viel mehr als Ja gesagt.

Als sie sich am Fährenhafen von Üsküdar gegenüberstanden, hatte Baran ihn geduzt, wie einen Bruder: Willkommen, Schweizer, in Asien!

Cla hatte gelacht und gesagt, ich bin Engadiner. Und als Baran dann fragte, wo das Engadin liege, hatte er ihm ein wenig über sein abgelegenes Hochtal zwischen Maloja und Martina erzählt. Und vielleicht hatte er damit angegeben, daß bei ihm zu Hause noch eine uralte Sprache gesprochen werde: Rätoromanisch. Eine lateinische Sprache, in der es aber noch viel ältere Wort-Fragmente gebe, aus der Zeit der Kelten, der Etrusker. Und als Baran dann »Hoşgeldiniz« sagte und Cla reflexhaft mit »Allegra« antwortete, war ihm nicht klar, daß er damit diesen fremden Mann in der Fremde bei sich willkommen hieß.

Ein kleines Boot pendelte hin und her zwischen dem Ufer und dem Mädchenturm. Es gab dort in der Höhe eine Bar und darunter ein Restaurant. Aber viele Besucher fuhren nur hinüber, um einmal den Turm zu umrunden oder aus seinen Fenstern zu sehen. Im Frühling, sagte Baran, gibt es hier Delphine.

– Delphine im Bosporus?

– Ja sicher. Sie kommen vom Schwarzen Meer und ziehen ins Marmarameer und ärgern die Angler, weil sie ihnen die Fische wegfressen.

Baran sah dem kleinen Boot nach, nahm einen letzten Zug und drückte die Zigarette im Aschenbecher aus.

– Du kennst die Geschichte vom Mädchenturm?

– Nein.

– Aber Nâzım Hikmet kennst du?

Cla nickte und begann: Ich liebe dich, wie man Brot in Salz tunkt und ißt …

Er konnte nur diese eine Zeile auswendig. Sie war ihm im Gedächtnis geblieben aus der Anthologie türkischer Lyrik, die ihm Alva geschenkt hatte. Immer wieder las er ein wenig darin.

Baran freute sich offensichtlich und sprach den Anfang des Gedichts auf Türkisch:

Seviyorum seni ekmeği tuza banıp yer gibi
geceleyin ateşler içinde uyanarak
ağzımı dayayıp musluğa su içer gibi

und dann übersetzte er aus dem Gedächtnis frei weiter:

Ich liebe dich so, wie ich trinke, nachts,
wenn ich im Fieber erwache
und den Mund an den Wasserhahn presse,
so, wie man ein unerwartetes Paket öffnet,
schnell, erregt und vorsichtig.

Er überlegte kurz, strich sich durch die Locken und fuhr fort:

Ich liebe dich, als flöge ich zum ersten Mal übers Meer
so liebe ich dich, wie das sanft in der Dunkelheit
versinkende Istanbul,

– dabei sah er mit einer ausgreifenden Bewegung des Arms hinüber zur europäischen Seite, auf der das späte Licht immer noch glühte –

wie Istanbul, das mein Innerstes rührt, so liebe ich dich,
als wollte ich sagen: Gottlob, wir leben.

Er hatte das »Gottlob, wir leben« stark betont, so daß sie nun beide lachten, und dann erzählte Baran:

Also, es gibt drei Geschichten. Zuerst die älteste.

Der Turm heißt auch Leanderturm. Leander liebte heimlich die schöne Hero, die in diesem Turm wohnte. Nachts schwamm er regelmäßig zu ihr hinüber. Aber einmal, in einer mondlosen Sturmnacht, blies der Wind das Licht aus, das ihm Hero immer ins Fenster stellte. Leander verlor die Orientierung und ertrank. Als Hero am nächsten Morgen die angeschwemmte Leiche fand, stürzte sie sich vom Turm.

Cla nickte. Ja, das kenne ich doch. Aber ich dachte, die Geschichte spiele bei den Dardanellen? War Hero nicht eine Priesterin der Aphrodite auf der europäischen Seite des Hellespont? Und Leander schwamm von Asien hinüber zu ihr?

Baran zuckte mit den Schultern. Paßt auch. Paßt für alle Königskinder, die nicht zusammenkommen können.

Gewonnen, sagte Cla, und auf einmal fiel ihm der hervorspringende Adamsapfel unter Barans Kinn auf.

Er schwieg.

– Willst du die zweite hören?

– Ja sicher. Oder nein, sag erst, was ist das für ein Turm?

Baran richtete sich etwas auf. Heute ein Turm aus dem 18. Jahrhundert. Er steht auf einer Insel, da, wo Marmarameer und Bosporus zusammenkommen. Dieser Turm war schon alles: Wachturm, Zollstation, Leuchtturm, während einer Choleraepidemie einmal Quarantänelager. Auch ein Alterssitz für Seeoffiziere. Und im Byzantinischen Reich stand hier ein Turm, von dem aus eine Eisenkette über den Bosporus gespannt werden konnte, wenn feindliche Schiffe nahten.

Cla sah weg von Baran, seinem Hemdkragen, seinen Schultern und hinüber zum Turm im Wasser. Er war nicht auftrumpfend, nicht streng, eher eine lebensfreundliche Behauptung im Meer.

– Und die zweite Geschichte?

Baran nickte und fuhr fort:

Ein Sultan hatte von einem Seher gehört, daß seine Lieblingstochter vor ihrem 18. Geburtstag von einer Schlange tödlich gebissen werden würde. Also brachte er die Prinzessin in diesen Turm. Niemand außer ihm durfte ihn betreten. Alles ging gut. Als er ihr aber am Abend vor ihrem Geburtstag einen Korb mit Früchten brachte, war unbemerkt eine Schlange hineingekrochen.

Der Vater, ausgerechnet der Vater, sagte Cla, der das Mädchen vor der Schlange schützen möchte, bringt ihr das Verderben.

– Ja. Die Väter, ihre heranwachsenden schönen Töchter und die Schlangen. Die Märchen kennen sich aus mit Sex.

– Ich kenne die Geschichte aus anderen Zusammenhängen. Steht sie nicht im Dekameron? Und da spielt ein Messer eine Rolle, aber vielleicht täusche ich mich. Und ich bin nie auf den Gedanken gekommen, daß es hier um Sexualität geht.

Baran nahm die Sonnenbrille ab und sah ihm direkt in die Augen. Vielleicht tut es das auch nicht. Ich meine nur.

Er spielte mit den Brillenbügeln, dann setzte er sie wieder auf.

– Und die dritte?

– Ist eine wahre Geschichte.

– Die anderen waren auch wahr.

– Wenn du es sagst.

Im deutschen Brandenburg wurde 1827 ein Junge namens Karl geboren. Sein Vater war ein preußischer Hofmusiker, die Mutter entstammte einer Hugenottenfamilie. Karl wollte auf der Schule nicht so, wie die Eltern es gerne gehabt hätten. Er brach das Gymnasium ab und heuerte als Schiffsjunge auf einem mecklenburgischen Zweimaster an. Aber bald gefiel ihm auch dieses Leben nicht mehr. Als sein Schiff in Istanbul vor Anker lag, sprang der Junge von Bord und schwamm zum Mädchenturm. Der Turmwächter fischte ihn aus dem Wasser, und klatschnaß erklärte Karl mit Händen und Füßen, er wolle nie mehr auf dieses Segelschiff zurück.

Zufällig erfährt der Großwesir davon. Er findet den Jungen erstaunlich. Karl konvertiert zum Islam, heißt nun Mehmet Ali, kommt hier auf die Kadettenschule und macht bald eine militärische und diplomatische Karriere. Er soll neben Deutsch und Französisch auch Griechisch, Persisch, Arabisch gesprochen haben. Er heiratet, wird Vater von vier Töchtern. Eine dieser Töchter schenkt einem Mädchen das Leben und nennt es Celile. Celile wiederum wird einen Sohn gebären. Und?

– Was und? Ich weiß nicht.

– Richtig! Dieser Sohn ist unser wunderbarer Nâzım Hikmet.

Ich liebe dich, wie man Brot in Salz tunkt und ißt! Gut, daß Karl aus Brandenburg in Istanbul vom Schiff sprang und schwamm.

Die Sonne war nur noch ein schmales aprikosenfarbenes Band, das sich von der Topkapı-Palastanlage bis hin zur Fatih-Moschee zog, und eine milchige Dämmerung hatte begonnen. Einzelne fliederfarbene Wolken verblaßten zu einem stumpfen Grau. Es wird kalt, sagte Baran und winkte dem Kellner. Wie wäre es mit einem Hamam?

Cla erschrak. Und als könne er ihn von dieser Idee ablenken, fragte er weiter: Du bist in Istanbul geboren?

Nein, nein, Baran setzte sich auf. Ich komme von der Schwarzmeerküste. Aus Giresun. Meine Mutter wurde in Deutschland schwanger mit mir, aber ich kam dann in den Sommerferien in der Türkei zur Welt. Meine Eltern arbeiteten, als ich klein war, in der Fabrik. Ich blieb die ersten Jahre bei der türkischen Großmutter. Ich war gerne bei ihr. Hast du einmal von Giresun gehört?

– Nein.

– Die Stadt ist bekannt wegen ihrer Kirschen.

– Kirschen?

– Ja. Und Haselnüsse. Aber die Kirschen sind historisch. Willst du es hören?

Cla hätte allem zugehört, was Baran erzählte. Und immerhin schien er von der Hamam-Idee abgekommen zu sein. So nickte er nur, lehnte sich in die Kissen zurück und sah hinauf in die Höhe der Seevögel.

– Da gab es also einen römischen Konsul, sagen wir, es war Lukullus, etwa eine Generation vor Christus. Der hat auf seinen Kolonialzügen den damals mächtigsten König Kleinasiens besiegt. Die Kriegsbeute war unermeßlich. Hunderte von Kriegsschiffen mit bronzenen Rammböcken, gepanzerte Reiter und gepanzerte Pferde, ganze Fußvölker von Soldaten, Streitwagen, Herden von Mauleseln, die mit Kisten voller Gold- und Silbergeräten, Münzen vollbepackt waren. Und acht Mulis trugen goldene Speisesofas!

– Speisesofas aus Gold! Mit goldbrokatüberzogenen Roßhaarkissen?

– Irgendwie so. Und neben diesen legendären Schätzen hat der siegreiche Konsul auch einen Kirschbaum aus Giresun nach Rom gebracht.

– Warum das?

– Man kannte in Rom diese Frucht noch nicht. Bei uns schon. Giresun hieß in der Antike Kerasous. »Kerasion« ist auf Altgriechisch die Kirsche. Wir sind also die Stadt der Kirschen.

Cla streckte sich auf dem Kissen aus. Er sah in den Himmel. Es gefiel ihm, Baran zu hören, der neben ihm lag und erzählend rauchte, ein junger Mann mit schmaler Nase und einem Profil, das er bislang nur von griechischen Statuen kannte. Nun warm und lebendig an seiner Seite.

– Wie gesagt, die Kriegsbeute ist ausführlich beschrieben worden. Aber ein Kirschbaum wurde nicht erwähnt. Wer hält sich schon bei Obst auf, wenn er von Gold und Waffen berichten kann! Aber 100 Jahre später schreibt Plinius der Ältere über diesen Baum von der Schwarzmeerküste in seiner Naturgeschichte. Denn die Kirsche aus Kerasous ist die Patriarchin für all die Kirschbäume, die sich von Süden nach Norden über ganz Europa verbreitet hatten. Und blühten und Früchte trugen.

Meine erste Kindheit, das waren blühende Kirschbäume, hohe Leitern an Kirschbäumen, Körbe voller Kirschen, Erntearbeiter, Erntearbeiterinnen, die Lieder sangen, türkische, griechische, georgische, armenische, kurdische. Kirschrote Münder. Und dann die breiten braunen Hände meiner Großmutter, die diese Kirschenfülle bändigen mußte und die Kirschen einsalzte in Fässern, bauchigen Tongefäßen, in Gläsern.

– Kirschen in Salz?

– In Meersalz. Wir konnten diese Sommerkirschen ja nicht alle aufessen. Und lagern, wie Äpfel, kann man sie auch nicht. Also wurden sie haltbar gemacht: eine Schicht Kirschen, eine Schicht Meersalz. Kirschen, Salz, Kirschen, Salz. Und im Winter entsteinte man sie, wässerte sie. Und briet sie in der Pfanne in Butter, mit Zwiebeln, wie Gemüse.

– Wie lang warst du bei der Großmutter?

– So bis fünf. Mein jüngerer Bruder durfte bei der Mutter bleiben. Mich holten sie kurz vor meinem sechsten Geburtstag nach. Aber da wollte ich schon nicht mehr. Meine Großmutter war ja meine Mutter geworden. Ich liebte meine Großmutter. Sie hat fünfmal am Tag gebetet. Und abends in der kleinen Küche ein Glas Raki getrunken und eine Zigarette geraucht. Sie hielt es mit Mevlânâ.

– Mevlânâ?

– Ein Dichter-Derwisch aus dem 13. Jahrhundert.

Ein Wort ist ein Nest,
und sein Sinn ist der Vogel,
der kommt und geht.

– Schön!

Ein Körper ist ein Flußbett
und sein Geist ist das Wasser,
das in ihm fließt.

– Mevlânâ ist sehr populär. Du findest seine Verse heute öfter
in türkischen Haushalten als den Koran. Er wurde zum Dichter, als er seinen Freund verloren hat. Hast du von den drehenden Derwischen gehört?

– Gibt es die noch?

Baran drückte die Zigarette aus und lächelte: Du wirst sie sehen. Du wirst Mevlevi-Derwische sehen, die kein Tourist sieht.

Der Kellner kam, und Baran bezahlte den Kaffee.

– Ja und dann eben Deutschland. Grundschule, Beginn des
Gymnasiums in Dortmund. Und als es mir dort endlich gefiel,
als ich Freunde hatte, dazugehörte zu den deutschen Jugendlichen, die mich mochten, mußten wir wieder zurück. Da war
ich dann 15, mein Bruder 13.

Sie waren aufgestanden. Und wichen einem Verkäufer aus,
der, laut rufend, sein Blechtablett auf dem Kopf balancierend,
Sesamkringel anbot.

– Und dann kamen wir in Giresun auf ein türkisches Gymnasium. Das war ein Kulturschock. Von wegen Heimat! Wir
mußten die türkische Nationalhymne singen. Ich hatte keine
Ahnung, was das war. Und als ich dabei die Hände in die Ho-
sentaschen steckte, bekam ich eine Ohrfeige. Ich habe dann
eine Weile in Ankara studiert, später in Thessaloniki, auch
einige Semester in Berlin.

– Und das ging, mit den vielen Sprachen?

– Ich lerne relativ leicht, ich lerne gerne Sprachen. Vielleicht auch wegen der griechisch-türkischen Zweisprachigkeit bei uns zu Hause. Jede neue Sprache ist ja so was wie eine neue Heimat. Oder anders: Wenn du die Sprache eines Landes nicht kannst, wirst du dort fremd bleiben.

– Was hast du studiert?

– Ach, alles irgendwie, Psychologie, wie alle, die keine sichere Herkunft haben, Philosophie; ich habe wild Vorlesungen gehört. Sprachkurse gemacht. Dann habe ich immer gerne Theater gespielt, ab und an kleine Rollen an kleinen Bühnen. Und eben gejobbt. Übersetzt für Behörden oder Kultureinrichtungen, ein wenig Kaváfis ins Türkische gebracht, so als Spielerei. Ich habe als Fremdenführer gearbeitet, auch irgendwelche Geschäftsführer zu Ausgrabungen begleitet, gekellnert. Ich bin ein gesuchter Babysitter und belastbar im Catering. Vermutlich kann ich so ziemlich alles machen. Das gibt mir Freiheit.

»Das Geheimnis des Glücks ist die Freiheit«, begann Cla leicht ironisch.

»Und das Geheimnis der Freiheit ist der Mut«, führte Baran das Zitat zu Ende und legte Cla kurz die Hand auf die Schulter.

Und als Cla ihn nun ansah, dachte er, daß seine Augen, dieser Wimpernkranz schon unglaublich waren. Oder hatte Baran mit Kajal nachgeholfen?

Du bist ungebunden? fragte Cla.

– Ungebunden! Baran nahm Cla am Arm zurück, damit er einem Mädchen Platz machte, das versuchte, seine letzten, in Stanniolpapier eingeschlagenen roten und weißen Nelken zu verkaufen.

– Nur manchmal schlägt mich die Liebe, und manchmal schlage ich zurück.

Die meisten der Liegepolster waren nun leer. Ein Kellner brachte frische durchgeglühte Holzkohlestückchen zu zwei Russinnen, die in Anoraks mit überdimensionalen fuchsschwanzbesetzten Kapuzen – immer wieder in Handys lachend – an ihren Wasserpfeifen zogen.

– Die Eltern bekamen jetzt eine Rente; sie wollten sich im Alter eine Existenz in ihrer Mittelmeerheimat aufbauen. Sie kauften eine Wohnung in Ayvalık, am Ägäischen Meer. Und zogen dann um. Meine Mutter geht noch heute jeden Tag schwimmen. Also, im Winter nicht, aber sobald das Meer 16, 17 Grad hat, ist sie im Wasser. Und seit sie in der Türkei ist, betet sie wieder und fastet im Ramadan. Aber sie trägt kein Kopftuch. Vielleicht ist das ihr Tribut an ihre deutsche Vergangenheit. Sie versucht so eine Mischung.

Sie balancierten jetzt hintereinander an den bunten Kissenlandschaften entlang.

– Das Hamam wird dir gefallen! Sinan hat es gebaut.

– Ich habe nichts dabei für ein Hamam! Cla ahnte, daß dieser Versuch lächerlich war.

– Kein Problem, du bekommst alles dort. Du warst noch nie in einem Hamam?

– Nein, noch nicht. Und, ehrlich gesagt, es muß auch nicht heute sein. – Komm! Baran warf den Kopf leicht aufmunternd zurück. Es wird dir guttun. Du wirst sehen!

– Dein Vater ist gestorben?

Baran steuerte die Stufen an, die die Terrassen mit der Uferpromenade und der Straße verbanden.

Er konnte noch so lange weiterfragen, Baran war auf dem sicheren Weg zum Dampfbad, und er war auf dem sicheren Weg mitzukommen.

Sie stiegen die Treppe zur Straße hinauf.

– Mein Vater? Schon länger.

– Und dein Bruder?

– Lebt in Passau.

– In Passau? Da, wo Inn und Donau zusammenfließen! Du weißt, daß der Inn in unserem Tal entspringt! Also in einem See in unseren Bergen.

– Wußte ich nicht.

– Auf fast zweieinhalbtausend Metern. Unser Inn ist ein Eisfluß, über 800 Gletscher speisen ihn!

Gleich hatten sie die Ebene von Straße und Uferpromenade erreicht.

– In Passau habe ich gesehen, daß er blau ist, türkisblau, dieser Inn – Baran drehte sich kurz zu Cla um und blieb stehen –, dein Inn ist der schönere der beiden Flüsse. Er ist der breitere, der blauere Fluß, der die braune Donau überspült.

Sie liefen wieder weiter, die letzten Stufen hinauf.

– Das habe ich noch nicht gesehen; ich war noch nie in Passau. Bist du öfter dort, bei deinem Bruder?

– Nein, wir sehen uns eher bei der Mutter in Ayvalık. Und auch das nicht häufig. Mein Bruder ist ein Bayer geworden, und ich ein Istanbuler.

Der Abendverkehr hatte begonnen, die Autos und Taxis, Sammeltaxis und Busse stauten sich in den Straßen. Baran schlängelte sich durch das Fließen der Fußgänger auf dem Gehsteig.

Cla folgte und blieb kurz stehen bei einem Mann, der einen weißen Hasen auf einem Karton präsentierte und das Tier für 2 Türkische Lira mit seinen Zähnen Karten aus einer Box ziehen ließ. Darauf standen Weissagungen. Komm! rief Baran.

Junge Frauen in schmalen Röcken, Stiefeln, Blütenkränze aus Stoffblumen in die Haare gedrückt, gingen, als seien sie sich jedes Schrittes bewußt. Aber auch Frauen mit Kopftüchern trugen solche Blütenkränze und flanierten nicht weniger selbstsicher. Mädchen hielten stahlrote herzförmige Luftballons an der Schnur. Es roch nach gekochtem und gegrilltem Mais, nach Kastanien.

Nach und nach gingen in den Häusern, den Restaurants, den Gemischtwarenläden, die ihre schmalen Türen offen hielten, die Lichter an. Laternen erleuchteten die Straßen opernhaft, und die Dämmerung bekam jenen Ton von Metall, wie sie sonnige Winterabende am Bosporus manchmal haben können.

Jetzt sind wir doch schon in Üsküdar – Baran griff kurz nach Clas Arm, um ihn an einem jungen Paar vorbeizuschleusen, das eine Dogge an der Leine führte –, und hier gibt es dieses alte osmanische Hamam. Ich gehe öfters hin. Es gehört zu einem Moscheenkomplex, wie gesagt, von Sinan.

Cla verzögerte den Schritt. Er fühlte sich unwohl. Zwar hatte er am Morgen, wie jeden Morgen, geduscht. Doch jetzt war Abend. Er hatte gelebt, gegessen, geschwitzt. Wie hatte sich sein Körper in der Zwischenzeit verändert? War er noch hinreichend frisch? Er wollte sich diesem Mann nicht nackt zeigen. Und schon gar nicht unvorbereitet. Und er wollte diesen Mann nicht nackt sehen.

Komm, rief Baran nun wieder über die Schulter zurück, wir gehen zu Fuß, das ist im Moment das Schnellste. Und Cla, der im Istanbuler Straßenverkehr noch fremdelte, hatte Mühe, mit ihm Schritt zu halten. Er beschleunigte, er fühlte seinen Puls.

Oder wollte er es doch?

3

Es war warm. Sie standen in einem hohen, quadratisch wirkenden Raum, von dessen Decke eine Lampe vielbunte Glastropfen sandte. Sie spiegelte sich in den Fenstern der Umkleidekabinen, die die Wände säumten. In der Mitte saßen Männer auf niedrigen Sofas um einen Tisch. Cla verstand die Szene nicht. Einer erhob sich, ergriff die Hand von Baran, zog ihn zu sich her und legte seine Schläfen- oder Wangenpartie auf die von Baran. So, als würden sie sich Kopf an Kopf leicht anstoßen. Die anderen grüßten nur mit Handschlag, tranken weiter Tee und aßen kleines Gebäck, das mit Spinat gefüllt war, Oliven, Rucolablätter. Einer schnitt Tomaten auf. Manche der Männer trugen konventionelle leichte Kleidung, andere hatten nur ein Tuch um die Lenden geschlungen und zeigten behaarte Brustregionen, muskulöse Oberarme. Aus einer Sofaecke sah ihn ein halbnackter Jüngling ein wenig staunend, aber ruhig an, als wolle er sich ihn merken.

Mischten sich hier Bademeister, Masseure mit Besuchern des Dampfbads? Trafen sich Nachbarn des Quartiers? War ein Hamam auch ein Wohnzimmer?

Die Fensterscheiben der Kabinen waren von innen mit geblümten Vorhängen verdeckt. Holztreppen führten zu weiteren Kabinen-Galerien hinauf. Sie schienen dem Umkleiden zu dienen, aber man bewahrte wohl auch seine Kleider dort auf. Jede Kabine hatte einen Schlüssel und eine Liege.

Da sie zusammen gekommen waren, wurde ihnen, wie selbstverständlich, nur einer dieser Räume zugeteilt. Cla hatte zumindest auf eine Umkleidekabine für sich alleine gehofft. Man reichte ihnen Badeschuhe und Hamamtücher hinein.

Cla stand in der äußersten Ecke der Enge vor der mit rotem Plastik überzogenen Liege und begann, wie früher in der Sammelumkleide vor dem Sportunterricht, sich möglichst diskret auszuziehen. Erst die Hose, dann im Schutz des Hemdes, vornübergebeugt, die Unterhose, nun schnell das Tuch um die Hüfte wickeln, dann erst das Hemd abstreifen. Er sah an sich herunter, auf seine bloßen Füße und bückte sich nach den Badeschuhen.

– Und du bist Lehrer, hast du gesagt.

Baran stand mit dem Rücken zu ihm noch in der Unterhose und nestelte, ihn durch das kleine Spiegelrechteck neben der Tür betrachtend, an der Knopfleiste seines Hemdes.

– Ja eben, auf dieser Internatsschule, Religion, Ethik, Deutsch. Es kommen Kinder aus der ganzen Welt.

– Und was machst du in Istanbul?

Und während Cla nun stockend etwas von Nikolaus von Kues zu erzählen begann, schien er in der Wärme dieser Enklave Sekunde um Sekunde weiter in der Zeit zurückzufallen bis in die Pubertät. Weiche Beklemmung. Diffuses Seelenflimmern. Eine lange vergessene Mischung aus Angst und Neugierde, Unsicherheit und dem Anflug von Begehren kam unerwartet und heftig zurück. Ihm wurde heiß. Er verstummte und ging zwei Schritte zur Tür. Er griff nach der Klinke.

– Ich warte draußen, schließt du ab?

Aber Baran hatte sich im selben Moment umgedreht, nackt, das Tuch in der Hand, und sah ihm in die Augen. Rückhaltlos. Cla roch den fremden Schweiß, der nicht fremd roch; er senkte den Blick, er sah die Haut der anderen Schultern, die Bogenpartie des Schlüsselbeins. Baran war etwas kleiner als er. Schlanker, aber muskulöser. Cla murmelte eine Entschuldigung und zwängte sich durch den schmalen Spalt an dem duftenden Körper vorbei.

Ein Bademeister führte sie durch einen Gang zu einem weiß getünchten Innenraum. Hier wölbte sich über einem großen Liegestein aus Marmor eine von kleinen, sternförmigen Fensterlöchern durchbrochene Kuppel. Cla dachte an die Flucht- und Reinigungswege der Seelen unter den Giebeln der Engadiner Bauernhäuser. Hier im Hamam saßen, lagen Männer, die sich dem Dampf, der Wärme, dem Wasser hingaben, entspannten. Löste sich auch von ihnen etwas, entströmte, flog davon?

Von der Raummitte des Liegesteins, dessen strahlenförmige Intarsien bunt zum weißen Rand liefen, gingen offene Nischen aus weißem Marmor ab, die mit weißen Marmorbänken und Marmorbrunnen versehen waren. Man hörte das Plätschern, das Strömen aus Wasserhähnen und den Ton von kleinen Wasserschwällen auf nackter Haut. Cla schloß die Augen und horchte. Die Geräusche des Wassers modulierten die Stille. Sie öffneten das Hamam noch einmal als einen Klangraum. Er atmete tief aus, als könne er sich ruhigatmen.

Später würde Baran ihm sagen, daß der zentrale Liegestein auch Nabelstein hieß. Damit wurde dieser vom Runden geprägte Raum auch ein weißer Uterus, in dem man in
Feuchtigkeit schwebte. Und sich hier am Nabel von Wärme
nährte.

Männer hockten allein, zu zweit, zu dritt in den Nischen, be-
gossen sich aus kupfernen Schalen. Cla sah einen schlanken
Mann mit olivfarbener Haut, der sich nun auf dem weißen
Rand des Liegesteins ausstreckte. Ein Bademeister kam mit einem Handschuh und Seife.

Zwei Knaben lagen in ihren Hüfttüchern eng nebeneinander
und sahen hinauf zu dem Sternenhimmel der kleinen Glasfen-
sterlöcher in der Kuppel. Sie tuschelten, kicherten.

Baran ging voraus und setzte sich in eine der freien Nischen,
neben einen Brunnen. Cla nahm ihm gegenüber an einem
zweiten Brunnen Platz. Er beobachtete, was Baran tat, und
machte es ihm nach. Auch er nahm die gehämmerte Kupfer-
schale, die auf dem Beckenrand stand. Er ließ heißes und kal-
tes Wasser in den Brunnen laufen, mischte, bis ihm die Tempe-
ratur angenehm war, schöpfte dann im Sitzen mit der flachen
Schale und goß das Wasser über seine Beine, seine Arme, seinen Bauch. Endlich über seinen Kopf.

– Nikolaus von Kues, hast du gesagt?

Cla sah auf, wischte sich das Wasser aus dem Gesicht. Er
konnte nicht klar denken, geschweige sein Projekt kurz und
verständlich zusammenfassen.

– Ein Theologe, Philosoph, Diplomat aus der Zeit vor dem
Fall von Konstantinopel.

– Vor der Eroberung! korrigierte Baran.

– Ja, sicher, Cla imitierte wieder seinen Lehrerton: vor der Eroberung der griechisch-byzantinischen Stadt durch das osmanische Heer unter Mehmed II.

– Und was wollte dein Nikolaus?

Cla fuhr sich mit dem Lendentuch nochmals über die Augen.

– Er wollte den byzantinischen Kaiser und den Patriarchen der griechischen Kirche und ihr Gefolge, darunter die größten Denker und Übersetzer ihrer Zeit, von Konstantinopel nach Venedig begleiten. Also auf Schiffen, Galeeren. Das war eine mühsame Reise, und nicht ungefährlich. Von dort, von Venedig, sollte es nach Ferrara gehen zum Unionskonzil.

– Zu einem Konzil?

Cla lehnte sich zurück an die feuchte, warme Marmorwand.

– Ein Konzil der Vereinigung, eine Zusammenkunft, die die römisch-katholische Kirche des Westens mit der griechisch-orthodoxen Kirche des Ostens wieder versöhnen sollte. Der Papst und der Patriarch sollten Seite an Seite handeln. Aber das Konzil von Basel, das die Vereinigung zunächst vorantreiben wollte, hatte sich zerstritten. Also die Westkirche war in sich auch zerstritten. Und die Ostkirche wollte die Vereinigung letztlich nicht. Es war ein ziemliches Durcheinander.

– Das klingt ja wie bei uns! Was war los?

– Ich kann es dir schon erklären, aber –

– Hier ist der Ort zum Entspannen, erzähl später davon. Baran schüttete sich Wasser über die Stirn. Aber ich will es wissen!

Und als nun zwei korpulente, nur mit Lendentuch bekleidete Männer die Nische betraten, sagte Baran mit einem Lächeln, von dem Cla nicht sicher sagen konnte, ob auch ein wenig Spott dabei war: Du überläßt dich jetzt einfach dem Bademeister!

– Und du?

– Ich auch, sie waschen und massieren uns parallel. Ich bin ganz in deiner Nähe. Du wirst sehen, es ist schön, sehr entspannend, und du wirst dich noch nie so sauber gefühlt haben wie danach.

Sie folgten den Männern zum Mittelstein und legten sich auf den weißen Rand.

Sein Bademeister war ein Hüne mit buschigen Augenbrauen und einem schwarzen Schnauzbart. Er mochte Mitte 50 sein. Er machte ihm ein Zeichen, das Tuch abzunehmen und sich auf den Rücken zu legen. Danach griff er zum abgelegten Tuch und bedeckte die Scham mit ein wenig Stoff. Cla spürte den warmen, glatten Marmor unter seinen Schulterblättern, seinem Hintern, seinen Fersen. Der Bademeister zog sich einen Handschuh an, von dem Baran gesagt hatte, er sei aus Ziegenhaar. Er musterte ihn, beugte sich über ihn, sein Schnauzbart wippte. Cla schloß die Augen und versuchte, sich zu entspannen. Er spürte das rubbelnde Reiben auf der Brust, am Hals, dem Bauch, den Oberschenkeln. Der Mann machte nicht vor seinen Fersen, seinen Fußsohlen Halt und fuhr ihm zwischen die Zehen. Manchmal zuckte Cla zusammen. Die Berührungen waren ungewohnt, nah am Schmerz.

Nun sollte er sich aufsetzen, der Bademeister nahm seine Hand, streckte seinen Arm in voller Länge durch und fuhr dann mit der Ziegenwolle reibend an ihm herunter. Cla versuchte, Blickkontakt mit ihm aufzunehmen, als sei diese professionelle Nähe dann legitimer. Aber der Hüne konzentrierte sich auf seine Haut, sein Ehrgeiz bestand offensichtlich darin, deren obere Schicht abzulösen, bis sie in kleinen Röllchen auf seinen Gliedmaßen lag. Nun der andere Arm. Dann wieder auf den Stein, jetzt auf dem Bauch. Cla legte die Stirn in seine Handschalen. Er spürte die harte Ziegenwolle im Rücken, an den Lenden, am Hintern. Und nun erst bemerkte er, daß ihm Tränen über das Gesicht liefen. Es war nicht der Schmerz, er wußte nicht, was es war. Vielleicht ein Moment der körperlichen Lösung, der Erleichterung, und er hatte keine Ahnung, warum. Wie lächerlich, dachte er, ich liege hier in einem Hamam, werde von einem osmanischen Riesen mit einem Ziegenhandschuh abgerieben und fange an zu heulen wie ein Kind. Er wischte unauffällig die Augen an den Händen ab. Der Bademeister schien mit seinem Werk noch nicht zufrieden; an manchen Stellen arbeitete er nach, an den Hüften, der kleinen Einbuchtung über dem Hintern, den Waden. Endlich machte er ihm ein Zeichen aufzustehen. Cla sah sich um, Baran lag noch auf dem Bauch. Doch er hatte den Kopf zur Seite gelegt und blinzelte ihm zu.

In der Nische überschüttete der Bademeister ihn mit lauwarmem Wasser, bis alle Hautpartikel abgespült waren. Nun gingen sie wieder zum Liegestein, und die starken Hände, die er nun schon kannte, seiften ihn ein – zunächst den Rücken – und massierten dann, beim Nacken beginnend, in der Seife gleitend mit mehr oder weniger Druck. Er mußte aufsitzen, spürte die Finger in seinem Gesicht, an seinen Ohren, in seinen Haaren. Ein Wasserschwall aus einer Schale und noch einer befreite ihn vom Schaum, bevor die Hände, die Fingerknöchel, die Daumenballen nun auf seiner Brust, seinen Oberschenkeln weiterwanderten.

Cla hatte das Zeitgefühl verloren. Er war noch nie so gewaschen worden. Dieser Mann modellierte ihn mit seinen Bewegungen und stellte ihn noch einmal neu in die Welt. In diese Welt aus Wasser, Dampf, aus Plätschern und Klatschen, weißem und buntem Marmor unter einer hohen Kuppel mit dunklen Sternenlöchern, wie ein Firmament.

Später lagen sie nebeneinander, eingeschlagen in warme Tücher, auf Kissen in einem kühleren Ruheraum. Baran hatte einen der dünnen Stoffe wie einen Turban um seinen Kopf gewickelt.

– Und?

– Sehr gut. Cla lächelte.

Sie schwiegen, bis Baran unvermittelt fragte: Hattest du keine Angst, nach Istanbul zu kommen?

– Angst? Du meinst wegen der Anschläge, der politischen Verhaftungen?

– Na, die europäischen Touristen bleiben weg, spätestens seit dem Putschversuch. Du siehst hier im Hamam keine Europäer. Ich meine, dieses Hamam war nie sehr touristisch, es ist nicht so bekannt. Aber wir hatten doch immer einige Norweger, Schweden, Franzosen, auch Deutsche. Sie sind weg.

– Die kommen jetzt zu uns und fallen von den Bergen.

– Schweizer, wie meinst du das?

– Ich bin Engadiner. Cla schloß die Augen.

– Ganz einfach, Baran: In der Schweiz verunglücken pro Jahr etwa 200 Wanderer tödlich. Also: Wanderer. Ich spreche nicht von den Alpinisten, den Paragleitern, den Eiskletterern, den Ski-Tourengängern und Skifahrern. Ich spreche nicht von Lawinentoten. Und nicht von den Toten, die die Landwirtschaft, die Forstwirtschaft fordern. Die kommen alle noch dazu. Ich meine die harmlosen Wanderer. Etwa 200 jedes Jahr.

– Das ist jetzt nicht dein Ernst!

– Die Wanderwege sind meist breit, gut markiert. Und doch reicht ein Schritt daneben, eine Unaufmerksamkeit, und einer fällt einen Abhang hinunter und bricht sich das Genick. Und dann denk mal, Istanbul hat etwa 20 Millionen Einwohner. Die Schweiz etwa 8 Millionen. Da sind 200 tote Wanderer im Jahr schon viel. Eigentlich zum Angsthaben viel. Wenn wir über jeden dieser Toten eine Home-Story veröffentlichen würden, käme keiner mehr zu uns!

Cla wischte sich mit dem Zipfel seines Handtuchs über die Stirn.

Ein Bademeister näherte sich in schmatzenden Gummisandalen. Er sprach kurz mit Baran.

– Was hat er gesagt?

– Er wollte nur wissen, ob alles in Ordnung ist. Ob wir noch etwas brauchen. Baran zog sein Tuch, das sich an der Hüfte gelockert hatte, wieder fester.

Cla schwieg eine Weile. Von Ferne plätscherte es. Dann sagte er:

Du hast gefragt, ob ich Angst hätte, in Istanbul. Also gut, manchmal denke ich an Erdbeben. Und vor allem habe ich Respekt vor dem Istanbuler Straßenverkehr.

Und nun hob Baran die Hände wie ein Prediger: Wie wahr! Glaube niemals dem Grün einer Ampel, und meide Zebrastreifen! Statistisch haben wir in Istanbul 1800 Verkehrstote im Jahr.

– 1800 im Jahr!

– Schon.

– Das sind anderthalb Mal so viele Menschen wie in unserem Dorf leben. Und Cla dachte den unsinnigen Gedanken, daß, der Anzahl der Menschenleben nach, sein ganzes Dorf plus noch einmal die Hälfte seines Dorfes jedes Jahr auf Istanbuls Straßen starb. Von keiner Öffentlichkeit bedacht. Denn wen interessierten Verkehrstote?

Baran wickelte seinen Turban auf und trocknete sich mit dem Tuch die Haare, die aber kaum mehr naß waren. Er rubbelte über die Koteletten, die Ohren.

– Baran? Dein Name, was bedeutet er?

– Das ist ein kurdischer Name, er bedeutet Regen, auch Regenzeit. Auch etwas in Bewegung setzen, initiieren. Oder einfach Energie. Es gibt den Namen noch im Iran, in Afghanistan, Indien. Baran ist auch ein Frauenname, wie Deniz, Meer. Aber Deniz ist für Frauen gebräuchlicher als Baran.

– Ein ungewöhnlich schöner Name! Cla zögerte: Also finde ich.

– Und Cla? Was heißt Cla?

– Eine Kurzform des romanischen Niculaus.

– Niculaus! Und du arbeitest über einen deutschen Nikolaus. 15. Jahrhundert, sagtest du, oder? Vor der Eroberung. Über seine Schiffsreise von Istanbul, nein: Konstantinopel nach Venedig!

– Ich kann dir schon was von ihm erzählen. Wenn du willst, bald.

Baran lächelte ihn von der Seite an.

Aber Cla hatte sich schon tiefer in das Kissen zurücksinken lassen und schaute zu dem kleinen Fenster hoch über ihm, in dem es nun Nacht geworden war.

IV. Bosporusfähre Anadolu Kavağı – Kadıköy

Nach Venedig!

1

Über Nacht war der Schnee gekommen. Cla hatte nicht damit gerechnet, daß es in Istanbul schneien würde, zumal nach dem eher milden Dezember. Aber Schnee war, wie er nun erfuhr, am Bosporus nichts Ungewöhnliches. Auch wenn die Istanbuler ihn eher ignorierten. Der Schnee kam, und er würde gehen. Man ließ ihn liegen, watete durch den Matsch, der sich in den Straßen bildete. Die Metro fiel aus, es waren keine Taxis zu bekommen. Aber da alle davon betroffen waren, schien es leichter, sich damit zu arrangieren. Zumindest wenn man ein Zuhause hatte. Die syrischen Flüchtlinge zogen sich in die Rolltreppenschächte zurück und tiefer in die Eingänge der öffentlichen Gebäude. Die Hunde suchten die Nähe von Wartehäuschen. Schneeregen, Schneestürme und verspieltes Gestöber wechselten sich ab. Und manchmal kamen weiße Flocken aus einem wolkenverwehten Blau.

Cla erinnerte sich an die Photographien von Ara Güler, der die rote Straßenbahn auf der İstiklal im Schneetreiben aufgenommen hat.

Alva hatte in diesen Tagen ein Handyvideo der Rhätischen Bahn geschickt, auf dem man sah, wie sich die roten Wagen durch hohe Schneemassen pflügten. Und als sie schrieb, es sei gegen 20 Grad minus, meinte Cla für einen Moment, diese trockene, sonnige Kälte zu spüren unter einem Himmel von reinstem Ultramarin. Es war ein Anflug von Heimweh.

In Istanbul lagen die Temperaturen leicht unter null, aber wenn der Wind vom Schwarzen Meer in den Bosporus hereinfuhr, durchdrang die nasse Kälte die Kleider, als seien sie aus Papier. Dann übertrafen sich Wolkenformationen von transparentem Silber bis planem Anthrazit. Und manchmal war es einfach nur grau, und die Hügel Asiens verschwanden in einer Wand aus Beton. Doch mit dem nächsten Wind änderte sich das Wetter, das Licht in Sekunden. Und auf einmal winkte ein Manganblau durch die Wolken, und unverhofft kam die Sonne hervor.

Es hatte aufgeklart. Cla hatte Skiunterwäsche, die er auf Reisen so gut wie immer dabeihatte, und seinen Anorak angezogen und war, statt einen Bus zu nehmen, das Bosporusufer entlanggelaufen, von Tarabya Richtung Schwarzes Meer bis Sarıyer. An den Kais standen nur wenige Angler in der Kälte. In metallenen Schafskäsebüchsen, die zur Luftzufuhr an den Seiten mit Löchern versehen waren, brannten Holzfeuer. Männer wärmten sich die Hände oder kochten Tee. In durchsichtigen Plastikbottichen, die einst Trinkwasser für die Haushalte gefaßt hatten, schwammen gefangene Fischlein, irritiert ob der ungewohnten Helle und Begrenzung, stumm und aufgeregt. Am Ufer von Kireçburnu lag ein riesiges Fischerboot. Kräne zogen schwarze Netze in die Höhe, deren Ränder von gelben Schwimmkugeln gesäumt waren. Männer in wasserdichten Schutzhosen entwirrten den Stoff. Andere saßen in der Reihe dicht nebeneinander und flickten Löcher, Ellbogen an Ellbogen. Cla war eine Weile stehengeblieben und hatte zugeschaut, und dann hatte ihn einer der Matrosen, ein junger Mann, der in Gummistiefeln und rotem Wollpullover in den Netzhügeln stand, unvermittelt angesehen. Eine Zigarette im Mundwinkel. Cla hatte den Blick lang genug erwidert, um zu erkennen, daß er wasserblaue Augen hatte. Und bevor er weiterging, nickte er ihm kurz zu, wie einem Nachbarn bei sich Zuhaus.

Von Sarıyer aus war er mit der kleinen Fähre hinüber zum Fischerdorf Anadolu Kavağı gefahren, dem letzten Ort am asiatischen Ufer vor dem Schwarzen Meer. Wegen seiner in einer Bucht gelegenen geschützten Lage war das Klima hier milder als auf der europäischen Seite des Bosporus. Die Straßen glänzten noch naß, aber der Schnee war, wenige schattige Ekken ausgenommen, fast überall geschmolzen. Von manchen Dächern tropfte es. Die Ausflugsrestaurants am Hafen hatten geöffnet; einige Kellner standen abwartend da, denn es gab kaum Kundschaft. Cla sah eine blonde Frau mittleren Alters, die mit ihrem Begleiter an einem Tisch direkt am Wasser saß, sich kleine frittierte Fische mit Kopf und Gräten zwischen die roten Lippen steckte und dazu Weißwein trank. Eine fromme Familie, näher bei den Glasscheiben des Restaurants, die Frauen alle mit Kopftüchern, schien ein Fest zu begehen, bei bunten Vorspeisen mit Limonaden. Heizlampen bestrahlten sie. Möwen hockten auf den von Planen abgedeckten Booten und warteten auf Brocken, die man ihnen ins Wasser warf. Eine schwarze Katze mit grauen Augen umschmeichelte die Beine der Tische, die Essenden, gähnte und verharrte, den Kopf in den Wind haltend, als könne gleich etwas geschehen.

Ein Muezzin hob an, ein zweiter folgte von der europäischen Seite. Cla sah auf die Uhr; es war kurz nach Mittag. Er grüßte den struppigen Hund, der immer im Areal zwischen Anlegestelle und Restaurants unterwegs war. Er mußte schon alt sein. Seine Augen waren groß, aber sie hatten einen leicht milchigen Blick, der ihn weise erscheinen ließ. Cla gab ihm den Rest eines Sesamkringels, den er noch in der Tasche hatte, aber der Hund mochte ihn nicht essen.

Die Bänke links des Wartehäuschens der Fähre waren noch naß. So blieb er stehen, die Hände in den Taschen des Anoraks. Vielleicht würde Baran auch früher kommen.

Seit dem Hamambesuch hatten sie sich nicht mehr gesehen. Das war ihm auch recht gewesen. Obwohl er ihn vermißte. Dabei wußte er gar nicht genau, was er vermißte. Die unverhoffte Körpernähe im Dampfbad hatte ihn verwirrt. Hinterher hatten sie sich bald verabschiedet. Für Cla fast zu früh. Denn es war nicht etwa so gewesen, daß Baran ihn hätte halten wollen. Für ein gemeinsames Abendessen etwa. Sie waren zusammen mit der Fähre von Üsküdar nach Eminönü hinübergefahren, hatten sich aber dann in der Straßenbahn mit einer kleinen Umarmung getrennt. Baran war bei Tophane ausgestiegen; er wohnte in Cihangir, einem, wie Cla mittlerweile wußte, Künstler- und Szeneviertel. Er selbst war zwei Stationen bis Kabataş weitergefahren, von dort mit der Standseilbahn hinauf zur Metrostation Taksim, von da bis zur Endhaltestelle Hacıosman. Mittlerweile waren diese Wege Heimwege geworden.

Baran hatte erzählt, daß er über die Silvester- und Neujahrstage in Thessaloniki sein würde, bei Freunden und Verwandten.

Am Abend des 1. Januar hatte er sich noch einmal per Mail bei ihm gemeldet und einige Zeilen Kaváfis geschickt. Cla war erschrocken. Und dann auch wieder nicht.

Einen Monat lang liebten wir uns.
Bis er fortfuhr, nach Smyrna, glaube ich.
Er wollte dort arbeiten, und wir sahen uns nie wieder.

Diese Deutlichkeit verwirrte ihn. Und sie reizte ihn auch. Er spürte, daß Baran mit ihm spielte. Aber nach Regeln, die er nicht kannte. Er schien viele Freunde zu haben. In Istanbul, in Thessaloniki. Was wollte er von ihm, einem bürgerlichen, so gut wie verlobten Gymnasiallehrer, der bald wieder im Engadin sein würde?

Cla war froh über die Tage der Distanz. Er hatte wieder Cusanus gelesen, »De visione Dei« in einer lateinisch-deutschen Ausgabe, ein wenig geschrieben, einige Male mit Alva telephoniert, vor allem über den Jahreswechsel. Sie war traurig, daß er nicht bei ihr war. Die letzten zwei Silvester hatten sie miteinander verbracht. Dieses wäre ihr drittes gemeinsames Neujahr gewesen. In seine Erleichterung, allein sein zu dürfen, mischte sich das schlechte Gewissen, sie alleingelassen zu haben.

Am Silvesterabend, als es dunkel wurde, war er von Tarabya nach Yeniköy gelaufen, den Bosporus entlang, und von dort mit der Fähre auf die asiatische Seite nach Beykoz gefahren; eine Strecke von einer Viertelstunde. In den Wellen zitterte das Mondlicht absinthgrün über das dunkle Wasser. Die Luft schien zu phosphoreszieren. Von weitem sah er den flimmernden Schimmer der zweiten Bosporusbrücke.

Bei der Anlegestelle war er kurz ins Teehaus gegangen, auch um sich aufzuwärmen, und schon mit der übernächsten Fähre zurückgefahren. Dann stand er draußen auf dem Oberdeck. Niemand störte ihn in dieser Nacht.

Und lichttrunken war er noch einmal hinübergefahren und ohne auszusteigen wieder zurück.

Der struppige Hund kam, und Cla streichelte ihn über den Kopf. Er hatte das Brot nun doch gegessen. Cla überlegte kurz, ob er – das Wetter war instabil, aber gerade sonnig – zur Burgruine Yoros hinaufsteigen solle. Der Ort war in antiker Zeit eine griechische Kolonie gewesen. Durch die Bucht geschützt und strategisch ideal am Eingang zum Schwarzen Meer. Im Namen Yoros steckte vermutlich das griechische Ourios, »idealer Wind«, oder auch Hieron, »heiliger Ort«. Die Griechen hatten oben auf dem Hügel einen Zeustempel errichtet. Im 13. Jahrhundert bauten die Byzantiner anstelle des Tempels eine Burg. Sie wurde von den Osmanen, den Genuesern eingenommen, dann wieder von den Osmanen, bis sie nach dem Fall von Konstantinopel endgültig osmanisch blieb. Ende des 18. Jahrhunderts, als das Osmanische Reich Rußland den Krieg erklärte, ließ sie der vorletzte Sultan noch einmal erweitern.

Cla sah wieder auf die Uhr.

Der Gang zur Burg war der erste Ausflug gewesen, den er von Tarabya aus gemacht hatte. Er hatte das Schwarze Meer sehen wollen. Der Weg hinauf war nicht weit, aber selbst wenn er jetzt schnell ging, würde es knapp werden; er wollte Baran nicht warten lassen. Er könnte ein andermal wieder zur Burg hinaufsteigen; er würde noch zwei Monate in Istanbul sein.

Er mochte den Anstieg durch den alten Friedhof, an hohen Lorbeerbüschen, fast Bäumen, vorbei, durch die Terrassen der Cafés und Restaurants den Hang hinauf bis zu dem kleinen Hochplateau. Er stand dann oben, fuhr mit der Hand über die alten, unregelmäßigen Steine der hohen Mauern. Als könne er die Vergangenheit berühren. Er horchte im Wind nach den Stimmen, die hier gesprochen haben mochten. Und manchmal hörte er sie. Es konnte sein, daß gerade eine Familie picknickte oder eine Gruppe von Freunden Efes-Bier aus Büchsen trank. Er grüßte mit Merhaba, Hallo, oder Iyi günler, Guten Tag, und ging weiter, als seien diese Sträucher hier, diese Grasflecken, auf denen Menschen lagerten, seine Wiesen, die er pflegte.

Er liebte den Blick in die Weite des Schwarzen Meers, das jeden Moment neu dalag und wie immer.

Gestern hatte Baran geschrieben, daß er aus Thessaloniki zurück sei und sich hier in Anadolu Kavağı um das Ferienhaus eines griechischen Architekten kümmern müsse. Er solle in dem Anwesen kurz nach dem Rechten sehen. Und die halbwilden Katzen füttern. Ob Cla nicht Lust hätte, von Tarabya aus an den Hafen zu kommen? Sie könnten beide zusammen mit der Fähre das asiatische Ufer hinunterfahren bis Kadıköy, dicht an all den alten Holzvillen vorbei, deren grandiose Fassaden man nur vom Wasser aus sah. Ob er das schon einmal gemacht hätte?

Und Cla, erschrocken vor Glück, und bevor er sich überlegen konnte, was er da eigentlich tat, hatte in einer kurzen Antwortmail zugesagt.

Cla sah auf die Uhr. Baran war nicht früher gekommen. Aber vielleicht kam er zu spät. Die Fähre hatte angelegt, die ersten Passagiere gingen durch die Drehkreuze des alten Fährenhäus- chens mit den bunten Fensterscheiben hinaus auf den Platz. Vielleicht kam er gar nicht. Wenn seine Uhr richtig ging, hätte die Fähre vor drei Minuten wieder ablegen sollen. Und er war nicht gekommen.

2

Alles an ihm flatterte vogelhaft. Der halblange, offene italieni- sche Cashmeremantel, der blaue Seidenschal. Mit dünnen Bei- nen kam er angerannt, die Hände in schwarzen Lederhand- schuhen.

– Wir schaffen die Fähre noch, los! Entschuldige!

Baran war außer Atem. Sie liefen durch die Drehkreuze, über den Pier und sprangen auf das schaukelnde Schiff, das ruckelnd und stöhnend ablegte.

– Es gab Probleme mit dem Schlüssel. Der Architekt ist ein Chaot! Er kommt am Wochenende mit seinen Freunden. Und mit seinem Freund. Ich sollte lüften, die Heizung anstellen, ein wenig einkaufen. Ja, und die Katzen … Gehen wir nach oben?

– Sicher! Cla nahm in großen Schritten die Treppen hinter Baran. Sie setzten sich in die Mitte der letzten Bank, gleich vor die türkische Fahne, die an jedem Fährenheck hing.

– Silvester war gut bei dir? Baran atmete immer noch schnell, holte aber schon seinen Tabak heraus, obwohl ein großes Schild das Rauchen verbot.

– Schon, aber ich habe nicht viel unternommen. Gelesen, ein wenig geschrieben. Es war friedlich. Es war gut. Und du?

– Wir hatten diese Partys, wie jedes Jahr. Alte Freunde, zum Teil aus dem Studium. Neue Freunde. Vorsichtig legte er Tabak auf das dünne Blättchen. Es war ok. – Er zögerte. – Vielleicht war es mehr als ok. Also gut, es war ziemlich gut. Mit Daumen und Mittelfingern begann er die Zigarette zu drehen.

Die Sonne kam schwach durch einige aufziehende Wolken, und im zunehmenden Fahrtwind wurde es merklich kalt. Möwen begleiteten das Schiff.

– Du siehst anders aus.

– Wie anders?

– Ich meine in diesem Mantel. Cla erschrak ein wenig über sich, als er das sagte. Es war ihm so herausgerutscht.

– Ach das meinst du, der Mantel. Den hatte ich in Saloniki an. Ich trage ihn normalerweise nicht in Istanbul. Beim Losgehen hab' ich nicht dran gedacht. Ich war noch in der griechischen Parea, dem Freundeskreis, alles Architekten, Designer, Exzentriker und ein bißchen Jeunesse dorée. Obwohl diese Jugend dort weniger golden ist als vogelfrei. Und doch. Es sind andere Zirkel. Eigentlich mag ich das, ab und zu. An Silvester zum Beispiel. Er spielte mit der Zigarette zwischen den schmalen Fingern.

– Und da paßt du dich an? Du bist ein anderer in Istanbul als in Thessaloniki?

– Wenn ich kann, schon.

Im grauen Licht zog das grüne Ufer, bewaldet mit Pinien und Kiefern, vorbei.

– Und in Ayvalık, bei meiner Mutter, bin ich wieder anders. Aber macht das nicht jeder so?

Als Sohn bleibt man ein Sohn, sagte Cla. Und er dachte, was man wohl wurde, wenn die Mutter tot war.

Weißt du, sprach Baran weiter, ein Photograph, mit dem ich eine Weile durch Odessa gezogen bin, sagte einmal, ich sei nahezu unsichtbar. Das hat mir gefallen, ich nahm das als ein Kompliment. Obwohl ...

– Das war vermutlich auch so gemeint.

Baran überlegte kurz. Ja, für mich war es ein Kompliment, selbstverständlich untertauchen zu können in einer fremden Umgebung. Aber etwas, das unsichtbar ist, muß doch eine Provokation sein für einen Photographen.

– Oder etwas, das er bewundert. Möchte nicht jeder Photograph unsichtbar sein? Und dann seine Bilder machen aus größtmöglicher Nähe?

Baran legte die gedrehte Zigarette zu seinem Tabak in das Mäppchen zurück, das er nun in die Manteltasche steckte.

– Da drüben, das ist doch eine Militäranlage, Cla wies ans Ufer, ich sehe sie auch von Tarabya aus. Die Kriegsschiffe.

Das Grün des Ufers war aufgebrochen in Halden mit grauen und braunen Betongebäuden.

– Ja. Diese ganze Landzunge, die Wälder zwischen Anadolu Kavağı und Beykoz sind Militärgebiet. Früher kam man nach Anadolu Kavağı nur mit dem Schiff. Jetzt läuft eine Straße durch die Sperrzone. Und es verkehrt regelmäßig ein Bus. Auf der gegenüberliegenden europäischen Seite gibt es eine entsprechende Anlage, aber kleiner. Dort ist das mehr ein unterirdischer Bunker. Die Mündung des Bosporus ins Schwarze Meer bleibt strategisch eine heikle Stelle.

Die Sonne war verschwunden, und es begann leicht zu schneien.

– Sollen wir reingehen?

Cla überlegte. Ich weiß nicht, dann sehen wir die Holzhäuser nicht richtig, die Paläste. Wir fahren doch auch an der zerstörten roten Villa vorbei? Ich würde sie gerne sehen. Er zog eine Mütze aus der Anoraktasche.

– Sicher. Aber wir können die Fahrt auch ein andermal machen. Es gibt diese Fähre an jedem Wochentag, jede Stunde! Oder wir kommen später noch einmal raus, beim Hafen von Kanlıca, an der zweiten Bosporusbrücke, dort ist die Villa. Dann kommen die Ruinen von Anadolu Hisarı, die Teegärten von Çengelköy, ja und in Beylerbeyi die Moschee, ganz nah am Wasser, und der Wahnsinnspalast.

Sie blieben sitzen im Wind. Schweigend. Die türkische Fahne flatterte. Die Möwen kamen und flogen davon. Die Bewegungen ihrer Schwingen öffneten Räume im Grau. Die Fähre legte vor Beykoz an, sie fuhr in die Bucht von Paşabahçe, weiter nach Çubuklu. Menschen in Wintermänteln und Jacken, unter Mützen und Kopftüchern, eingeschlagen in Wollpelerinen, bepackt mit Taschen und Plastiktüten, stiegen ein und stiegen aus.

Zwei junge türkisch sprechende Männer kamen schlaksig auf das Oberdeck, ein kinderschmales Paar aus Asien folgte. Cla sah, daß Baran fror.

– Du hast recht, komm, wir gehen rein.

Sie standen auf, mit der Bewegung des Schiffes schwankend, und stiegen an den jungen Türken vorbei die Eisentreppe hinunter.

Im Bauch der Fähre war es warm. Es roch nach nassen Fasern, die trockneten, schwarzem Tee, Atem und Ausdünstungen. Fast alle Plätze waren besetzt. Sie gingen weiter nach hinten, wo sich die Menge lichtete. Sie fanden eine Reihe für sich. Baran machte Cla ein Zeichen, daß er zum Fenster durchrücken solle. Dann saßen sie nebeneinander in diesem schaukelnden Schiffsbauch. Hinter den Fensterscheiben strömte das nahe Wasser, fast auf der Höhe ihrer Sitze. Die alten Schiffsmotoren dröhnten.

Baran, der immer noch fröstelte, legte – die Arme vor der Brust gekreuzt – die Hände unter seine Achseln und sah vor sich hin. Nach einer Weile fragte Cla: Du hast viele Freunde?

Baran, als holte ihn die Frage wieder zurück in den schaukelnden Raum, schreckte kurz hoch. Er streifte seine Handschuhe ab und steckte sie in die Manteltaschen. Dann stand er auf: Weißt du was, ich hole uns jetzt einen Tee.

Und als er zurückkam, sagte er: Also erzähl, Engadiner. Erzähl über Cusanus und seine Reise von Konstantinopel nach Venedig in diesen grandiosen Galeeren des 15. Jahrhunderts.

Mit beiden Händen nahm Cla vorsichtig das heiße Tulpenglas mit dem Untersetzer entgegen, auf dem ein schmales Leichtmetall-Löffelchen zitterte neben zwei in gemustertes Papier eingewickelten Zuckerstückchen. Welch ein Nichts, dachte Cla, und welch ein Luxus. Dieser frische Tee in dem dünnwandigen Glas in dieser Fähre, die den Bosporus durchquert.

Und Baran neben ihm.

– Gut. Unterbrich mich bitte, wenn ich zu langsam erzähle. Wenn ich dich langweile.

– Fang an!

Cla steckte sich die Zuckerwürfel in die Anoraktasche. Er hatte begonnen, diese Objekte zu sammeln. Istanbuler Süße für seine Zeit im Engadin. Baran lehnte sich in den Sitz zurück. Cla nahm einen Schluck Tee und begann:

Stell dir vor: Basel im Mai 1437. Lateiner und Griechen, also Vertreter der römisch-katholischen Kirche und der griechisch-orthodoxen Kirche, waren zusammengekommen. Sie hatten um eine Erneuerung der Kirche gerungen und waren so gut wie gescheitert. Die Mehrheit des Konzils – sie nannten sich: Konziliaristen – akzeptierte die Autorität des Papstes nicht länger. Sie argumentierten basisdemokratisch. Entscheidungen, die für alle gelten sollten, müßten von allen gebilligt werden. Endgültig überwarf man sich bei der Frage, an welchem Ort das Unionskonzil, also das Konzil, das die römisch-katholische Westkirche mit der griechisch-orthodoxen Ostkirche wiedervereinigen würde, stattfinden solle. Die päpstliche Seite, eine Minderheit, schlug Orte in Italien vor; die Vertreter der nichtpäpstlichen Seite, die Mehrheit der Konziliaristen eben, schlugen Basel oder einen Ort in Frankreich vor, und zwar ohne die Teilnahme des Papstes. Die Sache war verfahren. Nikolaus von Kues und sein Freund Giuliano Cesarini, immerhin der Vorsitzende dieses Basler Konzils – und beide waren flammende Konziliaristen –, wechselten nun tatsächlich auf die Seite des Papstes. Sie trauten der Handlungsmacht des zerstrittenen Konzils nicht mehr. Sie glaubten nicht, daß der Konzilsmehrheit, also der Gruppe, die ohne den Papst antreten wollte, eine Einigung gelingen könnte.

Giuliano und er waren alte Freunde. Sie hatten zusammen

in Padua studiert, sie waren mit humanistischem Gedankengut vertraut. Nun standen sie da, als Verräter. Jedenfalls in den Augen der Konziliaristen. Und vor sich selbst vielleicht auch. Aber ist man ein Verräter, wenn man erkennt, daß man für das, an was man glaubt, seine Meinung ändern muß? Einfach, weil sich die Situation geändert hat?

Cla merkte, daß Baran kurz seine Schultern lockerte und dann wieder in den Sitz zurücksank. Die kleine Bewegung hatte einen Hauch seines Geruchs gebracht. Cla atmete tief ein und schwieg. Wer war er nur, Cla aus den Bergen? Und was machte er hier mit diesem Mann in Istanbul?

– Und?

– Ja, also der Papst sah eine Chance, mit Hilfe von Nikolaus von Kues und Giuliano Cesarini und seinem Minderheitenkonzil in Ferrara den griechischen Kaiser und den Patriarchen, also das Oberhaupt der orthodoxen Kirche, zur Einheit bewegen zu können. Er mußte jetzt nur schnell und entschieden sein.

– Ok. Und dann schickt er die beiden nach Konstantinopel, und sie nehmen den Basileus und den Patriarchen mit nach Italien.

– Ja. In Kürze so. Giuliano Cesarini fuhr nicht mit. Er kam direkt zum Konzil nach Ferrara, wo er die Verhandlungen dann maßgeblich führte. Cusanus aber war dann schon nicht mehr dabei. Seine Aufgabe war es nur, Kaiser und Patriarch auf die Schiffe zu bringen und auf der Reise zu begleiten.

Cla wendete seinen Kopf zu Baran. Baran sah ihn an. Und Cla fiel kurz in seinen Blick, nur kurz, aber zu lang, als daß ihm verborgen geblieben wäre, daß Baran diesen Moment als das verstanden haben mußte, was er war: ein Sekundenglücks-Erschrecken über unverhoffte Nähe.

Die Fähre schlingerte, verlangsamte ihre Geschwindigkeit mit dem Rückwärtsgang und legte an. Vor den Fenstern bildeten sich die flüchtigen Muster von Schneeregen als Schraffur. Die Scheiben beschlugen. Man sah nichts. Und die alten Motoren klopften und stolperten und ratterten weiter.

– Cusanus fuhr also nach Konstantinopel.

– Er fuhr zunächst mit einigen Gesandten aus Basel zum Papsthof nach Bologna. Von da nach Venedig. Von dort mit drei großen Galeeren weiter. In Kreta heuerte man 300 Bogenschützen an, die Konstantinopel verteidigen sollten, in der Zeit, da der Kaiser fort war. Konstantin XI., der Bruder des Basileus, würde ihn während der Zeit seiner Abwesenheit am Bosporus vertreten. Es war übrigens jener Konstantin, der später, nach dem Tod seines Bruders, dessen Herrschaft übernahm und bei der Eroberung von Konstantinopel sich in das letzte Gefecht warf, um zu sterben.

Und dann? Baran hatte die Augen geschlossen.

Auf einmal fiel Cla Alva ein. Wie sie ihm zugehört hatte, immer, wenn er erzählte. Und er hatte oft keine großartigen Geschichten gehabt. Aber sie liebte es, an seinen Körper geschmiegt seinen Sätzen, seinem Sprechen zu lauschen, als seien die kleinen Begebenheiten, die er übermittelte, auch Wiegenlieder, bergender Grund, sichernder Klang.

– Nikolaus von Kues, ein Mann so in deinem Alter, Sohn eines Fischers und reichen Kaufmanns von der Mosel, kam Ende September 1437 auf dem Schiff in Konstantinopel an.

– Er war mutig.

– Er hatte ein Projekt.

Cla nahm noch einen Schluck Tee und stellte dann das Glas auf den Boden.

– Es war die Endzeit der byzantinischen Welt. Cusanus saugte alles noch einmal auf. Kaufte Handschriften, die es in Europa nicht gab. Schriften Platons und der Neuplatoniker. Er setzte sich mit dem Koran auseinander. Er war neugierig, fasziniert von der griechischen Kultur. Aber er muß auch eine Wehmut verspürt haben über ein Reich, das jetzt zerfiel. Der einst mächtige byzantinische Kosmos war zu einem kleinen Konstantinopel geschrumpft, und die Osmanen bedrängten die Stadt. Wenn sich Kaiser und Patriarch auf diesen gefährlichen Weg machten, dann vor allem, um vom Westen Hilfe zu erbitten. Die Griechen hofften, daß es nach der Kirchenvereinigung zu einem gemeinsamen Kreuzzug gegen die Osmanen kommen würde. Sie wollten ihre Stadt retten und erwogen als Preis dafür, über ihren Glauben verhandeln zu lassen.

– Das konnte nicht gutgehen.

– So ist es.

– Was sollte denn verhandelt werden?

– Schon einiges, aber vor allem das »filioque«.

– Ok.

– Entschuldige. Es ging um die Frage des Wesens der Dreieinigkeit. Also darum, ob der Heilige Geist aus dem Vater hervorgeht oder aus dem Vater und dem Sohn. Die Westkirche hatte nachträglich das lateinische »filioque«, das »und aus dem

Sohn«, in das alte verbindliche griechische Glaubensbekenntnis aus dem 4. Jahrhundert eingesetzt. Sie verstand das als eine Interpretation, die im Text schon angelegt sei, nicht als Hinzufügung. Die Griechen sahen das durchaus anders. Dies war der offizielle Grund für die Spaltung der Kirchen.

Baran kam aus seinem Sitz hoch.

– Engadiner, jetzt ehrlich, das ist nicht dein Ernst! Fi-li-o-que. Vier Silben! Deswegen haben sich Kirchen entzweit!

– Es gab noch andere Differenzen. Die Frage etwa, wo sich der Mensch in der Zeit zwischen seinem Tod und dem Jüngsten Gericht aufhält. Die Westkirche bestand auf einem Fegefeuer, in dem der Mensch sich unter Qualen reinigen müsse. Die Ostkirche setzte auf die Barmherzigkeit Gottes und wollte diesen heiklen Zeitraum als ein Geheimnis gelten lassen. Dann gab es Fragen um die Eucharistie, die Wandlung von Brot und Wein in Fleisch und Blut Christi – sagt dir das was?

– Mein Vater war Grieche!

– Sorry! Und es ging eben auch darum, ob die Hostie aus gesäuertem oder ungesäuertem Brot sein solle.

– Ich verstehe.

– Und wichtig war eben die Vorrangstellung des Papstes, als Oberhaupt der gesamten Christenheit. Danach hätte der Patriarch dem Papst die Füße küssen sollen. Aber im Grunde hatten sich die Kirchen auch einander entfremdet. Denk doch nur einmal an den Vierten Kreuzzug, als – man wollte ja eigentlich nach Ägypten – dann aus reiner Gier das orthodoxe Konstantinopel von katholischen Christen geschleift wurde.

– Also ging es auch um Macht, um Reichtum. Wie immer. Und religiöse Fragen waren ein Vorwand, eine Legitimation für nackte Gewalt.

– Zumindest war es eine Gemengelage von Interessen.

– Und das beschäftigt dich, weil du Parallelen zur Gegenwart siehst? Wir sprengen uns und unsere Nächsten in die Luft, um Allahs willen. Und um ein Paradies mit 72 Jungfrauen für jeden Schwanz. Absurd. Wenn es nicht so entsetzlich wäre, wäre es nur absurd. Ja, peinlich.

Cla strich sich die Haare aus der Stirn. Mich interessiert mehr etwas anderes. Da gibt es eben diesen Nikolaus von Kues und die Schiffsreise. Da waren die westliche und die östliche Intelligenz zusammen viele Wochen unterwegs. Überleg mal, von Ende November 1437 bis Anfang Februar 1438. Das ist eine lange Zeit. Sie haben miteinander diskutiert, in dieser Enge gelebt. Und Cusanus hatte eine Vision, eine Vision auf dem Meer. Es ging ihm um kein »filioque«. Er war weiter, wenn du willst, viel moderner. Er war tolerant. Weißt du, mich hat das schon während des Studiums in Köln interessiert. Cusanus hatte die Einsicht, daß das menschliche Nichtwissenkönnen die Grundlage für die menschliche Erkenntnis ist.

– Cool.

Cla wunderte sich über dieses Wort, das Baran sehr anmutig ausgesprochen hatte. Und er dachte daran, daß Baran doch jünger war als er. Und gerade aus Thessaloniki kam.

– Kannst du das erklären, dieses Wissen vom Nichtwissen? Und erzähl von den Schiffen, von der Männerwelt auf den Galeeren.

Baran streckte seinen Rücken durch und legte dann, als sei es zufällig, seinen Kopf gegen Clas Schulter.

Der Kaiser war melancholisch. Er trug noch seinen flachsfarbenen seidenen Morgenmantel mit dem goldenen geflügelten Greifen und ging in seinem Schlafzimmer auf und ab. Gleich würde der Schreiber kommen. Er trat ans Fenster und nahm einen Schluck Tee aus dem Glas, das er dort stehengelassen hatte. Der Tee war kalt. Warum sollte er schon wieder eine beschwerliche Reise auf sich nehmen, in dieses europäische Ausland, das ihm auch vor 15 Jahren nicht geholfen hatte. Betteln war er gegangen, in Venedig, Mailand, Mantua und beim Ungarnkönig Sigismund. Der hatte ihm noch Hoffnungen gemacht auf Unterstützung; heute war er römisch-deutscher Kaiser. Vielleicht konnte er diesmal mehr für ihn tun.

Er würde sich also mit den Barbaren einigen müssen, die die alten Texte nicht achteten. Filioque! Welch ein Unsinn. Es brauchte keine Interpretation. Das alte, ewig gültige Glaubensbekenntnis sprach für sich, formuliert auf dem Ersten Konzil von Nicäa 325, bekräftigt 451 vom Konzil von Chalcedon. Filioque, das war ein ganz und gar unnötiger Zusatz. Das reine Wort beschmutzend. Aber vor sieben Jahren war Thessaloniki gefallen, die Macht der Osmanen wuchs weiter. Genaugenommen standen sie vor den Toren seiner Stadt. Bisher hatten die Theodosianischen Mauern gehalten.

Der Kaiser trat vom Fenster zurück. Er machte einige Schritte zu seinem Stehpult.

Er hatte jetzt mit der Fraktion dieses Papstes verhandelt, aus Bologna kam sie angereist. Ein junger Diplomat war dabei, ein Deutscher. Philosoph und Theologe, Nikolaus hieß er, gelehrt, rhetorisch geschickt, nicht unsympathisch. Aber dann war auch die Gegenpartei aus Basel erschienen, die ihn nach Frankreich mitnehmen wollte. Nach Frankreich! Er hatte sich mit dem ehrwürdigen Patriarchen besprochen. Der wollte wie er die Kirchenunion. Sie mußten sie ja wollen. Schließlich waren sie übereingekommen, mit der Delegation des Papstes nach Ferrara zu reisen. Aber sie waren spät dran. Jetzt, Ende November, begannen die Stürme, die umlaufenden Winde auf der Ägäis. Was für ein Unternehmen! Morgen sollte es losgehen. Nach Venedig! Nach Venedig. Lagerten dort nicht all die geraubten Reichtümer aus Konstantinopel! Die Gold- und Silberschätze, die heiligen Ikonen; standen dort nicht die Säulen aus Edelsteinen, und prangte über dem Portal des Markusdoms nicht die Quadriga, die vier vergoldeten Pferde aus Byzanz.

Cla sah kurz zu Baran, der zurückgelehnt im Sitz der Fähre lag: Du schläfst?

– Sei still und erzähl weiter!

Die Schiffe unten am Goldenen Horn und am Marmarameer lagen schon bereit. Ein Teil der Delegation hatte sie bereits bestiegen, man wollte das Leben dort ausprobieren, noch im Sicheren, bevor es auf die offenen Meere hinaus ging. Morgen würde er seine Galeere betreten. Er hatte sie für sich allein und seine Bedürfnisse. Für seine Diener, seine Köche, seine Hunde, seine Falken, Gerfalken mit dem makellosen Gefieder von Schnee, für seine drei anmutigsten arabischen Schimmel, die glänzten wie Milch oder Mondlicht. Er liebte weiße Tiere. Er sah über die schönen Gärten seines Palastes. Er wollte nicht fort.

In der Früh hatte er die sieben Windhunde striegeln lassen, weiße, befederte Salukis, deren leichtes, langes Fell an Ohren, Läufen, Rute, engelhaft herabfiel.

Baran setzte sich etwas auf. Woher weißt du das?
– Aus meiner Geschichte.
– Die du gerade erzählst?
– Die ich gerade erzähle.
Baran ließ sich wieder zurücksinken.

Der Patriarch betete in einer hölzernen Ecke; am Boden lag Stroh. Er hatte mit seinen Getreuen sein Schiff schon bezogen; sie waren fast 100 Mitreisende. Sie würden in acht großen Galeeren fahren. Die byzantinische Delegation umfaßte 700 Geistliche und Herrscher, Diplomaten. Dazu kamen die Matrosen, die Ruderer, muskulöse Männer, bewaffnet mit Pfeil und Bogen. Man mußte mit Piraten rechnen.

Er war nun fast 80 Jahre alt und seit über 20 Jahren das geistliche Oberhaupt von Konstantinopel und damit der ganzen Ostkirche. Würde er die Vereinigung von West und Ost erleben? Sie wäre die letzte Rettung für das byzantinische Restreich. Nur wenn sich die Kirchen wieder zusammentäten, würden sie der osmanischen Bedrohung standhalten können. Würde er beim großen ökumenischen Gottesdienst in der Hagia Sophia dabeisein? Er roch den Weihrauch, den Duft, der vom Wogen der Flammen über den vielen schmalen Kerzen aus Bienenwachs ausging. Er sah ihren Glanz auf den Ikonen, der die Wangen, die Augen der Heiligen Gemeinschaft erweckte. Wir glauben an einen Gott, den Vater, den Allmächtigen, der alles geschaffen hat … Und an den Heiligen Geist, den Herrn und Lebensspender, der aus dem Vater hervorgeht. Und – er stockte. Und wenn sie es wollten, dann sollten sie doch beten dürfen: und aus dem Sohn! Der Patriarch stand auf und küßte die kleine Christus-Ikone, die er aufs Schiff mitgenommen und vor sich auf das schmale Bord gestellt hatte. Wenn man Hilfe aus dem Westen wollte, würde man auch den Primat des Papstes anerkennen müssen, seine Vorrangstellung über die gesamte Christenheit. Er küßte seinen Christus ein zweites Mal, senkte seinen Kopf, die Augen geschlossen. Er spürte, daß er müde war. Sie hatten keine andere Wahl.

Der Teeverkäufer kam vorbei und sammelte die leeren Teegläser ein. Cla bückte sich und nahm seines vom Boden auf. Vor den beschlagenen Fenstern wehte es weiß.

Der Patriarch hatte Angst. Aber Syropoulos, sein Freund, sein Schreiber, Vorstand der Hagia Sophia, würde bei ihm sein, ihn begleiten. Und da war auch noch Basilius Bessarion, ein hochbegabter junger Mann, der in Mystras studierte, auf der Peloponnes, in Morea, der Hochburg der orthodoxen Gelehrsamkeit. Vor wenigen Tagen erst hatte er ihn zum Bischof geweiht. Er war ein Schüler von Georgios Gemistos, der auch mit nach Ferrara kommen würde; und Gemistos war noch älter als er. Sie beide wußten, was auf dem Spiel stand. Aber Gemistos hatte sich von der christlichen Kirche distanziert, er hielt das Christentum und auch den Islam für einen Irrweg. Er hatte einen an die antike Götterwelt angelegten Kosmos der harmonischen Beziehungen entwickelt. Er glaubte an die platonische Seelenwanderung. Und an kein Jenseits. Und dennoch kam er mit. Auch der Metropolit von Kiew war dabei. Sie waren eine beeindruckende Schar orthodoxer Würdenträger, die ihre antiken Philosophen, ihre antiken Kirchenväter gelesen hatten. Sie würden Truhen mit den heiligen Manuskripten mitnehmen.

Die Barbaren würden staunen.

Nur waren sie leider auf diese Leute angewiesen.

– Bekommt er einen eigenen Raum für sich auf dem Schiff?

– Joseph, der Patriarch? Was meinst du?

– Er ist 80.

– Er bekommt einen offenen Verschlag, mit seinem Schreiber. Aber es sind viele auf den Schiffen, auch hohe Würdenträger. Die Galeeren sind völlig überladen. Sie haben lebende Tiere dabei, die sie schlachten werden. Es gibt keine Betten, sie schlafen auf Stroh. Sie werden seekrank. Sie werden sich ständig übergeben, es wird stinken. Vielleicht gibt es Seuchen. Vielleicht drehen manche durch, weil sie die Schaukelei, die Enge nicht ertragen. Nicht die Angst im Sturm, wenn die Schiffe so schräg liegen, daß sie zu kippen drohen.

– Decken?

– Gut, Joseph bekommt auch Decken. Die besten, die aus Kamelhaar. Wir zählen sie nicht. Er hat genug.

– Danke!

– Und sie haben keine Toiletten, nur Löcher an der Seite der Schiffe, da stehen sie Schlange, auch wenn es regnet, schneit. Sie reisen über den Winter!

– Man war im 15. Jahrhundert nicht so empfindlich, was Kälte angeht. Und Scham vor Scheiße ist eine Sache der Moderne.

– Gut.

– Spielt dieser Bessarion eine Rolle?

– Er wird der Hauptverhandler auf der Seite der Ostkirche sein. Ein starker Vertreter der Kircheneinheit. Er freundet sich mit Cusanus an. Sie sprechen über das Wesen des Menschen, über die menschliche Seele. Sie haben Übersetzer, die sie immer weniger brauchen. Aber eben auch der alte Lehrer von Bessarion ist an Bord, Georgios Gemistos aus Mystras. Später nannte er sich Plethon, »der Reichhaltige«. Er hat Kaiser und Patriarchen beraten. Einer der größten Denker seiner Zeit. Ein Freigeist, der sich vom Christentum, von der Vorstellung eines Dreieinigen Gottes entfernt hat. Er brauchte kein Jenseits, keine ewige Seligkeit mit oder ohne Jungfrauen. Er schrieb über die menschliche Würde, seinem Leben selbst ein Ende zu setzen. Er ist jetzt über 80 und macht sich noch einmal auf den Weg. Cusanus wird mit ihm sprechen. Dieser alte Denker wird ihn beeindrucken.

– Wie befreundet sind Cusanus und Bessarion?

Cla überlegte. Sie reden nachts miteinander, liegen auf demselben Stroh. In atmender Nähe.

– Das sagst du jetzt so.

– Ja.

Immer mehr Menschen kamen in den Bauch der Fähre. Sie waren naß. Draußen stürmte es stark. Schneeregen klatschte gegen die Scheiben. Die letzten leeren Plätze füllten sich. Die Fähre stöhnte und legte drehend ab. Der Mann ging mit frischem Tee und Salep durch die Reihen.

– Man sieht nichts, so gut wie nichts, aber schau kurz! Baran beugte sich über ihn und wischte mit der Hand über das Fensterglas. Wir sind jetzt an der engsten Stelle des Bosporus. Das eben war Anadolu Hisarı, die alte osmanische Festungsanlage und gegenüber wäre Rumeli Hisarı, die entsprechenden Mauern und Türme auf der europäischen Seite.

Er beugte sich wieder zurück, und das freigewischte Fenster begann erneut zu beschlagen.

– Nimmst du noch einen Tee, Cla?

Vielleicht täuschte er sich, aber es schien Cla, daß dies das erste Mal gewesen war, daß Baran ihn nicht Schweizer oder Engadiner nannte. Er nickte. Und Baran reichte ihm das neue Glas auf dem Unterteller.

– Danke. Magst du weiterhören?

Baran näherte sich vorsichtig mit einer Hand und strich Cla eine Haarsträhne aus der Stirn. Sicher!

Cla hielt den Tee, als müsse er sich an ihm festhalten.

Die Zuckerstückchen, sagte Baran, und nahm die beiden weißen Würfelchen von Clas Untertasse und hielt sie ihm hin.

Irritiert griff Cla danach und steckte sie in die Tasche. Er trank einen Schluck Tee.

– Ich versuche abzukürzen. Es war die falsche Jahreszeit. Aber sie hatten auch Pech. Eine Gruppe, die nur etwas früher losgefahren war, kam schon vor Weihnachten in Venedig an. Und sie sollten bis Februar brauchen!

Nachdem der Kaiser unter großem Gefolge von Musikanten und einer jubelnden Menge zu seinem Schiff begleitet worden war, gab es ein Erdbeben, und die Griechen verstanden dies als warnenden Wink Gottes, der gegen eine Vereinigung der Kirchen war.

Die Flotte bestand aus drei venezianischen Galeeren, die der Papst geschickt hatte – mit ihnen war Cusanus aus Venedig gekommen –, dem Schiff des Kaisers und drei byzantinischen Handelsgaleeren. Eine Weile sollte eine Galeere aus Florenz sie begleiten, deren Rolle ist aber nicht klar.

– Woher weißt du das?

– Aus den Memoiren von Syropoulos, dem Schreiber des Patriarchen.

– Der sagt das auch mit dem Erdbeben?

– Ja. Insgesamt soll die Erde während der Unternehmung dreimal gebebt haben.

Nachdem man zwei Tage im Hafen das Leben auf den Schiffen geübt hatte, verließen die Reisenden am 27. November bei hellem Sonnenschein Konstantinopel und segelten ins Marmarameer. Aber sie kamen nicht recht voran. Es blies kein Wind, die Ruderer mühten sich ab, aber die Schiffe waren viel zu schwer beladen. Und gegen Mitternacht zog ein Unwetter auf, die Schiffe verloren den Kurs, und die Reisenden glaubten schon, an der großen Marmara-Insel, vor den Dardanellen, zu zerschellen. Die Insel war bekannt für ihre weißen Steinbrüche von makellosem Marmor. Sie warfen Heckanker. Und versuchten zu schlafen. Am Morgen hatte sich der Sturm beruhigt, und sie sahen, daß sie die gefürchtete Insel bereits hinter sich gelassen hatten. In lieblichem Wind segelten sie weiter. Doch sie fuhren durch osmanisches Gebiet. Bei Gallipoli, am schmalen Eingang zu den Dardanellen, kam das Schiff des Kaisers zu nah an das türkische Ufer, und die empörten Anwohner attackierten die Flotte mit Pfeilen und Steingeschossen.

Als die Dardanellen durchsegelt waren, hatte der Kaiser erst einmal genug. Obwohl der Wind günstig war, wollte er auf Madytos bleiben und nicht, wie seine Begleiter rieten, weiter zur Insel Tenedos durchfahren. Als nun die Erde so stark bebte, daß man es auf den Schiffen spüren konnte, wollte der Patriarch das Schiff verlassen. Mit Müh und Not konnte der Greis davon abgehalten werden, an Land zu gehen.

– Wir haben ihm Kamelhaardecken gegeben.

– Er wollte ein Bett. Während der gesamten Reise versuchte der Patriarch, wo immer es nur ging, das Schiff zu verlassen und an Land zu übernachten.

Jetzt schickte man also Matrosen nach Madytos hinein, um Wasser zu holen. Doch sie wurden von Sarazenen angegriffen, die ihnen ihre Wasserschläuche wegnahmen. Auf den Schiffen bereitete man sich auf einen Kampf vor. Als der Kaiser aber einen seiner hohen Beamten schickte, konnte der mit guten Worten und Geschenken vermitteln. Die Griechen durften Wasser holen. Allerdings entfachten die Barbaren an den Küsten große Feuer, schrien und störten ihre Nachtruhe. Übermüdet segelte man am Morgen weiter.

In der folgenden Nacht erreichte die Flotte die ägäische Insel Lemnos. Man blieb zwei Tage. Diesmal waren die Matrosen stärker als die scheuen Inselbewohner. Sie nahmen das Vieh der Einheimischen, stahlen, was sie an Habe fanden.

– Nahmen Frauen?

– Schon. Aber der Schreiber des Patriarchen schreibt nicht alles.

– Und in deiner Geschichte?

– Geht es grad nicht um Frauen.

Die Schiffe segelten in eigener Regie und Kraft. Man war nicht immer beieinander. Am 7. Dezember, es war ein Samstag, erreichten sie nach und nach die Meerenge von Euripos, die das venezianische Euböa vom griechischen Festland trennte. Die Venezianer waren freundlich, versorgten die christlichen Glaubensbrüder mit Fleisch und Früchten, Brot und Wein. Der Patriarch wäre gerne zu ihnen aufs Schloß umgezogen, doch der Kaiser ließ ihm ausrichten, er solle besser in seinem Zelt übernachten, wenn er schon an Land gehen wollte. Der Lage sei nicht zu trauen. Er selbst verließ sein Schiff in diesen Tagen nicht.

Der Seeweg führte sie weiter zur Peloponnes. Das kaiserliche Schiff übernahm die Führung und flog allen voran über die Wasser. Doch als nach zwei Tagen ein heftiger Wind aufkam, war die Galeere des Basileus auf einmal verschwunden. Die anderen steuerten den Hafen bei Monemvasia im Süden der Peloponnes an; sie hofften, dort den Kaiser wieder zu treffen.

– Das war eine handylose Zeit.

– Zum Beispiel.

Also gut, der Kaiser war nicht da. Er kam auch in den nächsten zwei Tagen nicht. Man schickte eine Suchmannschaft aus. Die fand ihn tatsächlich. Er war – da er wegen aufziehender Stürme einmal anlegen mußte – nur bis in den Saronischen Golf in der Nähe von Korinth gekommen. Seine Laune war auf dem Tiefpunkt. Er nahm die treuesten seiner Gefährten, seine verläßlichsten Diener, die besten Köche, seine arabischen Schimmel, seine Windhunde, die zwei weißen Falken und beschloß, nicht weiter um die Peloponnes zu segeln, sondern über die

Halbinsel hinüberzureiten. Bis Navarino an der ionischen Küste waren das 200 Kilometer. Er brauchte anderthalb Wochen dazu. Aber es war für ihn die beste Zeit der Reise. Und für seine Tiere auch. Am 28. Dezember kam er in Navarino an.

– Jetzt mischst du.

– Ich mische die ganze Zeit. Auch die guten Historiker mischen, kompilieren, interpolieren. Es gibt kein Erkennen ohne Phantasie. Und als Cla das jetzt sagte, dachte er, daß er diesen Satz vor vier Wochen noch nicht gesagt hätte.

Baran legte für einen Moment zwei Finger auf Clas Unterarm und fügte hinzu: Empathie. Es gibt kein Erkennen ohne Empathie.

– Das sagst du mir, einem Lehrer!

Sie sahen sich lachend an.

Als die Restreisegruppe hörte, daß der Kaiser zu Pferd unterwegs war, führte man die Flotten zusammen und segelte – ohne weitere Vorkommnisse – um die Peloponnes herum, wo man das venezianische Methone am 21. Dezember erreichte. Der Patriarch wurde vom Metropoliten von Methone und einer großen Schar von Priestern empfangen. In einer feierlichen Prozession trugen sie ihre kostbarsten Ikonen durch die Straßen. Nach lateinischem Ritus wurde der Patriarch von hohen römisch-katholischen Geistlichen flankiert. Noch Stunden später war der Weihrauch in den Gassen zu riechen.

Nun feierten sie zwei Wochen lang Weihnachten. Das war das eine. Das andere war, daß die Griechen nicht weiter wollten. Die Galeeren waren zu eng. Das improvisierte Essen an Bord zu schlecht. Der Ausgang des ganzen Unternehmens zu unsicher. Der Patriarch bat, man möge aus Venedig eine zusätzliche Galeere anfordern. Die Verantwortlichen entschieden, daß dies zu umständlich und zu teuer sei, und beschlossen, einige in Methone vor Anker liegende venezianische Handelsschiffe zu mieten. Das würde die Lage der Griechen auf den Galeeren entspannen. Auf den Handelsschiffen aber lebten Sklaven, junge, kräftige Männer, die nach Venedig sollten. Genua und Venedig handelten ja bis zur Eroberung Konstantinopels noch in großem Umfang mit Sklaven aus dem Schwarzmeergebiet und dem Balkan.

– Woher kamen diese Männer? Waren sie schön?

– Sagen wir: Odessa. Sagen wir: Ja. Sehnige Burschen, die meisten mit graublauen Augen. Man versprach jetzt, das menschliche Handelsgut auszuladen, damit für die religiösen Reisenden mehr Platz sei. Keiner der Sklaven, so die Abmachung, würde Venedig mit diesen Schiffen erreichen. Das stimmte. Auch wenn die Sklaven nicht ausgeladen wurden.

– Wie das?

– Sie wurden zusammengepfercht, erkrankten an Beulenpest und starben.

– Sie litten lang?

– Sagen wir: kurz.

– Wie hat man sich ihrer entledigt?

– Auf offener See.

– Nach und nach die Toten über Bord geworfen? Oder mit ihnen auch die Kranken, die noch lebten?

– Was wäre das Gnädigste gewesen?

– Hat sich jemand um die Verfaulenden gekümmert?

– Höchst unwahrscheinlich. Kein Grieche, kein Lateiner hat sich angesteckt.

– Beulenpest ist hochinfektiös.

– Ja. Die Sklaven vegetierten isoliert in Fraⅽhträumen.

– Hat man mit den ersten Toten gleich die ganze Fracht entsorgt?

– Was wäre das Gnädigste gewesen?

Am 3. Januar also ging es los in Richtung Navarino, wo der Kaiser wartete. Man segelte gleich weiter. Stürme erhoben sich, zwei Schiffe erlitten Segelrisse. Doch am 5. Januar war das Wetter wieder still. Die See lag da wie ein Spiegel. Leichte Winde wehten, und die Flotte landete bei mildem Sonnenschein im Hafen Fiskardo nördlich von Kefalonia. Viele wollten gleich weiterreisen, aber ein päpstlicher Legat wehrte sich. Nur eines der Schiffe erhielt die Erlaubnis loszusegeln. Es war bereits am nächsten Tag in Korfu.

Die Zurückgebliebenen versuchten, nach anderthalb Tagen der Ruhe die Fahrt wieder aufzunehmen, mitten in der Nacht, bei günstigem Wind. Aber nachdem sie 60 Meilen durch die schwarze Nacht geflogen waren, drehte der Wind und blies sie zurück. Die See war aufgewühlt, und die hohen Wellen schienen die Galeeren zerschlagen zu wollen. Man entschied sich, den Weg zurück nach Fiskardo zu versuchen.

Und auf einmal erschien ihnen ein angenehmes und außergewöhnliches Licht über dem Wasser, das noch niemand so gesehen hatte. Seine Farbe war nicht auszumachen. Es war ein in sich wechselndes prismatisches Leuchten. Es stimmte alle seltsam ruhig.

Nach vierzehn harten Stunden erreichten sie den Ausgangshafen wieder. Keiner hatte in dieser Zeit etwas gegessen oder getrunken. Vielleicht hatten sie den Tod gesehen. Sicher hatten sie den Ernst der Endlichkeit gespürt.

In einer klaren Mondscheinnacht wagte die Flotte einen zweiten Versuch, von Fiskardo aufzubrechen. Doch kurz nach der Losfahrt brachte eine seitliche Böe eine der Galeeren aus der Bahn, sie kippte auf ein zweites Schiff und verlor beim Aufprall am Felsen einen Teil ihrer Ruder, die wie Schilfrohre brachen. Schließlich erreichte man mühsam mit gnädigem Wind und dem Einsatz der restlichen Ruder Korfu und blieb elf Tage lang auf der Insel; am 17. Januar feierte die ökumenische Reisegruppe das Fest des Heiligen Antonius des Großen, des christlich-ägyptischen Vaters aller Mönche.

Man segelte in einem Tag zum Golf von Ragus und durchfuhr ihn, nachts trieben Stürme die Schiffe auseinander, so daß sie im Abstand von Stunden vor der Insel Corsola an der dalmatischen Küste eintrafen. Der Kaiser und der Patriarch gingen an Land. Sie umarmten sich. Es war das erste Mal seit dem Aufbruch von Konstantinopel, daß sie wieder persönlich, und nicht nur über Boten, miteinander sprechen konnten. Sie hatten erfahren, daß Kaiser Sigismund im fernen Südmähren gestorben war. Hätten sie das bereits auf der Peloponnes gewußt, sie wären sofort umgekehrt und nicht zum Konzil gefahren.

Jetzt wartete der Papst schon in Ferrara. Und es waren nicht mehr viele Segeltage bis Venedig. Also setzte man das Unternehmen fort.

Doch der Kaiser wurde krank. Es gab einen Zwischenhalt auf einer kleinen, unbewohnten Insel. Es schneite, es windete. Alle froren vier Tage lang. Dann ging es weiter, die istrische Küste entlang. Drei Tage Halt in Zara, dann, bei heftigem Wind, weiter nach Ruvini. Die Takelage der kaiserlichen Galeere mußte repariert werden. Dann zwangen Stürme die Reisegruppe zu einem dreitägigen Aufenthalt in Parenzo. Die Stadt liegt direkt gegenüber Venedig. Hier also konnten die Schiffe die Küstenroute verlassen, den Arm der Adria direkt queren und ans andere Ufer segeln.

– Mühsam.

– Kaum vorstellbar. Die letzten Tage aber hatte ein Albatros auf dem Deck des Schiffes gesessen, mit dem Cusanus, sein neuer Freund Bessarion und dessen Lehrer Gemistos und der Patriarch fuhren. Die Matrosen fütterten ihn.

– Ein Albatros? Schön, – Baran zögerte – und doch sehr seltsam.

– Ja, sagte Cla.

Am Morgen des 8. Februar 1438 erreichte die Flotte die Lagunenstadt.

Der Doge von Venedig empfing den kaiserlichen Gesandten und Syropoulos, den Schreiber, als Vertreter des Patriarchen. Man sah, wo man die Griechen und Lateiner unterbringen konnte. Schließlich besuchte der Doge den Kaiser auf seiner Galeere und wollte ihn mit dem Bucintoro, seinem zweistökkigen Prachtschiff, in die Stadt geleiten. Doch dem Kaiser war nicht gut, ein Gichtanfall plagte ihn. Sagte er. Und seine Laune war am Boden. Einer seiner weißen Windhunde war kurz vor der Ankunft in Venedig gestorben. Und einer der Falken fraß seit Tagen schlecht. Der Kaiser hatte keine Lust auf einen prunkvollen Empfang, allen Blicken ausgesetzt, präsentiert auf einem purpurfarbenen Fauteuil auf dem Deck eines goldenen Schiffs. Und so segelten Doge und Kaiser am nächsten Morgen nicht auf dem Bucintoro des Dogen, sondern auf der kaiserlichen Galeere in die Lagune ein.

Es gab so viele Begleitschiffe auf dem Wasser, daß das Meer von Venedig nicht mehr zu sehen war. Und alle Glocken der Stadt läuteten.

– Und Cusanus? Und seine Erleuchtung?

– Cusanus reiste bald weiter. Seine Mission war erfüllt. Aber er hatte diese Vision auf dem Meer gehabt. Die sein Leben änderte, weil sie sein Denken änderte.

– Auf dem Meer, nachts unter einem Sternenhimmel? Bei diesem Licht in dem schlimmen Sturm? Oder doch auf dem Stroh neben seinem neuen Freund Bessarion.

Der Kellner hatte wieder begonnen, die leeren Teegläser einzusammeln. Die Menschen erhoben sich, knöpften die Mäntel zu, wickelten sich in wollene Tücher, suchten nach ihren Tüten und Taschen. Das Schiff drosselte seine Geschwindigkeit mit stotterndem Motor.

– Endstation Kadıköy!

– Chalkedon! Das alte Chalkedon! Ich erzähle ein andermal weiter! Cla nahm seinen Schal.

– Und ich sollte schnell los, geschäftlich. Aber ich zeige dir noch das eine oder andere von Istanbul, Dinge, die du ohne mich vielleicht nicht siehst. Baran zog sich langsam seine

Handschuhe an. Sie standen eng in der engen Sitzreihe und warteten, daß der Mittelgang freier würde.

– Ich meine, wenn du willst.

Er sah ihn an mit einem Blick, der zugleich freundlich, aber auch leicht spöttisch sein konnte. Und nun legte er ihm kurz eine Hand in den Nacken, als wolle er ihn leicht zu sich heranziehen. Cla spürte für einen Moment das kalte Leder des Handschuhs, den kleinen Griff. Dann bot sich Platz, und sie rückten vor und mit den anderen Passagieren dem Ausgang zu.

V. Karagümrük

Neun Derwische und ein kleines Hotel

1

Es dämmerte und die Lichter der Stadt hatten eine frische Giftigkeit.

Bei einem Kiosk bogen sie von der Hauptstraße ab, gingen an Gemischtwarenläden vorbei, einem Elektrogeschäft, Wohnblocks. Aus einem neongrün erleuchteten Fenster warf eine Frau mit Schwung einen Korb an einem Seil hinunter über ein vorstehendes Flachdach. Ein Junge stoppte den schwingenden Korb, legte ein Brot hinein und einen Bund Zwiebeln. Er gab dem Korb einen Stoß, so daß das Seil an der Dachkante anschlug, von ihr abprallte und der Korb einen Abstand gewann, den die Frau mit einem schnellen Zug ausnutzte und die Waren sicher zu sich zog. Ein Friseursalon hatte Wäscheständer mit lilafarbenen Frotteehandtüchern zum Trocknen vor die Tür gestellt. Im Schein offener Türen spielten Kinder in der Hocke an Pfützen in den vagen Zonen zwischen Straßenasphalt und abbröckelndem Gehsteig. Auf der Höhe einer alten Mauer überquerten sie die Gasse. Und stiegen bei einer schmalen Pforte ausgebrochene Treppenstufen hinab.

– Das findet man auch nur, wenn man es weiß! Cla machte vorsichtige Schritte.

– Das sucht man nur, wenn man es weiß.

Der Eingangsbereich wurde offensichtlich renoviert. Zwischen Wasserlachen, Sand, gestapelten Marmorplatten und verschiedenen Baumaterialien zeigten ausgelegte Pappen den Weg. Da es geregnet hatte, waren sie feucht und schmutzig. Auf dem Boden kauerten zwei Bettlerinnen unter schwarzen Kopftüchern und Pelerinen. Die jüngere zeigte nur ihre Augen, die ältere trug ihr Gesicht frei. Beide hatten eine geöffnete Hand wie eine porzellanene Schale auf ihre Knie gelegt. Baran grüßte freundlich, gab ihnen aber nichts.

Sie betraten einen Laubengang, an dessen Ostseite Fenster lagen. Männer legten betend ihre Stirn an die Scheiben, hinter denen schemenhaft mit grünen Tüchern überworfene Särge zu erkennen waren. Auf manchen stand ein Turban. Sie gingen weiter bis zu einem niedrigen Tor und kamen nun in einen von Lampen spärlich erhellten Innenhof. Eine Katze sprang von einem Marmorbrunnen, hinter dem eine Libanon-Zeder in den Abendhimmel wuchs.

Cla folgte Baran, der nun nach rechts und links in ein lockeres Spalier von Männern grüßte. Der Weg ging auf einen Hintereingang zu. Je näher sie ihm kamen, auf desto mehr Männer stießen sie. Rechts öffnete sich der Raum einer Toilette mit Waschgelegenheiten. In einem angrenzenden Vorraum standen Regale für Schuhe, aber sie waren alle schon belegt, die Schuhe stapelten sich, manche Paare schienen in einen letzten Spalt noch hineingequetscht worden zu sein. Baran zog seine Schuhe aus und stellte sie vor das Regal auf den Teppich, wo ebenfalls schon viele Paare standen. Cla tat es ihm nach. Aber er war ungeschickter, schwankte auf einem Bein beim Lösen der Schnürsenkel. Und als er sich nun bückte, um seine Schuhe neben die von Baran zu stellen, fiel ihm das Wort Armut ein wie ein Erschrecken. Denn das, was er sah, war keine objektive Armut. Es war etwas anderes. Getragene Männerschuhe mit ihren Gebrauchsspuren, ein wenig ausgeleiert, weicher geworden in ihren Formen, hilfloser, nicht ganz sauber, nun ordentlich nebeneinandergestellt. Und es schien ihm, als seien, Totenmasken vergleichbar, diese Objekte Lebensmasken, Abdrücke der Armut des Menschen in einem umfassenden Sinn.

Cla sah auf seine Füße in den Strümpfen und fühlte sich nackt und wohl auch ein wenig demütig.

Sie gingen an einem Wächter vorbei ins Innere des Hauses.

Durch spaltbreit offene Türen blickten sie in Nebenzimmer hinein, in denen Männer an Tischen saßen und aßen, miteinander sprachen. Wie in einem familiären Gasthaus. Sie durchquerten einen Raum, dessen Wände mit Glasvitrinen verkleidet waren. Das Deckenlicht machte sie zu Spiegeln. Ältere Männer halfen jüngeren beim Überziehen von weißen Kleidern. Es mutete an wie in einer Sakristei. Einer der Älteren, offensichtlich eine Art Kustos, führte sie nun weiter in einen offenen vieleckigen Saal, der mit seiner Galerie an ein Logentheater erinnerte. Von der Decke, die von einem Kreis mit Bambusintarsien dominiert wurde, hing in Gliedern glitzernd eine Glaslampe wie ein enormer Vogelkäfig. Die Wände waren dicht an dicht mit arabischen Schriftzügen geschmückt, die hinter Glas in braunen oder goldenen Rahmen lagen. Petersburger Hängung, dachte Cla, und er dachte zugleich, wie unpassend dieser Einfall war. Es gab eine Gebetsnische in blauen Kacheln.

Der Kustos wies ihnen einen Platz hinter einer hölzernen Absperrung an, über der naturhelle und rot eingefärbte Schaffelle hingen. Auch am Boden, den Rand entlang, lagen rote Felle, acht Felle. Eines, ein wenig abgerückt, war blau. Sie setzten sich in die Enge zu Männern und Frauen auf den Boden.

– Hier vorn ist der Bereich für die Gäste. Damit sie die Derwische gut sehen können. Sonst sind die Geschlechter getrennt. Da oben ist der Bereich der Frauen, Baran wies zur Galerie hinauf, wo hinter Gittern weibliche Gesichter unter Kopftüchern auszumachen waren. Manche der Stoffe schlossen das Gesicht fest ein, andere lagen wie Schals nur leicht über dem Haar, das in Locken fiel oder noch einen Pferdeschwanz oder Stirnfransen zeigte. Die Frauen sprachen miteinander, Kinder riefen.

Der theaterhafte, fast runde Raum unten, in dem sie saßen, hatte einen Durchgang zu einem Zimmer, das allein den Männern vorbehalten war. Reihen von Rücken, Reihen von weißen Gebetskappen waren auf etwas ausgerichtet, das Cla von der Gästeabsperrung her nicht erkennen konnte. An den Seiten mußten Musiker sein. Beim Hereinkommen hatte er Trommeln gehört, Saiteninstrumente.

– Wir sind spät. Aber früh genug. Viele von ihnen sind schon seit Stunden hier. Sie haben gebetet, gesungen, sich eingestimmt auf die Sema, das Tanzritual. Riechst du den frischen Weihrauch? Dann haben sie zusammen gegessen. Baran grüßte nickend einen Mann, der den Sema-Raum durchquerte und zum Bereich der Männer weiterging. Schulterlanges graues Haar quoll unter seiner Gebetskappe hervor.

– Weißt du, manchmal esse ich auch hier. Sie akzeptieren mich als Gast. Sie wissen, daß ich sie achte. Und so bin ich willkommen. Mevlânâ hat alle willkommen geheißen, nicht nur Muslime, auch Christen, Juden, Heiden. Dieses gemeinsame Essen ist archaisch. Er lachte.

– Archaisch?

– Urtümlich, einfach. Das sind hier ja religiöse Räume, aber es braucht nur ein paar Handgriffe, und sie werden zur Bühne für ein Abendmahl. Ein klappbares Holzkreuz auf den Teppich gestellt, darauf eine Platte, schon hast du einen Tisch. Man hockt am Boden. Jeder bekommt einen Löffel. Immer drei, vier essen zusammen aus einer Schüssel. Nacheinander: Reissuppe, Bulgur mit Gemüse, Kichererbsen in Tomatensoße. Auch Oliven, oder so in Essig eingelegte Gemüsestücke. Und manche greifen dann schnell zu, essen, daß du siehst, es ist die erste warme Mahlzeit am Tag oder seit Tagen. Und andere essen, weil sie dabei sein wollen. Weil sie es schön finden, einmal so zu teilen. Bloß mit einem Löffel in der Hand.

Weitere Männer betraten den Sema-Raum, durchquerten ihn hin zu ihrem Bereich. Cla sah hinauf zur Galerie, wo gerade eine füllige Frau, unter einem Turban aus türkisfarbenen und goldenen Tüchern, von der Balustrade zurücktrat. Sie war gewandet in rotbunte Seide, als zitiere sie den Orient, wie der Westen ihn sich einmal dachte.

Und sie? fragte Cla schnell.

– Oh, sie, sie ist dem Orden sehr verbunden, sie ist viel gereist. Ihr Neffe lebt in Amerika. Sie spricht Englisch. Sie ist schon alt, sie wohnt fast hier. Willst du sie kennenlernen? Die Bruderschaft hat internationale Kontakte.

Cla wehrte ab.

– Sie treffen sich zweimal die Woche. Offiziell ist dies ein Kulturzentrum. Auf diese Adresse ist auch eine Vereinigung von erstklassigen Musikern eingetragen, die in der Sufi-Tradition spielen. Aber es gibt keine Tafel, die den Ort als einen öffentlichen Raum erklärt. Im Grunde ist es ein halbgeheimer Treffpunkt, das versteckte Zentrum einer Sufi-Bruderschaft. Eine verborgene Tekke, eben eine Art Kloster oder Rückzugsort, wie es sehr viele gibt in Istanbul, in der Türkei. Wenn du willst, ein subversives Kloster der Derwische.

– Warum müssen sie sich verstecken? Cla rutschte mit den Knien hin und her, er war es nicht gewohnt, auf den Fersen zu sitzen, und versuchte, möglichst unauffällig eine bequemere Haltung zu finden.

– Atatürk, unser lieber Übervater der modernen Türkei, hatte die Republik als einen laizistischen Staat gesehen. Staat und Kirche sollten getrennt sein. Und im Prinzip setzte er, nach westlichem Vorbild, auf demokratische Strukturen. Also hat er das Sultanat und das Kalifat abgeschafft.

– Was heißt westlich? Deutschland und die Schweiz sind auch keine laizistischen Staaten. Parteien nennen sich im Namen christlich, in den staatlichen Schulen gibt es Religionsunterricht.

– Vermutlich dachte er an Frankreich. Pera, so hieß das europäischste Viertel Beyoğlu früher, war französisch geprägt. Die İstiklal hieß vor der Republik »Grande Rue de Pera«. Wer Geld und Einfluß hatte oder haben wollte, der sah nach Frankreich. In der Mode, den Umgangsformen, im ganzen Lebensstil.

– Aber warum wollte Atatürk die Sufis verbieten? Er hat ja auch die Moscheen nicht geschlossen.

– Offensichtlich waren ihm die Mevlevi, die drehenden Derwische, nicht ganz geheuer. Er konnte nichts anfangen mit dieser populären Liebesmystik, die allerdings weit verbreitet war. Und noch ist. Im Zweifelsfall schlagen Mevlânâs Verse die Suren. Atatürk hat die Mevlevi in Konya besucht. Dort erlebte er die Sufis, wie sie sich einer mittelalterlichen Frömmigkeit hingaben. Er aber wollte eine moderne Republik. Mit allen Mitteln und am liebsten von heute auf morgen.

Baran reichte Cla ein stoffüberzogenes niedriges Kniebänkchen, das Cla etwas verschämt zurückwies.

– Weißt du, Kirchen können sich wegen eines Filioque entzweien. Aber das Volk ist nicht spitzfindig in seiner Frömmigkeit. Es mischt; vieles darf nebeneinander gelten. Es ist unmittelbar, und es läßt sich seinen Glauben nicht verbieten. Das schaffte auch ein Atatürk nicht. Seither drehen sich die Derwische eben im Geheimen. Oder in Museen. Seit den 50er Jahren dürfen sie zu Mevlânâs Todestag in Konya tanzen.

– Offiziell?

– In Konya ja. Eben um den 17. Dezember herum, Mevlânâs Todestag. Da tanzen Derwische mit großem Orchester in einem riesigen Sport- und Kulturzentrum. Es faßt dreitausend Menschen. Das ist wie eine Ballettaufführung. Muslimischer Schwanensee. So mit wechselnder Beleuchtung, und es werden Programme ausgegeben in Türkisch, Englisch, Farsi. Aber daneben treffen sich, weniger offiziell, aber um so religiöser, Sufis und ihre Anhänger in vielen geheimen Hinterhöfen, an Rückzugsorten, in ihren Tekken. Da kommen Sufis aus der ganzen Welt. Ich habe einmal eine Gruppe aus der Ukraine dort getroffen. Die Frauen trugen weiße Kleider. Denn Mevlânâ hat seinen Todestag auch als seinen Hochzeitstag verstanden. Diese Veranstaltungen stehen in keinem offiziellen Kalender. Aber wenn man fragt, bekommt man schon Antworten. Wir können ja mal zusammen nach Konya gehen, was meinst du?

Cla erschrak, es war Januar, und im März würde er abreisen. Aber er nickte, ohne etwas zu sagen.

Die Nayflöte hatte eingesetzt. Die Trommeln kamen dazu. Cla bemerkte jetzt einen Bildschirm schräg vor sich, auf dem die Gäste im Sema-Saal das Geschehen im Raum der Männer verfolgen konnten. Die Knienden dort waren auf einen roten Sessel ausgerichtet, in dem offensichtlich ein Oberhaupt der Bruderschaft saß. Nun hob neben ihm ein Sänger an, und die Gemeinde fiel ein und bewegte sich, die Köpfe, die Körper nach links, nach rechts, wiegend zu den Silben.

»La ilahe illallah. La ilahe illallah. La ilahe ....«

– Sie deklamieren das Glaubensbekenntnis: Es gibt keinen Gott außer Gott.

Cla sah, daß die Frauen in der Galerie wie auch einige Männer und Frauen der gemischten Gästegruppe in dieses gymnastische Beten einfielen. Cla drehte sich vorsichtig zu Baran hin. Er konnte nicht sagen, ob er erleichtert war, daß Baran Zuschauer blieb.

Später aber sollte er beobachten, wie Baran die offenen Hände wie empfangend vor sich hielt und sich dann mit den Handinnenflächen von der Stirn hinunter über das Gesicht strich.

Nun erklang eine Melodie wie ein Volkslied.

– Was ist das?

– Yunus Emre, das ist ein Mystiker des 13. Jahrhunderts.

Eine junge Frau neben Cla holte ihr Handy heraus. Und Cla sah, daß sie Noten und Text aufgerufen hatte und leise, auf den kleinen Bildschirm in ihrer Hand schauend, mitsang.

Drüben im Bereich der Männer erkannte er nun eine Leinwand, auf der ebenfalls Verse und Noten abzulesen waren. Sie können es also nicht alle auswendig, dachte Cla. Und er versuchte, die Zahl der Anwesenden zu schätzen. Er hatte keinen Überblick über die Frauengalerie. Aber sie schien gut gefüllt zu sein. 150 Menschen mindestens waren in dieser Tekke versammelt. Es konnten leicht viel mehr sein.

Rechts am Eingang des Raumes, den Cla Sakristei nennen wollte, hatten junge Derwische zu trainieren begonnen. Cla sah sie als Spiegelbilder in den Glasscheiben der Vitrinen. Einer hatte nur Turnhosen und ein T-Shirt an, ein anderer trug schon den langen, ausschwingenden Derwischrock und ein Unterhemd, das seine muskulösen Oberarme zeigte. Sie übten das Drehen. Sie nahmen Schwung mit dem rechten Fuß und versuchten, sich drehend, das Gleichgewicht auf dem linken zu halten, die Arme ausgebreitet.

– Und das jetzt ist von Niyazi Misri, einem Mystiker des 17. Jahrhunderts.

Cla konnte sich in den Klängen nicht sicher orientieren. Ihm gingen die Melodien, die für ihn manchmal keine Melodien waren, ineinander über. Das alles hatte etwas Psychedelisches, das es ihm schwer machte, sich zu konzentrieren.

Und auf einmal beschleunigte sich der Rhythmus. Und neun Derwische in schwarzen Mänteln unter ihren hohen, kamelhaarfarbenen Derwischhüten aus Filz betraten den Sema-Raum. In rhythmisch langsamen Schritten, nacheinander. Sie erschienen nicht als einzelne, sondern als Figuren einer Choreographie. Ein geheimer Faden verband sie, ein Faden, der elastisch war, sie aber doch hielt.

Am Rand vor der hölzernen Absperrung zu den Gästen gingen sie auf ihren Fellen auf die Knie. Sie warfen sich nieder, synchron, die Hände nach vorn, die Stirn auf den Boden. Sie richteten sich auf, gingen auf die Fersen. Der Scheich hatte sich etwas abseits auf dem blauen Fell auf die Fersen gesetzt. Sie warteten. Dann: ein Schlag auf den Boden! Und alle standen auf.

Vermutlich, dachte Cla, hatte der Scheich das Zeichen gegeben.

Nun waren Hierarchien erkennbar. Neben dem Scheich gab es einen zweiten, in seiner Position herausgehobenen Mann. Cla nannte ihn für sich den Zeremonienmeister. Der Zeremonienmeister schritt auf den Scheich zu. Er blieb vor ihm stehen. Sie sahen sich in die Augen. Länger als ein Blick. Eher wie ein Wort, ein Einverständnis. Synchron verbeugten sie sich voreinander. Dann küßte der Scheich den Filzhut des Zeremonienmeisters oberhalb von dessen Schläfe. Beide verbeugten sich noch einmal. Der Zeremonienmeister ging einige Schritte weiter. Und blieb stehen. Unterdessen war der nächste Derwisch auf den Scheich zugegangen. Sie hatten sich voreinander verbeugt, sie hatten sich in die Augen gesehen. Länger als ein Blick. Der Scheich hatte den Derwisch auf den Filzhut geküßt. Sie hatten sich gegeneinander verbeugt. Der Derwisch war einige Schritte weitergegangen. War stehengeblieben. Er drehte sich um und wartete auf den nächsten Derwisch, der vom Scheich kommend nun auf ihn zuging und mit ihm dieses Ritual wiederholte. In die Augen sehen, verbeugen, in die Augen sehen.

Cla schwindelte bei diesem Ineinanderfließen der Bewegungen. Im Ausschreiten eines Bogens mischten sich Männer miteinander. Der Standort eines Derwischs war wenige Schritte später der Standort des anderen. Und so drehten sie sich schon, bevor das Drehen begonnen hatte.

Mittlerweile hatten die Derwische in den schwarzen Mänteln einen Kreis vollendet. Sie gingen schrittweise weiter zu ihren Fellen. Und legten nun, sich immer wieder zueinander umdrehend, sich verbeugend, ihre Mäntel ab.

– Der schwarze Mantel symbolisiert das Grab. Wenn sie ihn ablegen, sind sie bereit für eine Art von Auferstehung. Der Tanz beginnt.

Nun waren sie weiß. Der erste weiße Derwisch, weiße langärmlige Jacke über einem weißen Hemd, in einem bodenlangen weißen Rock, dessen Schnittmuster ein Kreis gewesen sein muß, bewegte sich schrittweise auf den Scheich zu. Ein schwarzer breiter Stoffgürtel betonte seine Taille. Beide verbeugten sich synchron. Sie sahen sich in die Augen. Der Scheich küßte den Filzhut. Sie verbeugten sich wieder, und der Derwisch ging nun, als habe er eine Erlaubnis erhalten, zwei, drei Schritte weiter. Er legte seine Hände, die Arme vor der Brust gekreuzt, auf die Schultern. Eine Spannung lief durch seinen Körper. Und nun begann er, sich zu drehen. Und im Drehen lösten sich, langsam, langsam die Arme, öffneten sich, als ob ein Flügel sich entfaltete, öffneten sich weiter in die volle Länge der Armspanne, eine Handfläche nach oben gewendet, die andere nach unten, drehte er sich, drehte, drehte, den Kopf leicht schräg haltend, die Augen offen. Und während Cla noch den einen Derwisch beobachtete, drehten schon vier, fünf, sechs andere. Die Reihe der Derwische entfaltete sich wie ein Reigen aufgehender Blüten. Der Zeremonienmeister schritt zwischen ihnen hindurch, als müsse er darauf achten, daß die Balance zwischen individueller Ekstase und gemeinschaftlichem Ritual gehalten blieb.

Cla hätte hinterher nicht sagen können, wie oft sich die Derwische drehten, auf die Felle zurückkamen, wieder in die nächste Runde gingen. Es war immer ein Schlag auf den Boden, der das Drehen beendete. Er sah, daß manche Derwische die Augen verdrehten, daß sie sich vergaßen, aber doch nie so, als daß der laute Schlag, vielleicht war es auch ein Aufstoßen mit dem Fuß auf den Boden, sie nicht hätte wieder zurückbringen können.

Im Bereich der Männer war weitergesungen worden. Ihr Raum hielt mit dem Areal der Sema eine osmotische Verbindung. Die Körper der Männer, und in der Galerie die Körper der Frauen, wiegten sich, die Rohrflöte spielte, die Trommeln gaben den Rhythmus. Aber auch wenn die Musik schneller, heftiger wurde, drehten sich die Derwische weiter in ihrem eigenen Rhythmus. Langsamer. In einem Rhythmus, der vielleicht in einer geheimen Proportion zum Rhythmus der Musiker stand. Cla schien es, als drehten sich die Derwische im Verhältnis zu ihrem Herzschlag, ihrem Atem. Und dann sah er doch, daß ihr Drehen synchron war. Wie das eines einzigen Körpers.

Erneut setzte ein Sänger im Raum der Männer ein. Dort war die Leinwand mit Noten und Liedtexten verschwunden. Das, was nun zu verlautbaren war, kannten alle. Es waren Silben. Es waren einige der Namen Allahs. Und sie wurden mit genau kontrolliertem Atem ausgestoßen. Das war kein Singen mehr, es war ein leichtes Hecheln, manchmal ein Stöhnen (»Ya Hu«, Oh Er), wobei die Gesichter, die Leiber von rechts nach links oder von vorne nach hinten wogten. Und zwar alle als Reihe; und Reihe um Reihe als Feld.

– Die haben das gelernt? Cla war froh, daß Baran neben ihm saß. Er hatte das Gefühl, er würde die Energien in diesem Raum sonst schwer ertragen.
   – Ja sicher! Das sind spezielle Atemtechniken, das ist nicht so einfach.

Außer den Gästen sah niemand den Derwischen zu. Die Gemeinde tanzte ihren eigenen blicklosen Tanz einer hechelnden, in Lauten galoppierenden Trance. Sie waren hingegeben den Vorsängern, dem Rhythmus der Instrumente. Bei aller Kraft aber war etwas Aufmerksames dabei. Diese Menschen kannten sich, sie kannten die Linien, die elastischen Fäden, die sie verbanden. Und die sie nicht zerreißen würden.

Dann hörte die Musik auf, aber die Derwische drehten noch. Drehten, bis einer nach dem anderen auf seinen Platz zurückkam. Der jüngste nahm die schwarzen Mäntel, die sie vor dem Drehen über die hölzerne Gäste-Absperrung gelegt hatten, wieder auf und verteilte sie an die Derwische, die auf den Fersen saßen, nicht ohne zuvor jeden Stoff einmal geküßt zu haben.

Der Scheich sprach einige Worte auf Arabisch und endete mit einem Salam aleikum, Friede sei mit Euch.

– Das war die Sema. Es geht hier noch weiter. Jetzt kommen die Fürbitten des Obersten der Gemeinde für die Armen, die Kranken, die Soldaten im Osten. Wir gehen!

Baran war aufgestanden. Und Cla versuchte, möglichst geschmeidig aus der Kniehocke wieder auf die Beine zu kommen.

2

Draußen regnete es. In der Kälte spiegelten die Straßen wie Eis.

– Noch etwas trinken? Baran legte Cla die Hand auf die Schulter. Ich kenne hier ein Restaurant, da gibt es ziemlich gute Vorspeisen und Raki. Einverstanden?

Es ging langsam auf Mitternacht zu, und der Wind fuhr zwischen den Häusern hindurch wie ein Messer. Über den glänzenden Straßen zeigten die Scheinwerfer der Autos eine schräge Schraffur.

Wortlos gingen sie nebeneinanderher.

Sie wichen Hunden aus, alten Männern auf ihren mühsamen Wegen; eine Gruppe Jugendlicher kam und verhandelte umeinandertänzelnd Geheimnisse. Bis Baran nach einer Weile das Schweigen brach.

– Und?

– Ich hatte das nicht erwartet. Ich kann jetzt kaum drüber sprechen.

– Es ist nicht mehr weit. Und schon bog Baran in eine enge, steile Gasse ab. Cla folgte ihm.

Im Grunde war er zu müde, um mitzukommen. Aber er hatte nicht die Kraft gehabt, sich zu verabschieden. Und er wollte noch nicht allein sein, oder vielleicht versuchte er auch nur die Zeit des langen Heimwegs bis nach Tarabya hinauszuzögern.

– Wir sind hier in Karagümrük. Das ist der älteste osmanische Stadtteil Istanbuls. Noch innerhalb der Theodosianischen Stadtmauern, nah beim Edirne-Tor. Konstantinopel galt ja als uneinnehmbar mit diesen Mauern. Sie bildeten eine wahnsinnige Befestigungsanlage, doppelt oder dreireihig mit Gräben und Türmen. Seit ihrem Bau im 5. Jahrhundert hatte sie allen Angriffen von den Hunnen bis zu den Osmanen standgehalten. Reste gibt es ja noch, hast du etwas gesehen?

Cla hatte keine Lust, über Befestigungsanlagen zu reden. Er war noch Teil dieses weißen Drehens, der kontrollierten Ekstase dieser Männer am Rand ihrer Gotteserfahrung. Das alles war so fremd gewesen, und doch hatte es ihn mitgenommen. Aber Baran wollte sprechen, ihm weiter sein Istanbul zeigen. Und es schien ihm unhöflich, nicht zu antworten.

– Ja doch, die Seemauern unten am Marmarameer, und ich war auch schon einmal hier in der Gegend, bei den Ruinen des Blachernen-Palastes.

– Sie werden gerade restauriert.

– Ich bin die Mauern ein Stück weit abgelaufen. Und da waren alte Frauen, die liefen ganz oben auf den Mauern mit Plastiktüten. Und schließlich kamen sie auf abenteuerliche Weise über Relikte von Stufen, Geröll und Abbrüche wieder herunter.

– Ja, ja, sie stechen da Salat, so eine Art Löwenzahn.

Baran schlängelte sich durch zwei parkende Autos hindurch, wechselte die Straßenseite und bog in eine neue Gasse ein.

– Mehmed II. hat die Stadt sieben Wochen lang belagert. Und die Legende – die vielleicht wahr ist – besagt, daß einmal aus Versehen eine Tür beim Edirne-Tor offengeblieben war. Die Kerkoporta. Und daß Mehmed II. mit seinen Truppen über diese Schwachstelle in die Stadt kam. Er blieb dann in diesem Viertel. Heute kennt man die Gegend wegen ihres Fußballklubs, »Fatih Karagümrük SK«. In den 60er Jahren war der richtig groß, und auch jetzt kommen aus diesem Verein immer noch Nationalspieler.

– Ich habe das Stadion gesehen, als ich in der Chora-Kirche war.

– Ja, irrer Blick, nicht? Und Kunstrasen! Wahnsinniges Grün. Vor allem bei Flutlicht. Das Areal sind die Reste einer offenen Zisterne aus römischer Zeit. Du mußt einmal abends hingehen. Man schaut von der Straße hinunter in diesen riesigen wie überbelichteten Abgrund. Die Häuser auf der gegenüberliegenden Seite scheinen dann über dem Rand eines Steinbruchs zu stehen. Eine Bühne! Ein Amphitheater. In diesem Stadion möchte ich Kaváfis deklamieren.

Sie kamen an einem Café vorbei, hinter dessen Frontscheibe junge Frauen mit Kopftüchern saßen. Manche rauchten, sprachen miteinander, andere saßen vor einem Laptop, tippten.

Baran verlangsamte seinen Schritt. Schau das mal an! Vieles ist so ambivalent. Weißt du, Atatürk hatte sich ja für die Emanzipation der Frau eingesetzt. Aber sein laizistischer Staat hatte in der Folge alles andere als emanzipatorische Konsequenzen für die muslimischen Studentinnen.

– Wie das?

– Na ja, immer wieder durften Frauen mit Kopftuch Universitäten nicht betreten. Man verweigerte ihnen also die Bildung.

– Das glaub ich jetzt nicht!

– Doch schon. Wenn sie studieren wollten, mußten sie ihr Haar entblößen. Allah oder eine akademische Ausbildung, sie konnten wählen. Selbst wenn sie kompromißbereit waren und eine Mütze trugen, kamen sie nicht in die Hörsäle hinein. Viele Frauen meiner Generation haben aus religiösen Gründen nicht studiert. Erst unser Prinzipal hat das geändert. Unter ihm entstand eine gebildete muslimische Mittel- und Oberschicht. Mit starken Frauen. Sie sind fromm und selbstbewußt. Sie sind stolz auf ihren Schleier, auf ihre Entscheidung, sich öffentlich zu ihrem Glauben zu bekennen. Aber natürlich gibt es daneben nicht wenige unglückliche Mädchen, die von den Eltern gezwungen werden, ein Kopftuch zu tragen. Und die sich nicht dagegen wehren können. Und dann gibt es auch Frauen, die tragen ein Kopftuch oder auch nicht, je nach Gelegenheit. Wie es ihnen gefällt.

Der Regen nahm zu, und sie liefen wieder schneller.

– Du bist doch Theologe! Sag mir, was ist Religion? Wenn wir an eine übersinnliche Macht glauben und ihr in Riten huldigen, gelten wir als religiös. Und was ist mit dem Geld? Seine Macht ist letztlich übersinnlich. Eine Banknote funktioniert nur so lange, wie genug Leute ihrem Tauschwert vertrauen. Und wenn nicht, saust der ganze Segen in die Inflation. Im Moment übrigens stürzt die Türkische Lira. Aber für dich ist das gut.

Baran sprang über eine Pfütze; und als Cla das sah, ging er vorsichtig um sie herum.

– Selbst Gold, Baran drehte sich kurz nach ihm um, um zu sehen, ob er ihm folgte, ist Glaubenssache. Na gut, es ist wenigstens noch schön, hat ein Gewicht. Aber du kannst es nicht essen oder trinken.

– Du bist nicht etwa ein Neohippie?

– Sehe ich so aus?

Baran blieb vor einer Tür mit blaugestrichenem Eisengitter stehen.

– Wir sind da.

Er drückte die Klinke, und sie betraten einen kleinen Raum mit alten schwarz-weißen Bodenkacheln, die geometrische Sternenmuster trugen. Einige der dunklen Holztische waren besetzt. Aber es gab noch Platz. Ein Kellner nahm ihnen die nassen Sachen ab und wies ihnen einen Tisch am Rand zu. Baran gab Cla den Vortritt, der nach hinten durchging. Baran setzte sich ihm gegenüber.

– Laß mich das kurz zu Ende sagen: Wir richten unsere Aufmerksamkeit, unsere Sorgfalt auf Gehälter, Honorare, auf unseren Verdienst. Als könnte uns finanzielle Sicherheit erlösen. Für mich ist das eine Glaubenshaltung. Die wir aber nicht als solche wahrnehmen. Die Bedeutung des Geldes scheint so allmächtig, und allgegenwärtig, daß wir weder das Geld noch den Glauben daran in Frage stellen. Wir sind finanzfromm.

– Ich darf also annehmen, du hättest Karriere machen können.

Baran lächelte.

– Und warum wolltest du nicht?

– Das wäre eine längere Geschichte.

– Erzähl!

– Laß uns erst bestellen. Ich habe Hunger. Und als Baran das sagte, merkte Cla, daß es ihm auch so ging.

Der Kellner brachte Oliven und Auberginensalat, ein Schälchen mit grünen Zweiglein, eines mit Knoblauchjoghurt. Humus. Gefüllte Weinblätter, Schafskäse. Frisches Brot. Baran schenkte Raki in die Gläser und füllte mit Wasser auf.

– Şerefe!

– Viva!

– Viva!

– Şerefe!

Was ist das? Cla zeigte auf die Zweiglein. Algen?

– Meerfenchel. Eingelegt in ich weiß nicht was, Olivenöl, Knoblauch. Probier, du wirst das mögen! Er wächst an den Felsen der Schwarzmeerküste, nahe der Gischt. Sehr Vitamin-C-haltig. Die Seeleute aßen ihn gegen Skorbut.

Cla nahm eine Gabel.

– Und?

– Neu. Frisch. Gut. Eine Premiere! Danke!

Sie begannen zu essen, und Baran erzählte:

Ich will es kurz machen. Ein Studienfreund nahm sich das Leben. Es war in Berlin. Er war so begabt, studierte Mathematik. Und er war schön. Als ich ihn aufgebahrt liegen sah, schmal, klein, blaß, die Augen geschlossen, so jung, und wir waren noch wenige Tage davor zusammen, und jetzt einfach fraglos tot, da wußte ich, daß ich mein Leben ändern mußte.

Baran drehte sich um, als wolle er nach dem Kellner Ausschau halten. Und verharrte grundlos lange in dieser Stellung. Dann wandte er sich Cla wieder zu und sprach in Richtung der Olivenölschlieren in seinem Teller: Ich habe dann noch eine Weile weiterstudiert und es schließlich sein lassen.

– Das tut mir leid, einen Freund zu verlieren … Cla legte das Brot zur Seite, beendete den Satz aber nicht.

– Von nun an wollte ich die Tage nehmen, als seien es letzte Tage. Baran füllte sein Rakiglas nach. Ich habe begonnen, verstärkt Mevlânâ zu lesen. Ja, und Kaváfis, sicher, und auch Ramon Llull, vor allem sein Buch »Vom Freund und dem Geliebten«. Mevlânâ war von Llull beeinflusst.

Cla sah auf. Ach, Baran, wie klein die Welt ist! Cusanus hat ihn auch gelesen, diesen Ramon Llull. Von keinem anderen Autor hatte er so viele Abschriften in seiner Bibliothek. Die Vorstellung vom Dialog der Religionen hat ihn interessiert. Seine Gedanken zur mystischen Theologie. Oder die Schrift vom unbekannten Gott und der unbekannten Welt. Aber auch seine Überlegungen zur Kreisquadratur. Es gefiel ihm, daß Llull alles wissen wollte.

– War Cusanus schwul?

Cla legte die Gabel nieder, mit der er gerade ein Stück Schafskäse aufgespießt hatte, und sah Baran an: Wie kommst du jetzt auf diese Frage? Weil er Llull gelesen hat? Das Buch vom Freund und dem Geliebten. Aber das ist ein Meditationstext! Cla schüttelte den Kopf und nahm einen Schluck Raki.

– Wäre es möglich?

– Absurd!

– Absurd?

Cla stellte das Glas zurück auf die Tischdecke. Was heißt »absurd«? Ich weiß nicht. Das habe ich mich nie gefragt. Ich habe über seine Texte nachgedacht. Fragt man sich bei Philosophen, Theologen, ob und wen sie geliebt haben?

– Du könntest die Geschichte doch einfach erzählen. Mit diesem Cesarini zum Beispiel, dem Studienfreund aus Padua. Sagtest du nicht, er habe ihm sein Hauptwerk von der Wissenden Unwissenheit gewidmet? Oder mit Bessarion auf dem Schiff.

– Da gäbe es noch andere, den Mediziner, Mathematiker und Astronom Paolo dal Pozzo Toscanelli zum Beispiel, die beiden haben sich auch in Padua kennengelernt und waren bis zu Cusanus' Tod Freunde.

– Und?

– Es ist nicht mein Thema.

Baran schenkte Raki nach, goß etwas Wasser dazu. Cla beobachtete, wie die durchsichtige Flüssigkeit sich in ein dichtes Weiß verwandelte. Sperma, dachte er. Und er erschrak über dieses Bild und schämte sich sofort. Er nahm sich vor, nicht mehr als dieses Glas noch zu trinken. Man merkte verdünntem Raki nicht an, daß es Alkohol war. Und trank ihn leicht wie Limonade.

– Denkst du noch oft an diesen toten Freund?

– Es ist schon so viele Jahre her. Aber: ja. Ja, er kommt immer wieder einmal zurück. Natürlich denke ich, daß ich unaufmerksam war, daß ich ihn hätte retten können.

– Das denken die, die zurückbleiben, immer. Aber so einfach ist es doch nicht. Zum Retten gehören zwei. Der andere muß sich retten lassen wollen.

– Sprechen wir über Mevlânâ, den Vater der tanzenden Derwische!

– Sprich!

– Er kam aus Balch, am nördlichen Rand des afghanischen Zentralmassivs. Sein Vater war ein berühmter Islamgelehrter.

– In welchem Jahrhundert sind wir? Cla kaute.

– Der Auberginensalat ist gut, oder?

– Unglaublich.

– Die Frau des Wirts macht diese Sachen selbst. Sie ist Großmutter und hat Finger wie ein Mädchen. Ich bin manchmal bei ihr in der Küche, schaue zu, wenn sie Knoblauch schneidet, Petersilie. Wenn sie Zitrone und Öl in den Humus rührt. Oder dann klopft sie fest mit dem Löffel auf den geöffneten Schalenkranz der Granatäpfel, bis alle Kerne in die Schüssel gesprungen sind. Hast du die gefüllten Weinblätter probiert?

Baran hielt Cla das ovale Tellerchen hin. Und Cla nahm sich zwei der dunkelgrünen Wickel.

– Also Mevlânâ. Wir sind im 13. Jahrhundert. Anfang des 13. Jahrhunderts. Mevlânâ ist in Afghanistan geboren, im heutigen Afghanistan. Gestorben ist er in Konya, so als Siebzigjähriger. Konya, das liegt auf einer Hochebene in Mittelanatolien.

– Hochebene?

– Schon. Immerhin 1200 Meter, also eine sehr weite Hochebene in einem Kranz schneebedeckter Berggipfel. Es würde dir gefallen.

– Ja. Wenn du es so sagst.

– Als die Mongolen unter Dschingis Khan in Balch einzufallen drohten, floh sein Vater mit der Familie nach Mekka. Von Mekka zog man weiter nach Anatolien. Das alte byzantinische Gebiet war nun von Rum-Seldschuken besetzt. Deswegen auch Mevlânâs Name: Dschalāl ad-Dīn ar-Rūmī. Mevlânâs Mutter starb auf der Flucht. Und ich weiß nicht, nach welchen Umwegen – Mevlânâ soll eine Zeitlang in Aleppo, auch in Damaskus studiert haben –, landete die Restfamilie dann in Konya, wo der Vater vom Seldschuken-Sultan als Professor an die Islamische Universität berufen wurde. Mevlânâ studierte bei ihm. Er heiratete. Seine Frau war ebenfalls aus dem Osten geflohen. Sie bekommen Kinder. Nach dem Tod des Vaters übernimmt er dessen Lehrstuhl. Wie dieser wird er ein anerkannter, beliebter, ja verehrter Gelehrter.

Baran nahm einen Schluck Raki und goß dann in die Gläser nach.

– Du hörst noch zu?

Draußen war der Regen in Schneeregen übergegangen. Cla sah durch die Scheibe, wie Menschen mit angezogenen Schultern, aufgestellten Kragen, in Schals gewickelt, sich zu schützen versuchten. Und er genoß die Stimme Barans und die Wärme hier in diesem Raum.

– Mevlânâ ist mittlerweile so an die 37 Jahre alt, da sieht er vor einer Karawanserei einen Wanderderwisch sitzen: Es ist der gelehrte Schams aus Tabriz. Dieser Mann war etwa 20 Jahre älter als er. Ein Blickwechsel genügt. Weißt du, sie haben es sofort gewußt. Beide. Noch vor jedem Wort, vor jeder Berührung.

– Sie haben sich ineinander verliebt?

– Was heißt: verliebt!

Cla nahm einen Schluck Raki. Baran goß nach.

– Die zwei ziehen sich für sechs Monate zurück. Nennen wir es Askese, nennen wir es fromme Liebes-Ekstase. Liebten sie Gott, indem sie sich liebten? Schickte Gott ihnen die Gnade der Teilhabe an seiner Göttlichkeit in dieser Leidenschaft füreinander?

– Es war auch eine körperliche Leidenschaft?

– Müssen wir das entscheiden? Baran reichte Cla den Humus, und Cla nahm sich einen Löffel davon.

– Sie werden es entschieden haben. Jedenfalls, als sie dann nach Monaten wieder in der Welt auftauchten, war Mevlânâ für eine soziale Existenz als Vater, Gatte, Professor verloren. Er konnte nicht mehr so tun, als sei ihm nichts widerfahren. Das gibt es ja manchmal.

Baran lächelte Cla über den Tisch hinweg zu. Doch Clas Blick ging durch den Raum zum Fenster hinaus in das kleine Schneetreiben, in das Schemenband der vorbeihuschenden Menschen.

– Mevlânâ ist ein anderer geworden. Er kann nicht zurück. Und die fromme Gesellschaft von Konya beginnt, diesen Schams zu mobben. Sie sind einfach eifersüchtig, daß Mevlânâ einen dahergelaufenen Wanderderwisch bevorzugt, neidisch auf ihre Gemeinsamkeit, ihr offensichtliches Glück. Als sie Schams schließlich bedrohen, verschwindet der. Und Mevlânâ vermißt den Freund und beginnt, Verse zu schreiben. Er läßt ihn suchen. Als er schließlich hört, Schams sei in Damas-

kus, sagt er: In Damaskus, wo sonst! Reimt sich »Dimaschq«
doch auf »aschq«, Liebe.

Er kann Schams zurückholen, aber die Intrigen in Konya gehen weiter. Und eines Tages ist Schams endgültig fort. Vermutlich wurde er ermordet.

Mevlânâ trauert und schreibt, schreibt. Baran nahm einen
Schluck Raki:

> Mein Herz ist eine Muschel,
> ihre Perle: des Freundes Bild.
> Ich passe nicht mehr in mich –
> er füllt ganz das Herz mir aus.

Und er hat das Problem aller Liebenden, die das, was sie erfahren, aussprechen wollen, mit einer Handvoll Buchstaben. Und
scheitern.

> Als es an der Zeit war, über Liebe zu schreiben,
> brach die Feder entzwei,
> und das Papier zerriß.

– Şerefe, Cla!
  – Şerefe, Baran!

– Aber weißt du, dann wächst er an dieser Unmöglichkeit, das
Nichtsagbare zu sagen. Die Unmöglichkeit wird sein Wind, gegen den er steigt.

Baran hatte sich in Begeisterung geredet. Er nahm das Raki-
Glas, trank aber nicht, sondern stellte es wieder ab.

– Schreiben ist Nahesein mit Schams. Schreiben ist Lieben.
Und nun beginnt er, sich zu drehen. Sich um sich selbst zu

drehen. Wie die Erde sich dreht, die Gestirne sich drehen, er will sich in der Feier seines Freundes verlieren.

Der Geliebte ist nicht erreichbar, nur im Herzen zu halten. Im Ich. Die Perle in der Muschel. Dann mischt sich die Abwesenheit von Schams mit dem Bild des anwesend-abwesenden Gottes. Er dreht sich um sich; drehend entsteigen ihm die Verse. So wird er zu einem Instrument der Freundesliebe, der Gottesliebe. 30 Jahre lang, bis zu seinem Tod, schreibt er 60 000 Verse.

– Sechzigtausend!

– Es gibt einen eigenen Diwan der Gedichte an Schams.

Baran goß Wasser in sein Rakiglas und trank.

Was ist der Mensch, dieses Mischwesen aus Animalischem und Geistigem? Ein Esel, sagt Mevlânâ, dem man die Federn eines Engels an den Schwanz gebunden hat!

Baran lehnte sich zurück.

Und Cla sagte:

Der Mensch kann alles sein. *Er kann als Mensch ein menschlicher Engel oder eine menschliche Bestie sein, ein menschlicher Löwe, ein Bär oder was immer sonst.*

– Und von wem ist das?

– Cusanus.

– Von deinem Nikolaus? Schau an. Wäre es möglich, daß Cusanus Mevlânâ gelesen hat?

– Unwahrscheinlich, aber rein theoretisch wäre es möglich, daß er Verse von ihm kannte.

Sie sahen sich an. Baran war ein wenig erhitzt vom Sprechen. Das Licht modulierte die Partien seiner Wangenknochen. Seine Lippen erinnerten Cla an einen Geigensteg. Und er meinte, altes Ahornholz zu riechen. Er dachte an das Wort musikalisch. Er dachte daran, daß Alva einmal sagte, männlicher Samen rieche nach Birke. Und er schämte sich nicht mehr, als er das nun dachte. Sie tranken weiter Raki. Aus einer zweiten Flasche, die Baran beiläufig bestellt hatte.

– Mevlânâ wurde alt. Als er starb, weinten Moslems, Juden und Christen gemeinsam an seinem Sarg.

Baran riß ein Stück von einem Fladenbrot ab. Er legte es auf die Papierserviette. Hier, nimm noch den Rest vom Meerfenchel! Das gibt es nicht im Engadin.

Cla schob die grünen Zweiglein mit einem Löffel auf seinen Teller.

– Meinst du, du kommst mich einmal besuchen? In meinem Tal?

Baran suchte seine Augen. Er lächelte nicht, sondern sah ihn an, als wolle er sich in diesem Blick ausruhen.

Inshallah!

3

Der Wind hatte sich gelegt, und es hatte zu schneien begonnen. Sie standen auf dem Gehsteig. Cla sah sich nach einem Taxi um.

– Komm, wir gehen zu einer größeren Straße. Baran nahm Cla am Arm.

Nur noch wenige Häuser hatten erleuchtete Fenster. Am Himmel zeigte sich ein diffuses Licht. Der Mond mußte fast voll sein, aber er konnte sich durch die Schneewolken nicht durchsetzen.

– Willst du wirklich noch nach Tarabya?

Cla gab keine Antwort. Sie gingen an alten Holzhäusern vorbei, hinter einer Scheibe stand ein Fernseher auf dem Spitzendeckchen einer Vitrine. Über den grieseligen Bildschirm lief ein Film aus den Anfängen des türkischen Fernsehens; Männer mit Kulleraugen und gewichsten Schnauzbärten sahen dem wippenden Petticoat einer toupierten Blondine nach.

– Paß auf, wir bleiben hier. Ich weiß ein kleines Hotel. Es ist jetzt das Einfachste. Wir sind auch beide nicht mehr ganz nüchtern.

– Du bist noch ziemlich nüchtern, nicht? Cla griff nach Barans Oberarm, als wolle er sich einhängen. Ging aber dann doch alleine weiter. Er spürte, daß die kalte Luft, der Schnee ihm guttat.

Er hatte den Schnee vermißt. Jetzt schneite es und schneite. Es war nicht der erste Schnee für ihn in Istanbul. Aber der erste Schnee, den er in einer Nacht erlebte. Wie ein Willkommen. Istanbul hieß ihn willkommen, mit diesem Schnee. Es war sein persönliches weißes Hoşgeldiniz. Heute, endlich, in einer Mondnacht mitten im Januar. Er hielt sein Gesicht in die Flocken. Dann legte er den Kopf tiefer in den Nacken, wie Kinder es tun. Er sperrte den Mund, die Augen auf, offen für die fallenden Sterne des Schnees.

Dann kam er zurück: Braucht man Mut nur, wenn man Angst hat?

– Wie? Baran hatte sich jetzt in ihn eingehängt, stützte ihn aber so, daß es Cla nicht aufgefallen wäre.

– Du hast gesagt, du hast keinen Mut gebraucht, damals, um bei mir anzurufen: Hier ist Baran, der Kellner, bei dem Sie Ihren Schal vergessen haben. Denn du hast keine Angst gehabt, hast du gesagt. Braucht man Mut nur, wenn man Angst hat?

– Hab ich das gesagt?

Baran bog in eine neue Seitengasse ab, und sie gingen weiter durch den fallenden Schnee wie ohne Ziel.

– Du hast recht, vermutlich stimmt das nicht. Wenn man Lust hat, etwas Neues zu wagen, dann braucht man Mut, aber man hat ja nicht wirklich Angst davor.

– Hat ein Skispringer Angst, oben auf der Schanze?

– Du ehrlich, wie soll ich wissen, wie sich ein Skispringer oben auf einer Schanze fühlt? Aber vermutlich hat er nicht das, was wir so Angst nennen. Er braucht Zuversicht, sich da hinunterzustürzen, Konzentration, ja, und dann braucht es einen Moment von lachendem Mut.

Lachender Mut, wiederholte Cla.

Baran wechselte die Straßenseite. Da vorne ist es.

– Was?

– Das kleine Hotel, das ich kenne. Wir gehen jetzt schlafen, oder?

Cla sagte nichts, und Baran klingelte.

Ein Flur. Ein alter Portier in Strickjacke. Zwei, drei Sätze, die Baran mit ihm wechselt. Ein Schlüssel. Eine Treppe. Eine Treppe. Eine Treppe. Eine Tür.

Das Zimmer ist klein, es riecht nach Essig und nach kaltem Rauch. In der Mitte steht ein frisch überzogenes Bett. Zwei Kissen, eine Decke. Baran zieht die verblichenen Vorhänge zur Seite. Das Licht von der Straße erhellt das Bett, den Boden aus blauen Kacheln, die Kommode mit der Lampe, die es jetzt nicht braucht. Es schneit in gleichmäßigen Flocken. Baran dreht sich um. Er macht einige Schritte auf Cla zu. Mit beiden Händen nimmt er Cla an den Schultern und bewegt ihn ein wenig zu sich her. Er sieht ihm in die Augen. Cla läßt es geschehen. Er senkt den Blick nicht.

– Ich bin nicht mehr nüchtern.

– Das sehe ich. Dann gehen wir schlafen. Baran spricht leise wie einer, der ruhig auf der Siegeslinie weiterzieht.

Baran zieht Cla zu sich. Ihre Gesichter sind jetzt in Atemnähe. Baran legt eine Hand auf Clas Rücken. Cla hört eine Stille, die er nicht kennt. Eine Stille wie Glas, das vom Splittern weiß. Er spürt den Druck von Barans Hand unterhalb seiner Schulterblätter. Er spürt diesen Druck, der bis in seine Lenden fährt. Baran sieht ihn weiterhin an. Cla senkt die Augen nicht.

Cla senkt die Augen nicht. Er steht nur da, vor Baran mit herabhängenden Armen. Baran sieht ihn an, als könne er ihn sehend erschaffen. Erschauen.

Das Glas hält noch.

Cla läßt die Stirn in die linke Schlüsselbeinkuhle von Baran sinken. Seine Arme hängen herab. Vielleicht hängt er mit der Stirn in Barans Schlüsselbeinkuhle wie an einem Haken. Oder wie heimatlich. Es könnte auch heimatlich sein. Bitte! denkt Cla. Aber Baran rührt sich nicht. Noch nicht.

Dann legt Baran seine zweite Hand auf den Rücken von Cla. Er umarmt den mit hängenden Armen an ihm nun hängenden Körper. Ihre Wangen, ihre Ohren berühren sich.

Bitte! denkt Cla und atmet flach.

Was er später noch weiß:

Wie er Barans schmalen, muskulösen Hintern vor sich sah, wie seine, ja Clas Hände, auf Barans Hüftknochen lagen. Wie Baran schmaler war, als er gedacht hatte. Wie Baran Ja sagte. Wie er, Cla, sagte: Du hast das schon oft gemacht, mit vielen anderen. Und wie Baran jetzt nichts mehr sagte, sondern nach hinten griff und seine Hand führte.

Wie er, Cla, eine Wärme spürte, ausrutschte, wie er ausrutschte, und wie Baran half. Und wie er eindrang. In eine Enge, eine fast schmerzende Enge, die sich in eine Weite öffnete. Wie er nicht wollte, was er tat. Wie er es aber tat, weil die Situation stärker war als er. Weil er es auch erregend fand, aber so, als sei er doppelt. Ein Cla, der nicht wußte, was er tat, es aber tat, und ein Cla, der einem Cla dabei zusieht. Der überlegt, ob er es gut macht.

Wie dann Baran unter ihm heftiger zu atmen beginnt. Wie Baran sich seinem Rhythmus anpaßt. Wie er stöhnt, jetzt in seinem nahen Abseits, ichlos, nur noch Körper. Aber Teil von Clas Körper, dem Cla zusieht. Wie Cla dankbar ist, daß er es wohl gut macht. Auch dankbar. Auch erregt jetzt, weil er führen kann. Wie es keine Zeit mehr gibt.

Wie Baran dann aufschreit, und Cla nicht weiß, wie ihm geschieht.

Nur daß er spürt, daß er nun ganz langsam, langsam wieder deckungsgleich wird mit sich.

Jetzt war es vorbei, er mußte sich nicht mehr zuschauen. Er hatte etwas geleistet, von dem er nie gedacht hätte, daß er dazu im Stande wäre: *ein menschlicher Engel oder eine menschliche Bestie, ein menschlicher Löwe, ein Bär oder was immer sonst.*

Dann Schweiß. Dann Hitze. Geschmolzenes Glas. Baran hatte sich zur Seite gedreht, ihn auf sich gezogen. Er küßte ihn, und Cla küßte erleichtert zurück. Und sie bliesen das flüssige Glas küssend zu Kugeln, oder zu Muscheln, oder zu Fischen, mit denen sie aufstiegen, während draußen vor dem Fenster der Schnee kaum mehr erkennbar fiel.

Später rauchten sie. Dann schliefen sie.

VI. Sultanahmet

Alva ist da. Und alle Lust will Ewigkeit

1

Und dann war Alva gekommen.

Cla hatte sie erst Ende Februar erwartet, sie hatte ihn während der Churer Sportferien besuchen wollen. Im Winter bekamen die Kinder eine Woche schulfrei, um Skifahren zu können. Aber Alva hatte am Telephon gesagt, sie wolle ihn sehen. Ja, sie müsse ihn sehen. Was ist, hatte er gefragt. Aber sie hatte weitergesprochen, über den Schnee, den vielen Schnee, den es in diesem Winter gab.

Und sie habe es ganz leicht einrichten können. Montags unterrichte sie ja nicht, und am Freitag habe sie mit einer Kollegin getauscht.

Alva war eine beliebte und engagierte Lehrerin, der die Schulleitung eine kleine Freiheit ab und an leicht einräumte.

Gleich am Flughafen, hinter der Paßkontrolle, war sie ihm in die Arme gelaufen. Sie hatte sich an seinen Hals geschmiegt. Der Geruch ihres Haares stieg auf. Sie war einen Schritt zurückgetreten und hatte gesagt: Du siehst gut aus. Sie hatte ihn mit beiden Händen an seinem Schal gehalten, seinen Kopf in dieser Schlinge zärtlich nach unten gezogen und ihm einen

Kuß auf die Lippen gegeben. Er hatte ihr den kleinen Rollkoffer abgenommen, Handgepäck – Alva reiste prinzipiell nur mit Handgepäck –, und gefragt, wie ihr Flug gewesen sei. Dann hatte er ihr den freien Arm um die Schulter gelegt.

Sie waren in synchronem Schritt, wie sie es immer taten, wenn sie Arm in Arm nebeneinander liefen, durch die Flughafenhalle zum Ausgang gegangen, wo die Taxis standen. Er sah hinunter auf ihre schmalen Knie, die aus dem kurzen grauen Kleid und dem offenen blauen Kapuzenmantel herausschauten; ihre Stiefeletten klackten auf dem Boden.

Ein schönes Paar, hatte er denken müssen. Und er war sich böse dabei vorgekommen, als er dachte: Wir sind ein schönes Paar.

Damals beim Aufwachen in Karagümrük, im Zimmer mit den ausgeblaßten Vorhängen, das ein wenig nach Essig roch und nach Rauch und nach Birke und Schweiß, war mit beginnendem Bewußtsein die Scham in ihm losgebrannt. Fegefeuer, hatte er gedacht, so mußte das Fegefeuer sein. Aber die beißenden Flammen, die in ihm hochschlugen, ihm den Atem und jedes Selbstvertrauen nahmen, waren kleiner geworden und ganz erloschen, als Baran, nun selbst erwachend, sich gleich zu ihm drehte, sich zu ihm hinstreckte, ihn zu sich zog, ihn am Hals küßte, an den Wangen, auf die Augen, und einfach vorschlug, langsam frühstücken zu gehen. Es sei immerhin fast Mittag.

Mit einem Schwung hatte Baran sich aufgerichtet und stand schon am Fenster, schmal, mit schönen Schultern, wie ein Schwimmer. Es war ein leicht sonniger, leicht blauer Tag. Keine Spur mehr von Schnee. Baran war in keiner Weise verlegen gewesen, nein, er hatte sich ihm zugewandt, als seien sie noch nie anders als so wie letzte Nacht ins Bett gegangen und nie anders erwacht.

Ihre Kleider lagen durcheinandergemischt auf einem Haufen am Boden. Und als er Baran zusah, wie der begann, das Seine herauszufischen, erinnerte er sich, daß sie sich am Abend nach und nach wechselseitig ausgezogen hatten. Baran hatte begonnen, und gewartet, bis Cla es ihm, Stück um Stück, gleichtäte. Erst den Pullover, dann das Hemd, das Unterhemd. Er hatte seinen Oberkörper, Clas Oberkörper, Clas Arme, Clas Hände, Clas Finger mit seinen Händen und Fingern abgetastet wie ein Blinder, als müsse er seinen Körper erst lesen lernen, verstehen, erst mit den Händen, dann mit den Lippen, dann mit der Spitze seiner Zunge, der Zunge. So hatte er ihn schließlich ganz gemalt.

– Wir könnten doch eins dieser Taxis dort nehmen! Cla, wo bist du?
    – Ja sicher, entschuldige.

Sie gingen zum ersten der gelben Wagen. Der Fahrer legte den Koffer in den Kofferraum, Cla öffnete für Alva die hintere Türe und setzte sich, ohne nachzudenken, nach vorne. Erst als er neben dem Fahrer saß, und der startete, fiel ihm ein, daß er sie damit ein wenig irritiert haben könnte. Denn nach der langen Trennung hätte sie ihn während der Fahrt wohl gerne auf der Rückbank nah bei sich gehabt und sich an ihn geschmiegt.
    Er würde aufpassen müssen. Er wollte sie nicht verletzen.

Das war gestern.

War das gestern gewesen? Was war gewesen in den Tagen seit der Nacht, seit dem Morgen in Karagümrük?

Alva war da und löschte seine Erinnerungen aus. Nein, nicht ganz, auch wenn er sich das jetzt vielleicht gewünscht hätte.

Alva kannte Istanbul besser als er. Nach der Matura war sie mit Freundinnen hergekommen. Und seither hatte sie die Stadt am Bosporus immer wieder besucht, und sei es nur für ein kleines Wochenende. Alva reiste gerne. Und als sie heute morgen beim Frühstück gesagt hatte, sie sei schon lange nicht mehr im Mosaiken-Museum gewesen, hatten sie beschlossen, nach Sultanahmet zu fahren.

Alva hatte bemerkt, daß er abwesender war als sonst. Er erklärte es mit seiner Arbeit, er sei in seinen Cusanus-Studien gefangen; er bräuchte Zeit, um sich wieder auf eine Paar-Situation einzustellen. Bitte entschuldige, hatte er gesagt, ich bin ein wenig ein anderer, wenn ich mit mir allein bin.

Er log. Oh wie er log! Nicht weil er wirklich etwas Falsches gesagt hätte, sondern weil er das Richtige ausließ. Er schämte sich und wollte sich verstecken vor Alva. Und mehr noch vor sich selbst.

Alva hatte ihr Ei geköpft, etwas Salz auf den Dotter gestreut und gesagt: Ich bin immer ich. Und ich kann auf dich warten.

Jetzt standen sie im Museum. Und er sah nichts. An den Wänden waren Mosaiken ausgestellt, zentral aber wurde ein Bodenmosaik gezeigt, auf das man von oben heruntersehen konnte. Es war später Vormittag, und sie waren die einzigen Gäste.

Cla sah pfauenartige Vögel und Blumen und gedrehte ornamentale Bänder und Kinder mit alten Gesichtern, die auf einem Kamel saßen. Er sah Reben und Blüten und einen Bären, der sich in ein Wild verbiß. Er sah Blut. Nein, genau genommen sah er rote Steinchen. Er sah nichts.

Alva war vorausgegangen und lief hin und her und schaute mit einer Andacht, die ihn rührte.

– Mosaiken von 500 nach Christus! Sie haben sie alle gereinigt. Jedes Steinchen einzeln. Siehst du die Farben? Und es war wirklich hier. Der erste byzantinische Kaiserpalast war an dieser Stelle! Nicht nur die Mosaiken sind original. Der Ort ist original! Der Palast zog sich vom Hippodrom bis zur Hagia Sophia und dann von hier aus in sechs Terrassen hinunter bis ans Marmarameer. Man mußte etwa 30 Höhenmeter überwinden. 500 Jahre wurde dieser Palast genutzt, dann verfiel er nach und nach. Die Kaiser zogen in den Blachernen-Palast im Norden der Stadt an der Theodosianischen Mauer. Also heute Fatih, so die Gegend um Karagümrük.

Cla zuckte zusammen.

– Das Museum wurde dann über diesem größten noch erhaltenen Bodenmosaik gebaut. Es gehörte einmal zur nordöstlichen Säulenhalle. Ich finde es unglaublich aufregend, hier zu stehen. Und es sind eben nicht die religiösen Themen, wie in den byzantinischen Kirchen, die Marien und die Heiligen, die Christus-Pantokrator-Darstellungen. Das hier sind Bilder aus dem Leben. Man atmet vergangenen Alltag.

Ja, sagte Cla.

– Schau da, ein Mann gießt Wein aus einem Krug, eine Frau trägt einen Korb auf der Schulter, ein Bub spielt mit einem Reifen, ein zweiter hütet seine Gänse. Ziegen mit so langen Hörnern lagern, Pferde grasen. Ein Mann bringt seinem Esel Heu zu fressen. Und dort in der Mitte: Eine Mutter stillt ihr Kind. Wie unglaublich selbstverständlich sie so dasitzt, mit diesem nackten Bein, das aus ihrem Kleid hervorschaut. Mit ihrer schönen Brust.

Alva richtete ihr kleines Fernglas, das sie immer bei sich hatte, auf die stillende Mutter im Fußbodenmosaik.

– Ich kann ihre Zehen erkennen, alle fünf! Sie könnte jetzt einfach aufstehen und zu uns herüberwinken.

Sie ließ das Glas sinken, drehte sich zu Cla um und lächelte ihn an. Ja, sagte er.

Alva nahm ihn am Arm. Und hast du den Hirsch gesehen, da, gleich hinter dem Baum bei der Mutter steht ein Hirsch, und eine Schlange hat sich um seinen Körper gewickelt. Diese Schlange wird diesen Hirsch erwürgen. Das ist doch mindestens ein Zehnender!

Sie nahm wieder ihr Fernglas. Oder sie wird ihn beißen und mit ihrem Gift töten.

Cla versuchte, sich zu konzentrieren. Er sah die kraftvolle Grazie des Hirsches und die spielerische Anmut der Schlange, die sich um ihn wand. Und auf einmal fiel ihm seine Mutter ein, und daß er sich nicht mehr schämen mußte vor ihr. Sie konnte seine Scham nicht mehr empfangen. Er konnte sie nicht mehr beschmutzen. Immerhin. Und dann kamen ihm die Worte »empfangen« und »beschmutzen« seltsam vor, gedacht vom Sohn im Zusammenhang mit seiner Mutter.

Er war sich fremd geworden.

Oder wurde er sich nah?

Sie waren, so würde Baran es gesagt haben, nun zusammen. Baran und er. Sie hatten Ausflüge gemacht, waren auf die Prinzeninseln gefahren und hinaus ans Schwarze Meer. Baran hatte über die graue Weite gedeutet und gesagt: Und dort liegt Odessa. Und da drüben Giresun.

Sie hatten gegrillten Fisch gegessen und Raki getrunken. Sie hatten erzählt. Sie waren in verschiedenen Betten gelegen. Und Cla hatte sich dazu verführen lassen, Baran zu verführen. Es blieb ein Rest, der nicht aufging. Cla sehnte sich nach den Tagen mit Baran. Und er fürchtete sie. Nach jeder Nacht wollte er glauben, es sei die letzte gewesen. Aber er traf sich wieder mit ihm. Er wollte in Istanbul nicht mehr ohne Baran sein.

Und doch verstand Cla seine Unentschiedenheit. Schließlich war er nicht homosexuell. Oder schwul. Oder wie sagte man?

Es war ein Spiel. Es war Istanbul. Es war dieser eine Winter in Istanbul, der bald vorbei sein würde. Warum sollte er nicht einen Winter haben! Einen Winter nur für sich.

Man schrieb jetzt Anfang Februar. Bald war er wieder im Engadin, ein korrekter Lehrer an einer internationalen Internatsschule. Quasi verlobt mit einer Frau, für die ihn Kollegen bewunderten, wenn sie ihn nicht gar um sie beneideten.

– Hast du das Band gesehen, das immer wieder vorkommt. Das ist doch ungeheuerlich, es ist perspektivisch! Ein sich drehendes Band in fein abgestuften pastellenen Rot-Beige-Grautönen, plastisch, 1500 Jahre alt! Weißt du, daß es mich einfach froh macht, wenn ich das sehen darf.

Sie kam auf ihn zu.

Warum meinst du, nun trat auch Cla ihr entgegen, haben sie so viel Gewalt dargestellt, ich meine in den Jagd- und Tierszenen? Sieh einmal diesen Schmerz: Da bohrt ein Elefant seinen Zahn in den Hals eines Löwen, schau, wie er aufschreit; ein Tiger hockt auf dem Rücken eines Hirschs und schlägt ihm seine Reißzähne in den Nacken; zwei Jagdhunde fallen gierig über einen Hasen her, daß das Blut ihm aus dem Hals spritzt. Ein geflügeltes Ungeheuer frißt einen wehrlosen Gecko, und darüber weiden zwei Geparden genüßlich eine Gazelle aus, das Blut fließt über ihren Leib und auf den schönen weißen Muschelmuster-Boden, der zum einen der Untergrund für alle Figuren ist, und zugleich der Boden der Säulenhalle.

Alva sagte nichts. Dann sagte sie: Katharsis? Vielleicht läuterten sich die Gehenden, die hier durch die Halle Gehenden, wenn sie das Leid der Tiere sahen.

– Vielleicht. Siehst du den Mann dort, der auf einem Felsen sitzt, sein Kinn auf eine Hand stützt. Ein Denker, ein Melancholiker, der diesem Reigen von friedlichem und blutigem Treiben zusieht. Unverbundene Szenen, die doch dicht nebeneinanderstehen.

– Weißt du, was ich gerade denke, Cla?
  – Sag es mir!
  – Freilich wäre es schöner, wenn wir noch den ganzen Palast

hätten oder zumindest das ganze, nicht beschädigte Mosaik, hier am Boden. Das wäre wunderbar! Aber so, wie es jetzt ist, kommt etwas dazu, das es nicht geben würde, wenn die Mosaiken intakt wären.

– Die Lücken.

– Ja. Die Fragmente, diese verletzten Bilder erlauben uns, freier zu sehen. Wir dürfen vervollständigen. Es ist ja zufällig, was fehlt, was zerstört wurde. Die Zeit war Artistin im Raum. Schau dieser Fuß in den weiß-grauen Ringelsocken, das ist doch lustig, wie er da quasi aus dem Himmel kommt. Als Teil einer Figur hätten wir ihn vielleicht nicht wahrgenommen. Aber jetzt fragen wir uns, wem er gehört und auf welchem Weg er ist. Oder dort, die Geste dieser Hand! Sie nimmt uns mit! So losgelöst gehört sie zu uns, begleitet uns über die Jahrtausende hinweg.

Die Zeit hat den Raum zerstört, und wir antworten ihr. In den Lücken steckt Leben. Für jeden, der schaut. Für neue Räume, andere Geschichten.

– Ach, kleine Sportlehrerin, das hast du schön gesagt.

Und nun hörten sie beide das Summen einer SMS. Cla erschrak leise. Es konnte nur Baran sein.

Entschuldige, sagte er, wie ertappt und auch ein wenig ärgerlich.

Warum schrieb Baran ihm, er wußte doch, daß er mit Alva unterwegs war. Cla war sich sicher, daß er diese SMS jetzt nicht lesen sollte. Und er las sie.

– Und? Unangenehme Nachricht? Du schaust so irritiert, Alva rückte etwas von ihm ab. Nun stand sie fragend vor ihm.

Cla brauchte etwas Zeit, um zu überlegen.

– Nein, nein. Alles gut, Liebes. Er sah sie an und strich ihr langsam eine Haarsträhne hinter das Ohr. Von dort fuhr er ihren Hals hinunter bis zu ihrem Blusenkragen. Das ist wirklich schön; dieses Grünblau steht dir!

– Sag mal, das ist das erste Mal, daß du mich auf eine Bluse ansprichst.

– Oh, du siehst, Istanbul hat mich verändert. Und es ist nicht nur die Bluse. Du bist schön, Alva.

Oh, wie er log, er log, log. Und sie merkte es vermutlich. Ja, sie war schön, sie war sogar sehr schön in dieser türkisfarbenen Seide mit den winzigen Punkten. Und ihre Haut, ihr Gesicht schienen ihm makelloser denn je. Fra Angelico hätte sie auf der Stelle engagiert. Aber darum ging es jetzt ja nicht. Darum ging es nicht.

Auf einmal griff sie nach seiner Hand. Cla, sag mir, daß du mich liebst!

– Aber Alva, was hast du denn, Alva, mein Gott, ich liebe dich doch.

Sie drehte sich um, lehnte nun ihren Hinterkopf an seine Achsel. Bog sich wieder zu seiner Körpermitte, als wolle sie sich in ihn einwickeln, und er spürte, daß sie seinen Geruch einsog.

Sie gingen langsam dem Ausgang entgegen.

– Was war das für eine SMS?

– Ach ja. Das war ein Freund. Ich habe hier einen Freund kennengelernt.

– Du hast einen Mann kennengelernt, mit dem du nun befreundet bist.

– Hör mal, treiben wir jetzt Linguistik? Du unterrichtest Sport, ich bin der Germanist.

– Ja eben, deshalb wundere ich mich. Sie lachten beide.

– Er ist Türke, also halb Türke, halb Grieche, aber in Deutschland aufgewachsen, wir sprechen Deutsch miteinander. Das macht es leicht. Er hat mir ein bißchen Istanbul gezeigt. Ich habe ihm natürlich erzählt, daß du mich besuchen kommst.

– Und?

– Jetzt schreibt er, ob wir nicht spontan einen Kaffee zusammen trinken wollen. Er fragt, wo wir sind.

– Ja gut! Ich möchte ihn kennenlernen!

Und das war so ungefähr genau das, was Cla befürchtet hatte.

– Cla, wir wollten doch nach dem Mosaiken-Museum in die Kleine Hagia Sophia hinuntergehen. Dort sind diese Ateliers der Kunsthandwerker und dazwischen die Cafés. Vielleicht haben sie schon Tische ins Freie gestellt. Dort könnten wir uns treffen!

Cla ging durch das Drehkreuz aus dem Museum hinaus. Alva blieb stehen, sah noch einmal in den Raum zurück, hinunter auf das Bodenmosaik, als wolle sie sich verabschieden.

Dann folgte sie.

Er stand in der Sonne, die blendete. Und er sagte, Ja gut, machen wir das. Und er meinte Nein. Und wenn er doch Ja dachte?

Was wollte Baran? Gefiel ihm eine Situation, die psychologisch ein wenig gefährlich war? Interessierte Alva ihn? Und er, Cla, wollte er, daß Baran Alva kennenlernte?

Erst später fiel ihm auf, daß er immer von Baran aus dachte, und nicht aus der Perspektive der Frau, mit der er doch zusammen war.

Ihr letztes Gespräch fiel ihm ein.

Baran wollte wissen, ob er gerne Lehrer sei, in seinem Tal.

– Das habe ich mich nie so gefragt. Ich mag manche Schüler. Es freut mich, wenn ich sie für etwas interessieren kann.

– Und du warst tatsächlich immer nur in diesem Tal?

– Ich habe in Köln studiert, einige Semester in Zürich. Ich hatte meine Mutter im Engadin. Ich war ihr einziges Kind. Sie wurde früh Witwe.

– Und sie ist gestorben?

– Letzten Oktober.

Und dann hatte sich Baran eine Zigarette angezündet, tief inhaliert, den Rauch gegen die Decke geblasen. Sie lagen im Bett in seinem Zimmer in Cihangir, neben dem geöffneten Fenster, und der abendliche Lärm der Restaurants drang zu ihnen herauf. Und da hatte Baran gesagt: Es gibt die Deutsche Schule in Istanbul. Es gibt auch das Österreichische Gymnasium. Wir haben hier einige Kultureinrichtungen, bei denen Deutschkenntnisse gefordert werden. Stiftungen, Konzerne –

– Ich bin quasi verlobt.

– Das weiß ich. Aber, entschuldige, es überzeugt mich nicht so recht.

Und Cla hatte ihm nicht widersprochen.

– Du hingegen bist ungebunden.

– Noch nicht so lange.

Und dann hatte er von seinem Freund in Thessaloniki gesprochen, den er über Silvester gesehen hatte und dann noch einmal Ende Januar, nach ihrer Nacht in Karagümrük. Von dem er sich getrennt hatte.

– Warum?

– Es war schon lange nicht mehr gut. Und ich hatte auch andere Liebhaber nebenher. Manchmal eine Frau.

– Und?

– Dann habe ich dich gesehen und geahnt, daß etwas anderes möglich wäre. Und bald habe ich gewußt, daß ich etwas anderes wollte.

Daß ich mit dir etwas versuchen möchte.

Cla war erschrocken. Das war zu viel gewesen. Zu viel an Liebesverantwortung, das konnte er nicht annehmen, nicht übernehmen. Und überhaupt, er war doch nicht schwul, jedenfalls nicht richtig.

Also hatte er nur genickt. Und war sich schuldig vorgekommen. Er hatte über den Tisch kurz nach Barans Hand gegriffen. Dieser schmalen und doch kräftigen Männerhand. Er hatte geschwiegen. Und Baran hatte sich geräuspert und erzählt, daß er jetzt wieder vermehrt Kavafis übersetze.

2

Er saß schon da. Tatsächlich standen einige Tische im Freien neben dem Brunnen, und Baran saß an einem dieser kleinen Blechtische, deren blaue Farbe absprang und einen gräulich-roten Grund zeigte. Vor ihm stand eine leere Kaffeetasse. Er trug den Thessaloniki-Mantel, so daß Cla für einen Moment glaubte, er sei wieder auf dem Weg nach Griechenland. Und diese Vorstellung hatte ihm einen kleinen Stich versetzt.

Auf den ersten Blick sah Cla, daß Alva ihm gefiel. Und Alva signalisierte, daß sie bereit war, ihn sympathisch zu finden. Sie setzten sich. Cla stellte die beiden einander vor, aber das war kaum mehr nötig gewesen, sie waren schon im Gespräch.

– Als ich in Chur sagte, ich fliege nach Istanbul, habe ich überall Erstaunen gespürt. Manche sagten ganz direkt, das müsse dort doch jetzt eine deprimierende Stimmung sein. Ich sagte, ich wisse es nicht. Nun bin ich hier, und ich erlebe keine Depression. In den Straßen spürt man nichts. Gut, ich sehe die Überwachungskameras, aber die sehe ich in London auch. Und vorhin ist ein gepanzerter Wagen die İstiklal hinuntergefahren. Am Flughafen gab es bewaffnete Wächter, in der Metro auch. Das kenne ich aus Jerusalem, aus Tel Aviv. Aber sonst: man merkt es den Menschen in Istanbul nicht an, daß sie in keinem demokratischen Land leben. Daß sie in einem Land leben, das Krieg führt.

Baran sah sie an. Du bist erst kurz hier. Und ich weiß nicht, in welche Straßen du kommst, mit welchen Menschen du sprichst. Ich kenne Professoren, die jetzt Taxi fahren. Gut, viele erfahren Unterstützung von Kollegen, Freunden. Es gibt eine große Solidarität. Manche unterrichten nun auf öffentlichen Plätzen. Er winkte dem Kellner.

– Mögt ihr Kaffee oder Tee?

– Wenn sie an einer Universität entlassen werden, können sie sich nicht an einer anderen bewerben?

– Schwierig. Es sind politische Entlassungen. Sie sind stigmatisiert.

In den 90er Jahren, da war mein älterer Cousin im Gefängnis, so einige Monate. Aber er sagt, daß das ganz anders gewesen sei als heute. Als Linker hat es fast dazugehört, einmal im Gefängnis gewesen zu sein. Es war eine Art Initiation. Nicht Einzelhaft wie heute, sondern man war zu 40 in einem Raum, Stockbetten. Man hat zusammen gekocht. Es war ein bißchen wie ein Jugendlager. Und sicher, die Folter. Es gab die Folter. Da wurde man, erzählt mein Cousin, mit kaltem Wasser übergossen und bekam dann Stromschläge. Aber, sagt er, alle haben das erfahren. Man wußte das. Man sei dann eben da durchgegangen. Und hinterher, nach der Zeit im Gefängnis, konnte man in seinem Beruf weitermachen. Das war anders als heute. Die verlieren alles. Den Arbeitsplatz, die Rentenansprüche. Sie kommen aus dem Gefängnis – wenn sie rauskommen – und stehen vor dem Nichts. Sie sind auf die Hilfe der Familie angewiesen, auf Freunde, ehemalige Kollegen. Es gibt furchtbare Geschichten.

Baran schwieg. Und als auch Cla und Alva schwiegen, sah er zur byzantinischen Kuppel der Kleinen Hagia Sophia und ihrem osmanischen Minarett und fuhr fort:

Meine Nachbarin hat einen Sohn. Er war bei diesem Putschversuch 21 Jahre alt und Mechaniker auf einem der Militärstützpunkte um Ankara herum. Der Unselige mußte einen der Helikopter warten, der die Putsch-Generäle transportieren sollte. Es war reiner Zufall. Er war im falschen Augenblick am falschen Ort. Seither ist er im Gefängnis. Seine Schwester, die schwanger war, hat ihr Kind verloren. Die Mutter muß immer wieder in die Psychiatrie. Der Gedanke, daß ihr Junge,

fast noch ein Kind, im Gefängnis in einer Einzelzelle dahin-
vegetiert, treibt sie in den Wahnsinn. Die Familie darf den Ge-
fangenen alle 14 Tage besuchen. Aber nur einzeln. Einmal der
Vater, einmal die Mutter, einmal die Schwester. Das heißt, die
Mutter sieht ihn dann vielleicht vier oder sechs oder acht Wochen nicht. Denn es gibt ja noch die Tanten, Onkel, die Cou-
sins und Cousinen. Sie sprechen durch ein Glas miteinander.
Immer sind Wärter dabei. Es gab Journalisten, auch ausländi-
sche Journalisten, die sich für den Jungen einsetzen wollten.
Das hat seine Lage noch verschlechtert. Ah, hat man gesagt, er
hat Kontakte zur Presse, gar zur ausländischen Presse. Er kann
gar nichts anderes als ein Putschist sein. Aber ich schwöre dir
beim Licht meiner Augen: Ich kenne diesen Jungen. Er ist völlig unpolitisch. Schon immer gewesen. Er hat sich für Motoren
interessiert. Er ist ein guter Mechaniker.

Baran begann, eine Zigarette zu drehen.

– Die Familie hat nicht viel Geld. Die versierten Anwälte ko-
sten Geld. Und viele haben auch Angst. Die Familie hat jetzt
eine sehr mutige, junge Anwältin gefunden. Ein Engel, aber
vollkommen unerfahren. Und sie hat viel zu viele Klienten.
Alle wollen zu ihr. Sie kann das gar nicht schaffen.

Der Kellner brachte zwei türkische Kaffee und einen Tee für
Alva. Alva griff nach einem der eingepackten Zuckerstückchen, drehte es zwischen den Fingern, öffnete es aber nicht.

– Weißt du, Alva, Alva aus der Schweiz, die Leute gehen in
Restaurants, singen, sind ausgelassen. Sie inszenieren sich als
Feiernde. Es ist Widerstand dabei. Sie zeigen: Wir feiern, wir
gehen aus. Wir trinken Raki. Wir lassen uns nicht so leicht brechen. Aber wir spüren es. Wir essen und arbeiten, wir lieben
und langweilen uns. Wir haben alle unsere Probleme, die kei-

ne Probleme sind und eben doch unsere Probleme. Und in den Gefängnissen gehen unabhängig von uns Parallelwelten weiter. Das prägt uns.

Alva packte den Würfelzucker aus, ließ ihn in ihren Tee sinken und rührte mit dem Löffelchen um.

– Es prägt euch, weil ihr euch kennt. Weil ihr Nachbarn seid. Wenn ich Nachrichten schaue, sehe ich alles Elend der Welt, ein paar Flugstunden entfernt. Und es prägt mich nicht.

Und nach einer kleinen Pause fragte sie: oder doch?

Leben wir nicht alle immer in Parallelwelten? sagte Cla leise.

Baran hob die Hände: Wirst du jetzt zynisch?

– Du meinst, weil ich ins Private gehe?

– Du sagst es. Natürlich können wir uns jetzt lange unterhalten über die Verlogenheiten des Alltags. Er rückte mit dem Stuhl ein wenig vom Tisch ab. Wie viele Menschen schlafen miteinander? Tun sie sich gut, tun sie sich bös? Sie tun es. Und man merkt es nicht. Hinter all den Harmlosigkeiten jeden Tag, dem Reden übers Wetter beim Brötchenkaufen, liegen Bettgeschichten. Über die man nicht spricht. Sie gehören zum Alltag, aber sie kommen nicht vor. Sex wird nicht geteilt, ist aber da, grundiert alles. Auch wenn er fehlt. Was macht dein Nachbar mit seiner Frau? Schlägt er sie? Küßt er die Hornhaut ihrer Fersen?

Alva lachte auf; es war ein Lachen, mit dem man eine Pointe anerkennt.

Baran legte den Kopf in den Nacken und sah in den Himmel, dessen Ewigkeit ein Vogelschwarm vermaß.

– Aber das war wohl nicht unser Thema! Ach Alva, laß dir sagen, die Türkei ist ein wunderbares Land. Aber sie war nie eine Demokratie. Schon die Republik von Atatürk wurde durch das Militär gestützt. Die Menschen, die nicht regierungstreu waren, mußten immer subversiv sein.

Baran setzte sich wieder gerade und drehte die Zigarette zu Ende.

– Sind dir die Graffiti aufgefallen?

Er reichte die Zigarette zu Cla. Der sie nahm.

– Oh, du rauchst wieder? Alva hatte spontan ihre Hand auf seinen Unterarm gelegt.

Cla fuhr kurz zusammen, faßte sich aber sofort: Liebe Sportlehrerin, ich weiß, das ist gar nicht gesund, aber ich mache das auch nur in Istanbul. Im Engadin, in unserer guten Luft, lasse ich es wieder. Aber hier, so zwischen zwei Meeren, da gehört es fast dazu, zu einem südlicheren Lebensgefühl.

Alva beugte sich zu ihm und drückte ihm einen Kuß auf die Wange. Und Baran gab ihm Feuer.

– Was ist mit den Graffiti?

– Die Jugendlichen, meist sind es Jugendliche, schreiben Gedichtzeilen, Poesie auf die Wände, auf die Steine. Und sie nehmen vor allem Dichter, die eben nicht explizit politisch waren, sondern sehr privat. In repressiven Staaten wird das Private sofort politisch. Sie zitieren Turgut Uyar, Edip Cansever, Cemal Süreya. Das waren Dichter, die in den 60er Jahren über die Liebe schrieben, offen über Sex, Alkohol, Melancholie, Selbstmord. Ihre Lyrik ist heute ein Pulsschlag der Demokratie.

– Die Graffiti in den Straßen sind Zeilen von Gedichten?

– Ja oft. Die Aktivisten der Gezi-Park-Bewegung schrieben: »Wir sind Verse von Turgut Uyar.« Und sie schreiben jetzt ihre

Zeilen nicht nur auf die Steine, sie photographieren das Ganze sofort und stellen es ins Netz. Denn die Graffiti werden schnell übermalt:

»Das Leben ist kurz, Vögel fliegen!« Oder:
    »Ich habe nichts, nur die Zeit, die fließend vorüberzieht.« Oder:
    »Mein Wesen ist blau.«

– Alva, wir erzählen Baran jetzt nicht, daß wir auch Sgraffiti im Engadin haben, nicht aufgesprüht oder gemalt, sondern eingeritzt in die Wände der alten Bauernhäuser, als der Verputz noch feucht war. Lebenssprüche. Weisheiten, die für Generationen gelten sollen.
    – La via as sparta, at ferma, pedun, piglia la dretta direcziun! Die Straße teilt sich, Wandrer, bleib stehn! Wisse den rechten Weg zu gehn.
    Alva lachte. Nein, wir erzählen ihm das nicht.

3

Dann standen sie zu dritt in der Kleinen Hagia Sophia, die älter war als die Prachtkirche der orthodoxen Christenheit. Vielleicht war sie ein Probelauf gewesen für den Architekten. Sie war nicht, wie die Hagia Sophia, in ein Museum umgewandelt worden, sondern hatte ein Gotteshaus bleiben dürfen. Nun war sie keine byzantinische Kirche mehr, sondern eine Moschee, ausgelegt mit einem hellblauen Teppich. In der Gebetsnische übte ein junger Mann das Rezitieren von Suren. Alva ging in die Mitte des Kuppelraums, drehte sich, nach oben schauend, und verfolgte die schwingenden Bögen aus weißem Marmor mit den blauen Ornamenten. Cla und Baran blieben an einer der Säulen stehen.

Sie schwiegen. Dann sagte Baran: Sie wollten sich schützen, die letzten Byzantiner. Sie haben den Kopf in den Sand gesteckt. Die Osmanen standen mit all ihren Streitkräften vor den Mauern der Stadt. Und sie haben gebetet. Sie haben gemeinsam, die griechisch-orthodoxen und die römisch-katholischen Christen, in der Hagia Sophia gebetet. Sie haben miteinander gesungen. Sie wollten nicht begreifen, daß ihre Zeit vorbei ist.

– Und du meinst, vielleicht wachen wir eines Morgens auf und begreifen: Das war's mit der Demokratie?

Und dann kam Alva zurück.

Und jetzt? fragte Cla. Und zu Baran gewandt: Alva liebt die Zisterne. Kommst du noch mit?

Aber Baran sagte, er müsse arbeiten. Und er wünsche Alva einen schönen Aufenthalt in Istanbul. Er lächelte den beiden zu, drehte sich um und entfernte sich in schnellen Schritten, denen Cla ansah, daß sie eine kleine Flucht waren.

Wie nah bist du ihm? fragte Alva. Sie stiegen eine steile Straße hinauf, Richtung Blaue Moschee.

– Wie meinst du das?

– Er hat dich so angesehen, als seist du ihm wichtig, als schätze er dich sehr.

– Ja, wir mögen uns schon. Gerade in der Fremde können Männerfreundschaften etwas sehr Schönes sein.

Er war ein Idiot. Was für ein unglaublicher Idiot er doch war! Am liebsten wäre er stehengeblieben und hätte geschrien.

Aber sie gingen weiter, ein schönes Paar in Istanbul.

Im Bereich zwischen Hagia Sophia und Blauer Moschee waren asiatische Reisebusgruppen unterwegs, russische, polnische Pärchen, arabische Großfamilien mit Greisen in Rollstühlen und torkelnden Kleinkindern. Zwischen ihnen flanierten die freien Hunde Istanbuls. Cla hatte sie schnell lieben gelernt. Die meisten hatten ein glattes Fell, waren schmutzigbraun, grau, falbfarben. Marken im Ohr zeigten, daß sie tierärztlich überwacht wurden. Aber sonst waren sie frei, souveräne Stadthunde, die ihrem Leben nachgingen. Cla hatte einen Blick entwickelt für die öffentlichen Stationen mit Trockenfutter und Wasser, die die Gemeinde einrichtete, und für die kleinen oder größeren Hütten aus Karton, Sperrholz, die Dächer aus Wachstuch oder Plastik, die die Anwohner bauten. Hier servierten sie Hunden und Katzen die Reste von ihren Mahlzeiten. So war den Tieren ein selbstbestimmtes Dasein in eigenen Kreisen unter den Menschen möglich.

Schau dort, sagte Alva. Sie blieben stehen.

In der kleinen Parkanlage vor der Blauen Moschee standen Reihen von rückenlosen Bänken. Und auf einer dieser Bänke lag ein Hund mit erhobenem Haupt. Entspannt und aufmerksam sah er über die Menschenbewegungen, die sich vor ihm bildeten und wieder auflösten.

Das Bild des großen schauenden Hundes beruhigte Cla.

– Er hat etwas Religiöses, nicht? In seinem sicheren Anderssein.

Alva nickte. Und dann sagte sie: Angelus novus.

Cla senkte den Kopf. Und stand still. Dann umarmte er sie, als könne sie zerbrechen, und legte seine Hand auf ihren schmalen Nacken, der warm war.

Und jetzt hätte er weinen mögen. Endlich weinen. Doch er sagte nur: Nun zur Zisterne? Alva nickte und hängte sich bei ihm ein.

Sie stiegen hinunter in den unterirdischen Raum. Wenige Lichter erhellten das Dunkel von Säulenreihen, die sich im Wasser spiegelten. Das Rauschen mischte sich mit dem Klang der Rohrflöte, die aus einem Lautsprecher kam. Sie gingen auf Stegen die Säulenreihen entlang.

– Es sind 12 Reihen mit 28 meist korinthischen Säulen.

– Hast du sie gezählt?

– Ich habe es gelesen. Die Zisterne war der Wasserspeicher für den Großen Palast. Eben aus der Zeit des Bodenmosaiks. Hier sammelte man das beste Wasser für den kaiserlichen Hof, das man bekommen konnte. Es kam aus einem Wald nördlich von Istanbul. Ja, hinter Tarabya, da, wo du wohnst. Über Aquädukte kam es direkt hierher. Alva blieb stehen und sah in die Lichter auf der Wasseroberfläche. Unter ihnen stand ein Schwarm von weißen Fischen.

– Es ist wie in einer Kathedrale. Dabei ist es ganz profan. Ein Wasserspeicher! Diese Zisterne ist ein so ungewöhnlicher Ort.

Sie gingen langsam weiter. Wichen anderen Besuchern aus, die entgegenkamen oder stehenblieben, um sich mit dem Handy zu photographieren.

Sie kamen an eine Säule, von der Wasser rinnen mußte, denn sie war feucht. Münzen glitzerten aus der Tiefe.

– Alva, und? Wünschst du dir auch etwas?

Alva öffnete ihre Umhängetasche.

– Brauchst du ein Geldstück?

– Nein, warte, ich möchte eins aus der Schweiz nehmen. Kurz hielt sie, die Augen geschlossen, einen Franken in der Faust. Dann warf sie ihn ins Wasser.

Cla umfaßte sie an der Schulter. Sie standen jetzt nebeneinander und sahen auf die in der Bewegung des Wassers nachzitternden Münzen auf dem Grund, um die einige Fische schwammen.

Und da sagte Alva: Ich bin schwanger.

Seltsamerweise hörte Cla nicht sofort die Worte: Ich bin schwanger. Er hörte unter den Worten die Silben. Vier, dachte er. Es sind vier Silben. Wie: Filioque.

Wo bist du, fragte Alva und sah weiter vor sich hin auf das Wasser.

Nun drehte er sich zu ihr um. In ihrem Gesicht mischten sich Erwartung und ein wenig Bangesein. Er dachte, daß er sie nun umarmen müsse. Und er umarmte sie.

Er brauchte Zeit. Also hielt er sie fest. Fest.

Wie wunderbar, sagte er und legte seinen Kopf für einen Moment auf ihre Schulter. Und sah sich dabei zu. Wie er eine junge, schöne Frau im Arm hielt, in Istanbul, an einem der exklusivsten Orte der Stadt. Und die junge Frau hatte gerade gesagt, daß sie schwanger sei. Und er hatte sie umarmt. Es war wie im Film.

Du sagst: Wunderbar? sagte Alva.

– Ja. Er schluckte. Nur kommt es freilich etwas überraschend. Aber sicher, es ist die Zeit. Sicher. Du bist Mitte 30. Ich verstehe das. Es gibt ja eine biologische Uhr.

Und als er das Wort »biologische Uhr« ausgesprochen hatte, war ihm sofort klar, daß das ein Fehler war.

– Nein, ich meine, es ist jetzt genau die richtige Zeit.

Sie schwiegen kurz.

– Komm, wir gehen ein paar Schritte.

Sie ließ sich führen, unter der Feierlichkeit eines byzantinischen Backsteingewölbes, durch korinthische Säulen, die im Wasser wuchsen.

Nun kündigten Schilder die Medusenhäupter an. Hier stauten sich Besucher, die Selfies mit den zwei marmornen Frauenköpfen machten, die als Sockel für Säulen dienten. Einer stand so verkehrt herum, daß der Mund die Stirn bildete, der andere lag auf der Seite, als hätte er sich zum Schlafen gelegt.

– Wie konntest du schwanger werden? Deine Periode war doch regelmäßig wie ein Uhrwerk.

Das war der zweite Fehler.

– Entschuldige. Bitte!

Aber sie ging darauf ein.

– Es muß die Aufregung gewesen sein, die Aufregung, daß du wegfährst für ein Vierteljahr, nach Istanbul.

Sie schwiegen.

– Du freust dich nicht. Sagte sie mit einer Stimme, die so leise war, daß er sie gerade noch hörte.

– Aber sicher freue ich mich. Wir werden zusammenziehen! Du kommst ins Engadin, du kannst später an unserer Schule arbeiten. Ich meine später, wenn das Kind größer ist. Oder in einem Fitness-Studio. Wir werden heiraten.

Dritter Fehler. Er hätte sich ohrfeigen können.

– Ach Alva. Ich rede Unsinn. Es tut mir leid. Ich brauche ein wenig Zeit, das zu verarbeiten. Ich freue mich wirklich! Aber es ändert so alles. Aber ich freue mich. Er nahm sie in den Arm. Er küßte sie auf den Mund, und er spürte, wie ihr Atem sich beschleunigte und ihre Wangen feucht wurden. Er küßte die Tränen weg. Sie lächelte. Er lächelte.

Und dann sahen sie auf die beiden Frauengesichter, die vielleicht Medusen darstellten, oder was auch immer, und die, warum auch immer, vor rund 1500 Jahren bei der Errichtung der Zisterne, die den byzantinischen Kaiserpalast mit Wasser versorgte, als Marmormaterial verbaut worden waren.

VII. Eyüp

Rendezvous mit dem Vater der Lichter

1

Die Schiffsmotoren quirlten das Wasser zu Schaum. Über den Himmel zogen Schleierwolken. Das Flügelschlagen der Möwen stieß in ein vages Mangan. Mit der Bewegung der Fähre verengte sich der Flußlauf des Goldenen Horns, um sich gegen eine Biegung hin wieder zu weiten. Morgen war schon März.

Zuhause feierten sie jetzt Chalandamarz. Cla dachte an die Schulkinder in den blauen Kitteln, mit den roten Mützen, den großen Kuhglocken. Er dachte an die Schlitten, an die glänzende Haut der Pferde im Schnee, er hörte das Singen, das Peitschenknallen. Und ein blauer Engadinhimmel stürzte auf ihn ein.

Dann legte die Fähre stotternd an. Das Kai von Eyüp lag vor ihm, dahinter diffuse Grünflächen, eine breite mehrspurige Straße. Zusammen mit den anderen Passagieren verließ er das Schiff. Endstation. Es war das erste Mal, daß er diese Wasserstraße hinaufgefahren war. Es hatte oft geregnet die letzten Tage; er war viel allein gewesen. Nun hatte er sich, fast diätetisch, einen Ausflug verordnet, an diesem etwas helleren Tag.

Alva war nicht in den Sportferien gekommen. Sie hatte geschrieben, daß sie sich nicht sehr wohl fühle. Das sei aber normal in der Frühschwangerschaft. Sie hatten telephoniert. Sie sagte, sie wolle nicht fliegen. Er hatte angeboten, sie in Chur zu besuchen. Aber auch das hatte sie abgelehnt. Er solle seine Zeit in Istanbul nutzen, für seinen Aufsatz, oder nur für sich. Dieses Stipendium sei ein Luxus, er solle es genießen. Ihr gehe es gut. Sie sei gerade zufrieden mit sich alleine. Das hatte ihn etwas irritiert, er kannte Alva als eine Frau, die im Zweifelsfall lieber mit ihm zusammen war als alleine. Aber in der spontanen Erleichterung, die er empfand, dachte er nicht weiter drüber nach.

Sie hatte ja recht. Er wäre vor allem um ihretwillen in die Schweiz gefahren. Auch wenn er es sich nicht direkt eingestehen wollte, fehlte sie ihm nicht.

Wenn der Himmel aufklarte, war er den Bosporus entlanggegangen. Unter dem Geschrei der Möwen, in der stillen Gesellschaft der Angler; manchmal hatte einer der großen Hunde ihn ein Stück des Wegs begleitet.

Die letzte Begegnung mit Baran lag nun fast zehn Tage zurück. Sie hatten sich bei ihm zu Hause getroffen, in seiner blau angestrichenen Einzimmerwohnung in Cihangir. Sie waren zusammen im Bett gelegen, diesem selbstgebauten leichten Fichtenholzmöbel, das nur mit vier Schrauben zusammenhielt. Sie hatten kaum gesprochen, nur die Hände waren über Brust und Bauch gefahren, über die Oberschenkel, die Innenseite der Oberschenkel, Nähe suchend, im Hautkontakt. Im Trost der Finger, der Muskeln, die sicherer waren als Worte.

Im Vertrauen auf Zungen, die nicht sprachen. Baran war in ihn eingedrungen, langsamer als sonst, ihm ununterbrochen in die Augen sehend, als könne er ihn mit Blick und Glied doppelt binden, oder als wolle er sich jeden Moment merken. Alles schmeckte nach Abschied. Und immer wenn Cla wegsah, um gleich wieder Barans Augen zu suchen, war dessen Blick offen auf ihn gerichtet. Es war ein ernster Beischlaf gewesen, ein Adieu. Baran hatte sich in ihm bewegt und ihn die ganze Zeit angesehen, auch dann noch, als er wie gequält atmete, dann aufschrie, als hätte er sich an ihm verletzt.

Sie hatten sich wie in Zeitlupe angekleidet und waren in die Küche gegangen.

– Die Fortpflanzungsbiologie entscheidet über deine Seele.

Seine Augen hatten eine schon unwahrscheinliche Größe angenommen. Sie vertieften sich im Schein der Küchenlampe unter den schwärzesten Wimpern. Von mir bekommst du kein Kind. Von mir bekommt kein Kind sein Leben.

Und wieder war sein Blick nicht von ihm gewichen. Aber du, du bekommst ein Leben. Von mir. Dein Leben. Ein Leben mit mir.

Er war erschrocken und hatte doch im Erschrecken dem Blick dieses fremden, so vertrauten Mannes standgehalten. Aber es war wieder zu viel gewesen an Nähe. Er hatte sich geschämt, daß er auf dieses Sich-Hingeben nicht eingehen konnte. Daß etwas – und es war nicht nur Konvention – ihn zurückhielt. Aber was war es, und wer war er? Und er hatte zum Fenster gesehen, zu der hohen Mauer draußen, zu den Lichtkegeln der die steile Straße heraufkommenden Autos, die sich mischten mit dem Rot und Grün von Leuchtreklamen. Und ohne weiter zu überlegen hatte er gesagt:

Du bist in den innersten Bezirk meiner Angst gekommen.

Baran hatte geschwiegen. Er hatte seine Arme auf der Tischplatte verschränkt.

– Cla, was meinst du damit?

– Danke, daß du mich nicht Schweizer nennst. Aber weißt du, ich kann es nicht anders sagen. Ich kann es nicht anders sagen. Es ist schon viel, daß ich es so sagen kann.

Baran hatte sich etwas aufgerichtet. Und an ihm vorbeigesehen, zum Regal seiner Großmutter mit den osmanischen Mokkatassen, die er fixierte, als gäbe es in diesem Moment nichts Wichtigeres, als sein Geschirr zu inventarisieren.

Der kleine Lärm der Restaurants und Cafés von Cihangir war zu ihnen hinaufgedrungen. Ein Klangteppich, der Cla zur Bühne wurde.

– Und ich bin nicht homosexuell. Also ich kann mit dir schlafen, aber ich bin nicht homosexuell.

Baran hatte tief ausgeatmet und nach seinem Lederetui mit dem Tabak und den Blättchen gegriffen. Er hatte begonnen, sich eine Zigarette zu drehen.

– Soll ich jetzt antworten: Nobody is perfect!

Er benetzte das dünne Blättchen mit seiner Zunge. Aber nach einer kleinen Pause lächelte er: Also wirklich, Engadiner, was du nicht sagst!

Langsam war er vom Küchentisch aufgestanden, seinen

Blick jetzt wieder auf Cla gerichtet, der die Augen nicht senkte. Er kam auf Cla zu, beugte sich zu ihm hinunter, nahm seinen Kopf mit beiden Händen vorsichtig zurück und küßte ihn. Erst mit den Lippen, dann mit der Zunge. Dabei legte er eine Hand leicht um Clas Hinterkopf. Nein, er umarmte ihn nicht; er hielt ihn vorsichtig, mit der Zunge Clas Zunge suchend, sie leicht ansaugend, und nur ansaugend, um sie wieder loszulassen, spielerisch.

Cla spürte eine Erregung, die durch seinen Körper flutete, als wolle sie ihn auflösen. Und bevor er reagieren konnte, hatte Baran von ihm abgelassen und sich wieder an den Küchentisch gesetzt.

Cla sah auf die Maserung der Tischplatte, die Kratzspuren und Flecken weiß Gott welcher Esser und Trinker und Liebhaber mit weiß Gott welchen Geschichten. Er spürte eine Hitze im Gesicht. Dann sagte er: Ich sollte gehen. Ich sollte jetzt gehen.

Baran schwieg.

Cla schwieg.

Die Mauer färbte sich in wechselndem Bunt. In den Cafés und Restaurants fand Leben statt.

Und dann war Cla aufgestanden, eine Marionette seiner selbst, mit Senkloten behangen, mit Blei gefüllt. Jeder Schritt ein gewollter Wille. Und so war er gegangen.

Noch in der Nacht hatte er Baran geschrieben. Und auch am nächsten Morgen. Und in den Tagen darauf. Und Baran hatte immer nur wenig geantwortet. Er solle sich Zeit lassen. Und schließlich hatte er gar nicht mehr geantwortet. Und Cla hatte auch nicht mehr geschrieben, vor drei Tagen abends kurz nach Mitternacht ein letztes Mal. Keine Antwort. Ja, er zählte die Tage. Fast drei Tage hatten sie nun also nicht einmal mehr Mail-Kontakt.

Aber er dachte auch an Alva. An das kommende Kind. Bald war dieser Winter vorbei. Er hatte ihn sich anders gewünscht, ein wenig länger. Er hatte gedacht, daß ihm ein Winter zustehen könne. In diesem Leben. Und nun sollte er Vater werden. Das galt mehr als ein Winter in Istanbul.

Baran fehlte ihm. Aber das schien ihm unstatthaft. Und so versuchte er, dieses Sehnen möglichst gut auszuhalten. Einer wie er war nie am Ende.

Einer wie er war nie am Ende. Nur ein Windspiel aus Zweifeln oder, wie jetzt, ein Ich auf Entzug. Aber er konnte sich beherrschen.

Nie hatte er Verantwortung übernommen, dachte er auf einmal. Wenn ich jetzt sterben würde, dachte er, ich hätte nicht einmal drei Hühner, die ich einem Nachbarn anvertrauen müßte.

Und bei diesem Gedanken erschrak er. War er nicht gerade dabei, eine Familie zu gründen!

Vielleicht habe ich nie Verantwortung für mich selbst übernommen und konnte deshalb auch keine Verantwortung für andere übernehmen. Er mochte diesen Gedanken nicht, der ihn wie von hinten im Genick traf.

Er hatte die verkehrsreiche Straße halb blind überquert und war nun in eine Fußgängerzone gelangt, die rechts und links gesäumt war von frommen Marktständen, an denen Frauen mit Kopftüchern, oft in langen Kutten oder in Vollverschleierung, Männer mit Bärten und schwarzen Jacken (einige trugen turbanartige Hüte oder weiße flache Kappen) verschiedene Devotionalien betrachteten, in die Hand nahmen, zurücklegten, vielleicht kauften. Gebetskappen und Schals, Gebetsketten aus Bernstein, Marmor oder Plastik, Koranausgaben in allen Größen und verschiedenen goldbunten Farben. Öllämplein, Räucherwerk.

Cla sah einen Jungen in dem weißen, mit Spitzenapplikationen verzierten Prinzengewand, das die Knaben am Tag ihrer Beschneidung trugen. So wie das Kind frei dastand und versonnen an seiner himmelblauen Zuckerwatte zupfte, hatte es die Prozedur noch vor sich.

Cla wußte, er befand sich an einem Pilgerort für Muslime. Genaugenommen war Eyüp nach Mekka, Medina und Jerusalem ihre viertwichtigste heilige Stätte. Denn etwas weiter hinauf lag das Grab von Abū Ayyūb al-Ansārī, der diesem Viertel seinen Namen gegeben hatte. Abū Ayyūb war Fahnenträger und Gefährte Mohammeds gewesen. Rund 800 Jahre später, bei der Eroberung Konstantinopels 1453, war einem der geistlichen Berater von Mehmed II. ein Engel erschienen und hatte ihm die Stelle gezeigt, wo Mohammeds Fahnenträger gestorben war. Daraufhin ließ Mehmed II. über dieser Stelle ein Mausoleum errichten und daneben eine Moschee. Wie Konstantin XI., der letzte byzantinische Kaiser und Bruder von Kaiser Johannes VIII., mit dem Cusanus nach Venedig reiste, war also auch Mohammeds Gefährte im Kampf vor den Mauern Konstantinopels gestorben. Aber damals hatten die Mauern dem islamischen Heer standgehalten.

Cla trat in den Innenhof des Mausoleums, wo unter einer hohen Platane ein Brunnen stand, an dem Gläubige tranken oder sich Wasser abfüllten. Er stellte sich in die lange Schlange der am Eingang Wartenden. Aber als er bemerkte, wie langsam er vorrückte, entschied er, wieder zu gehen; er würde auf dem Rückweg noch einmal vorbeikommen. Er streifte einige Fromme, die vor einem vergitterten Fenster beteten.

Eine Frau weinte leise, wie erlöst.

2

Es gab eine Seilbahn hoch zum Pierre-Loti-Café, das auf einem Hügel über dem Goldenen Horn in einem Garten lag und für seine Aussicht berühmt war. Aber Cla wollte gerne den Weg durch den alten Friedhof nehmen, der sich den Hang hinauf erstreckte. Er hatte den Liebes-Roman »Aziyadeh« des jungen französischen Offiziers und Schriftstellers Pierre Loti gelesen, der mit seinem turkophil-romantischen Blick entscheidend zum westlichen Orientbild des 19. Jahrhunderts beigetragen hatte. Heimlich trifft der Held die schöne Haremsdame Aziyadeh. Sie begegnen sich einige leidenschaftliche Wochen lang, und er nimmt in Kauf, daß sie dabei Nacht für Nacht das Risiko eingeht, von ihrem Herrn oder einem seiner Getreuen erwischt zu werden. Man hätte sie daraufhin getötet. Diese Opferbereitschaft vermehrt seine Lust. Am Ende verläßt er Istanbul, Aziyadeh bleibt zurück. Oder stirbt sie? Cla wußte es nicht mehr. Vielleicht weil es für die junge Frau, so wie der Franzose sie sah, egal gewesen wäre.

Alvas Unbedingtheit fiel ihm ein. Wie sie ankam, in Tarabya mit ihrem Rollkoffer. Wie sie ihm die unbeholfene Taxifahrt vom Flughafen nicht übel nahm. Wie sie in seine Wohnung hereinkam, den Rucksack von den Schultern nahm, den blauen Mantel auszog, die Strickjacke. Und dann dastand in einem ärmellosen T-Shirt.

Er mochte ihre trainierten und doch runden Oberarme.

Ich habe mich so gesehnt, sagte sie.

Sie war ein wenig erhitzt von der Aufregung der Reise. Er hatte Alva nicht so schön in Erinnerung: ihr offenes, leicht gelocktes Haar, das schimmerte wie Weizen, ihre schmalen, vogelhaften Glieder, ihre Haut, braungebrannt, als habe ein nur immer glücklicher Sommer sie getönt. Sie schien ihm weiblicher, weicher.

Und er stutzte bei dem Gedanken, daß das vielleicht daher kam, daß er ihren Körper reflexhaft mit dem von Baran verglich.

Sie kannte kein Sich-Zieren. Sie kannte keine Scham vor ihrem Begehren. Sie stand da und wollte ihn lieben. Ihre ganze Haltung sagte: Jetzt.

Sie legte ihre Hände auf seine Schulter. Wie klein sie war.

Er küßte ihren Hals. Und sie legte den Kopf zurück. Er fuhr mit seinen Lippen zu ihrem Kinn, ihrem Mund. Und sie richtete ihren Kopf auf, sah ihn an, streckte sich hoch und legte ihm dabei ihre Arme in den Nacken, ihren Kopf an seine Achsel, als fände sie dort eine Höhle für einen Unterschlupf.

Es gäbe auch ein Bett, sagte er. Sie lachte. Und ihrer beider Arme wuchsen zu sich umschlingenden Girlanden, als sie auf der Matratzenkante saßen und sich wechselseitig auszogen. Er tat es ungezwungen, weil er es kannte. Weil es ihr Spiel war. Er schätzte an Alva, daß es mit ihr immer aufging. Sex hieß: Gelingen. Er hatte auch andere Erfahrungen gemacht.

Er legte sie zurück auf das Kissen, küßte ihre Brüste, ihren Bauch. Und sie zeigte ihm, wie sehr sie das mochte. Er wiederholte, was er tat, er wußte, wie sie reagieren würde, und sie wußte, daß er es wußte, und vertraute darauf, daß er es mochte. In der zeitlosen Zeit fuhr er mit der Zunge an ihren schmalen Hüften entlang über die Oberschenkel bis zu den angewinkelten Knien, er öffnete sie, küßte die Innenseite der Kniekehlen, kam wieder hinauf zu ihrem Schoß, suchte den Widerstand in ihrer Feuchtigkeit. Er rekapitulierte, ein guter Schüler, das ihnen gemeinsame Alphabet ihrer Geschlechtlichkeit, das sie seit gut zwei Jahren verband. Aber es war für ihn etwas Elegisches dabei.

Er beschrieb ihren Körper mit dem seinen wie eine Erinnerung. Und wenn Alva ihn nun heftig an sich zog, in einer selbstvergessenen Erregung, so ließ er es geschehen, er war, ohne daß er es reflektiert hätte, hinein in ihren Körper gelangt, als sei er ein Teil des seinen, und ging nun mit in ihrem Rhythmus, ihrer Energie, in ihrer ungebrochenen Sicherheit und Kraft. Lange, sie bewegten sich lange, und auch er vergaß den Raum und den Zug des korrigierenden Marionettenspielers und fiel zurück in all das fließende Körperreisen, das ihn mit ihr verband – ich bin, hatte sie einmal gesagt, dein Schiff, das nicht aufhört zu fahren –, bis sie sich zitternd aufbäumte, gleichsam vibrierend in der Luft stand, und endlich in einem Klagelaut siegreich abstürzte. Durch ihren Körper zogen nun kleine Wellen von Muskelzuckungen, als sei er ein anschlagendes Wasser an einem Gestade mit Schaumkronen; die Spannung klang in einem Wimmern, einem Schnurren aus. Sie zog die Beine an, rollte sich zusammen, einig mit sich und dem Glück, ihn geliebt zu haben. Von ihm geliebt worden zu sein.

Und seine Melancholie wuchs. So daß er, um sich ihrer zu erwehren, ihre Beine wieder öffnete, sie zu sich drehte, sich in sie legte und nochmals in das weiche, nun überfließende Delta ihrer langen Beine eindrang und sich in ihm bewegte, mit der Verzweiflung eines Trauernden, der nicht mehr auf Erlösung hoffte, sondern nur noch darauf, loszukommen.

Sie war schon schwanger gewesen an diesem Tag der Ankunft in Tarabya, und er hatte es noch nicht gewußt. Wie leicht man sich täuschte über die Realität, in der man meinte, sicher zu sein.

Nicht um Pierre Loti zu huldigen, ging er zum Café hinauf, sondern um über die Häuserwellen Istanbuls zu sehen. Wie krumme Zähne standen schmale Grabsteine in unregelmäßigen Abständen rechts und links des Weges. Dazwischen lange marmorne Stelen, gekrönt von Turban oder Fez, dann immer wieder fragilere, oben abgerundete Platten mit nur floralen Mustern. Das, hatte Baran ihm gesagt, waren die Steine für die Frauen. Die Erde roch nach einem beginnenden Frühling. Unter den wuchernden, die Steine erklimmenden Efeuranken zeigten sich gelbe und blaue Blümchen, die näher am Unkraut waren als an einer gärtnerischen Sorgfalt. Und deshalb um so überzeugender. Er atmete durch. Im Ansteigen bekam sein Schritt den Rhythmus des Berglers, sein Atmen wurde freier. Viel zu schnell war er oben bei den Tischen, den Servicestationen, die die Gäste mit Tee, Sesamkringeln und Toast bedienten. Fast alle Plätze waren besetzt. Hinten am Rand des Gartens fand er noch einen letzten runden Tisch, an dem zwei freie Stühle standen.

Das Goldene Horn war dunkel. Ein stumpfes, öliges Flußgrün, auf dem Fähren verkehrten. Rechts und links erstreckte sich in Wogen steigendes und fallendes Häuserland mit Moscheen, Minaretten. Cla bestellte einen Tee. Er kontrollierte auf seinem Handy, ob Baran nicht doch geschrieben hatte. Und er sah eine Nachricht von Alva.

Später, dachte er, bitte später.

Eine ältere Dame, die wenigen fliederfarbenen Haare zu schütteren Locken drapiert, kam auf ihn zu. Sie deutete mit einem fragenden Lächeln auf den freien Stuhl. Er nickte und lud sie mit seiner Hand ein, sich zu setzen. Sie dankte nickend.

Schweigend saßen sie beieinander. Sahen über die Weite der städtischen Landschaft mit dem Flußarm. Beobachteten andere Gäste, meist Paare, Istanbulreisende, die wie sie diese Aussicht wahrnahmen als etwas Besonderes. Sie bestellte beim Kellner.

Als ihr Tee kam, öffnete sie ihre Handtasche und holte vorsichtig eine Plastiktüte hervor. Sie öffnete den Knoten, wickelte die Tüte dann vom oberen Rand etwas auf und präsentierte Cla den Inhalt. Ihr Gesicht hatte viele Falten, wie die Tüte, die sie ihm nun noch etwas näher entgegenhielt. Ihre Augen waren braun und freundlich. Aufmunternd nickte sie, er solle etwas nehmen. Er dankte und griff hinein.

Börek, mit Käse gefüllt. Er biß ab, schmeckte kauend, schluckte. Sie sah ihn erwartungsfroh an. Hmm! machte er im Vertrauen auf die internationale Verständlichkeit dieses Lauts und legte eine Hand flach auf die Brust, verbeugte sich. Er hatte diese Geste bei Baran gesehen. Sie lachte triumphierend. Es schmeckte ihm!

Ja, es schmeckte ihm. Und diese Frau gefiel ihm, wie sie ihn so sprachlos fütterte und akzeptierte, daß er sprachlos aß.

Dann saßen sie wieder schweigend nebeneinander am Tisch, sahen rundum zu den anderen Gästen an den anderen Tischen und hinunter auf das Goldene Horn, seine Biegung, seine Brücken und die sich den Hügeln anschmiegenden Häuser der Metropole.

Alva, dachte Cla und öffnete die Mail.

Lieber Cla,
gerade komme ich aus dem Kantonsspital. Es war nicht schlimm, aber es musste schnell gehen. Damit sich nichts entzündet. Ich bin nicht mehr schwanger. Das, was wuchs, war abgestorben, es musste mit einer Kürettage entfernt werden. Ich wollte Dir erst schreiben, wenn es vorbei ist.

Es geht mir so weit gut. Es kommt jetzt wohl noch ein wenig ein Hormon-Karussell, aber ich versuche, ruhig zu leben. Es ist vermutlich richtig so, denke ich, auch weil für Dich diese Schwangerschaft zu früh kam. Bitte mache Dir keine Gedanken. Du hast noch einen Monat. Einen von drei Monaten. Das ist eine grosse Chance. Du bist bei mir. Du weisst doch noch, Rilke: Weil ich niemals dich anhielt, halt ich dich fest.

Sei ruhig, habe noch gute Wochen in Istanbul!
Sta cul Segner,
Alva

Die Dame mit den schütteren violetten Haaren sah ihn freundlich an. Sie hielt ihm nochmals die offene Tüte entgegen. Er sah in die Börek-Stücke wie in einen Abgrund. Aufwerfungen, Abbrüche von gesplittertem Teig, bröckeliger Käse, grünlich. Und dann dachte er, daß sie ja nichts dafür konnte, die freundliche Börek-Köchin. Wurde Börek eigentlich gekocht oder gebacken? Gebacken entschied er. Börek war ein Gebäck. Ein gefülltes Gebäck in der weiteren Verwandtschaft der Strudel und Aufläufe. Dabei blieb er sich völlig im klaren darüber, daß diese Sätze jetzt absurd waren.

Er versuchte, höflich in das Gesicht der Börek-Bäckerin hier oben über dem Goldenen Horn hineinzulächeln, unverbindlich. Er wollte sich mit einer förmlichen Freundlichkeit verabschieden. Ihm war schwindelig. Ihm war schlecht. Vielleicht hatte er auch zu viel Tee getrunken. Er stand auf. Er legte 10 Lira auf den Tisch, wissend, daß das zu viel war, aber es war so ein Reflex, als könne er sich wenigstens im Kleinen freikaufen. Er verbeugte sich mit all der Kraft, die er hatte, vor der lilafarbenen Tischnachbarin. Und er erschrak, als ihr Blick ihn traf.

Sie erkannte ihn.

Aber er kannte sich nicht.

Er sah den mütterlich verständigen Blick. Alle Hühner kollerten goockogockonaatz, goockogockonaatz. Auf einmal wurden die Augen der Börek-Bäckerin immer heller, und ihr Gesicht bekam etwas Hämisches. Es wurde zur Kippfigur, mütterlich, monströs, mütterlich, monströs. Ihr Blick brannte in seinem Gesicht wie Nesseln. Er sah die offene Börek-Tüte. Kürettage, dachte er.

In welcher Wahrheit lebte er?

Dann hatte er sich abrupt umgedreht und war schnell davongegangen.

Der Weg, nun wieder den Friedhof hinunter, schien ihm schmaler. Die Grabsteine wuchsen. Er hörte die hellen Stimmen von Singvögeln und dazwischen ein Goockogockonaatz, Goockogockonaatz. Er roch die Süße von Sperma. Er drehte sich um sich selbst, doch er sah keine Birken. Nur Zypressen, Pinien, eine Zeder. Die Laubbäume hatten noch keine Blätter. Ab und an blühte einer weiß, als fröre er. Und er kannte ihre Namen nicht. Er ging in schnellen Schritten. Die Gräber schwankten. Er versuchte, tief durchzuatmen.

Mit der Zeit beruhigte ihn das Gehen. Er roch den Frühling, all den Aufbruch.

Er kam in die Region der Frommen. Es hatte aufgeklart, und ein müdes Abendlicht lag nun auf dem Platz. Drei Katzen sprangen vorbei und begannen, hinter der niedrigen Ziereinfassung eines Rasenstücks mit einem halbzerrupften Karton zu spielen. Er sah zwei schmale muslimische Bräute, eine cremefarben, die andere in Türkis, umgeben von einer Wolke schwarzer Anzüge mit Schnurrbärten und photographierenden Schwestern und Cousinen, die in Tüll und Seide flatterten. Er meinte Zucker auf der Zunge zu spüren, karamelisiert.

Er betrat den Innenhof der Grabstätte von Mohammeds Fahnenträger. Er ging am Brunnen vorbei.

Er erreichte das vergitterte Fenster. Auf einmal stand er neben den Betenden. Er öffnete die Hände wie diese. Er sagte nichts. Nichts zu sich und nichts zu einem Gott. Es war die reine Geste der vor dem Körper unter dem Himmel geöffneten Hände. Das leere Ritual. Er empfing nichts. Er empfing, daß er dastand wie ein Empfangender.

So ist das also, dachte er.

So war es also, wenn man am Ende war. Er fuhr sich, wie er es bei den Frommen gesehen hatte, mit beiden Händen über das Gesicht, als reinige er es. Oder als verinnerliche er nun das, was ihm in die Handschalen gelegt worden war. Nichts. Dann stand er da mit hängenden Armen. Ein Ausgelieferter. Nur wußte er nicht, wem oder was.

Niemand wurde auf ihn aufmerksam. Er schien sich noch im Bereich des Normalen zu verhalten. Auch das war also eine Tarnkappe. Er war jetzt ein muslimischer Pilger am Fenster vor dem Grab von Mohammeds Gefährten. Das gab ihm einen Schutzraum.

Und Alva würde nicht sehen können, daß er ihre Zeilen schon gelesen hatte. Das gab ihm Zeit.

Er trat vom Fenster zurück. Er nahm sein Handy. Er schrieb Baran, daß er sich bitte melden solle. Er bat um ein Treffen, möglichst heute. Möglichst gleich. Es sei wichtig. Er sah auf die Uhr, die Fähre ging in sieben Minuten, wenn er sich beeilte, schaffte er das noch.

Auf einmal schienen alle Pilger genau diese Fähre anzusteuern, denn je näher er dem Pier kam, um so dichter wurde das Gedränge auf der breiten Passage. Er lief unkoordiniert, berührte weiche Leiber, stieß an Ellenbogen. Er hörte Stimmen im Nacken, roch Parfüm und Schweiß. Er drängte vorwärts. Stoffe streiften ihn. Er versuchte zu rennen, ja, er ruderte nun mit den Armen, um schneller durchzukommen. Endlich der Grünstreifen, der Spielplatz und diese winterverwaisten Turngeräte. Er atmete durch. Nun die Straße. Der Feierabendverkehr floß stockend, dann wieder kam es zu aggressiven Schüben; die vielspurigen Fahrbahnen waren schlecht zu übersehen. Motorräder kreisten aufheulend zwischen den Autos und Taxis. Er ließ einen Dolmuş vorbei, einen zweiten, jetzt würde er es schaffen. Der Fahrtwind drückte ihn zurück.

Ein Auto war ausgeschert. Cla stolperte, stolperte nach hinten.

Aber nun sah er den Glanz auf dem Goldenen Horn. Was für ein Abend über dem Wasser!

In einer blau-goldenen Gloriole kam die Fähre daher. Zeitlos in der Zeit. Langsam. Er sah es: Immer war sie das Schiff. Sie war die mit bronzenem Rammbock versehene Tirene des Heerführers Byzas, das unter windgeblähten Segeln dahingleitende Kriegsschiff der Kreuzritter, die überfüllte Galeere, auf der Cusanus fuhr.

Beim feierlichen Anlanden glühte ihr Unterschiff; in einer vielstrahligen Explosion der Tropfen erschienen kristalline Prismenbögen.

Und nun wußte er, was sie gesehen hatten, in dieser Sturmnacht, Winter 1437/38, auf ihrer Reise von Konstantinopel nach Venedig.

Er sah das atmosphärische Leuchten, rot und grün, irisierende Lanzen und Fahnen. Und der Nachthimmel, wie von Schwertern durchstoßen, begann in Schleiern zu zerfließen. Eine unfassbare Farbenmilde zog auf. Manche lagen noch wie tot herum, taub und benommen. Andere meinten sphärische Musik zu hören. Der Sturm hatte sich gelegt.

Sie hatten überlebt.

Dann war es still geworden.

So segelten sie weiter durch die Nacht. Und keiner konnte schlafen.

In seiner Schlafbucht hatte der Patriarch lange auf den Knien gelegen und gebetet. Doch als nun die Schiffskatze zu ihm kam und um sein Gewand strich, richtete er sich auf und begann, mit ihr zu spielen. Er beobachtete sie, warf ihr einen Strohhalm entgegen. Sie merkte auf, fixierte, ganz Konzentration, den gelben Stengel, und er entzog ihn ihr wieder, indem er das trockene Gras, über die Holzplanken wischend, langsam zu sich bewegte. Im wechselnden Trommelspiel ihrer Pfoten tapste die Katze nach dem Halm.

Der Patriarch lächelte. Sie hatten überlebt.

Und Sylvester Syropoulos, der Schreiber, schrieb.

Georgios Gemistos, der sich später Plethon, der »Reichhaltige«, nennen sollte, sah von seinem Winkel aus zum Schreiber, zum Patriarchen. Mit pergamentenen Fingern fuhr er sich durch die Bartlocken. Dann wieder sah er hinauf zur Luke vor sich auf der anderen Seite des Schiffsbauchs; er suchte nach Restlichtern im Nachthimmel und schwieg. Es war vorbei. Sie hatten das Leuchten gesehen. Ein Leuchten wie ein Zeichen. Unerkannt. Freundlich immerhin. Antike Autoren hatten solche Erscheinungen beschrieben, christliche Mystiker auch. Ein Phänomen von Licht und Luft, das was bedeutete? Sie waren weiter unterwegs. Sie hatten überlebt. Für ihn, für den Patriarchen war das ein relativer Zustand. Sie waren beide alt.

In seinen Knien biß es, als bauten Ameisen hier ihren inneren Staat, sein Rücken schien ihm porös, und der Schmerz versprach, nur die Ankündigung für das Zusammenbrechen der Wirbel zu sein. Zur Folter des unruhigen Schwankens und Springens dieses stickigen Raums kam die salzige Feuchtigkeit, die sich als Substanz auf alles legte, in jedes hineinkroch. Und jetzt noch dieser Sturm und der Aufruhr des Himmels.

Warum tat er sich das an?

Das Essen war schlecht; der Wein konnte jeden Tag ausgehen, und man wußte nicht, wie weit es bis zum nächsten Hafen war. Er hätte zu Hause bleiben sollen. Das Unionskonzil interessierte ihn mäßig. Aber er hatte Despoten und Kaiser beraten. Man schätzte ihn als einen der wichtigsten Köpfe von Byzanz. Hätte er sich verweigern können?

Einen Sinn machte diese Fahrt nicht. Die Hilfe gegen die osmanische Bedrohung lag nicht in der Wiedervereinigung von Ost- und Westkirche. Das war falsch gedacht. Ein christlicher Staat war ein Irrweg, wie ein islamischer Staat ein Irrweg war. Es ging nicht um die abrahamitischen Religionen! Alles Fehlentwicklungen! Er konnte das sagen, sein großer Lehrer Elischa war Jude gewesen, damals am osmanischen Hof in Adrianopel. Er hatte ihn geliebt, diesen weisen Mann. An seiner Seite durfte er erwachsen werden nach den Kinder- und Jugendjahren in Konstantinopel. Ja, Elischa hatte ihn in jedem Sinne wachsen lassen. Und dann hatte man diesen wunderbaren Mann verbrannt.

Er hatte es mitansehen müssen.

Gegen intellektuelle Kühnheit haben die Dummen nur Gewalt. Gemistos zog seinen Umhang fester.

Konstantinopel, seine Geburtsstadt, war heute so gut wie entvölkert. Sie war kein Thema mehr. Die Erneuerung von Byzanz, die Möglichkeit einer konkreten Utopie lag jetzt in Mystras, auf der Peloponnes, im Despotat Morea. Hier war das kulturelle Zentrum des Reichs. Im Geist der antiken Götterwelt könnte die byzantinische Gesellschaft wiederauferstehen. Und Mystras wäre die Keimzelle eines neuen Staats, eine Politeia im Sinne Platons. Er hustete. Er sah hinüber zu Joseph, der immer noch einen Strohhalm vor gescheckten Pfoten über den Boden zog.

Joseph, der Patriarch, rührte ihn, wie er auf die Kirchenunion setzte, obwohl sie ihm im Herzen widersprach. Die absurde Oberhoheit des Papstes, das unnötige Filioque! Er war ein gebrechlicher Greis, kränker als er. Und bescheidener. Es würde seine letzte Reise sein. Das spürte er. Und wenn er ihm von den Göttern sprach, bekreuzigte sich der Gute. Aber er liebte ihn, weil er immer etwas fand, das ihn freute. Und sei es ein verflohtes Kätzchen.

Er lehnte sich zurück. Vor der Luke zog die Nacht dahin. In der Schwärze standen drei Sterne. Drei, welch eine Zahl! Mit drei Punkten war eine Fläche aufzuspannen. Drei Vektoren: und man hatte die Koordinaten eines Raums. Das Weltall war unendlich. Und nicht geschaffen. Es hatte keinen Anfang und kein Ende. Wo, wenn nicht auf einer solchen Seereise, mit ihren unbegreiflichen Nachthimmeln – hingegossene Sternenbahnen –, konnte ein Mensch das erfahren?

Die Seele brauchte keine Erlösung, kein Paradies. Das Menschenleben auf diesem Stern war ein einzigartiges Geschenk. Und es lag in der Freiheit des Einzelnen, es zurückzugeben. Zu jedem Ich gehörte das Recht auf seinen Suizid. Nein, das diskutierte er mit Joseph nicht, dem lieben Patriarchen.

Er, Georgios Gemistos, geboren in Konstantinopel, ausgebildet in Mystras, hatte eine Ordnung entworfen: Die Götter standen in einer hierarchischen Harmonie. Sie repräsentierten Prinzipien. Ihnen entsprach eine menschliche Hierarchie von Ständen. Sie wurden regiert von einem Monarchen, der von Philosophen beraten wurde. Kein mit staatlichen Geldern gefördertes Mönchstum! Die Frommen sollten arbeiten wie alle. Nur eine reine Berufsarmee! Soldaten wurden bezahlt wie Beamte. Fester Steuersatz für alle! Als Strafen keine Verstümmelungen, sondern der Gedanke der Reintegration.

Todesstrafe: Ja.

Hinter einem Verschlag hörte er seinen Schüler Bessarion tuscheln. Ein hochbegabter junger Mann. Bessarion war ihm weit gefolgt, aber nicht weit genug. Er war nicht bereit gewesen, sich vom Christentum zu lösen. Kurz vor der Abfahrt nach Venedig hatte Joseph ihn noch zum Bischof geweiht. Jetzt lag er neben diesem Deutschen, einem Nikolaus, kein unsympathischer Geselle. Intelligent, an Platon interessiert, den die Lateiner ja kaum kannten, hatte leidlich Griechisch gelernt. Er und Bessarion waren Freunde geworden.

Was für eine lange Reise!

Gemistos drückte seine Schulter an die Holzwand. Alles tat weh. Langsam ließ er sich mit dem ganzen Körper zu Boden gleiten. Hier lagen seine Kamelhaardecken. Sein Trost. Er schloß die Augen. Es mußte schon gegen Morgen gehen. Der Sturm war groß gewesen. Als er nachließ, waren sie an Deck gegangen. Sie hatten dieses vielfarbene Licht am Horizont gesehen. Alle, alle die Passagiere, über hundert, und die Ruderer, die Matrosen waren beieinandergestanden, dicht an dicht, eine große, eine erbärmliche menschliche Fracht.

Und jeder von ihnen hatte, ins grüne und rote Schweifen schauend, etwas anderes gedacht.

Gemistos spürte noch, wie die Katze auf seine Beine sprang, gegen seine schmerzenden Ameisenknie balancierte. Und mit einem Schnurren verschwunden war.

Nikolaus ordnete seine Exzerpte. Vorsichtig legte er die französischen Papiere übereinander. Er mochte ihr Wasserzeichen, den Anker. Er hatte Bessarion, wie er es abends manchmal tat, etwas aus den Notaten vorlesen wollen. Vorlesen und übersetzen. Dann war der Sturm gekommen.

Er sah auf. Sie lagen Schulter an Schulter an eine Seitenwand des Schiffsbauchs gelehnt. Er spürte die Locken des Gefährten an seinem Hals, seinen langen Bart, von der Art wie die griechischen Mönche ihn trugen.

– Bessarion?

– Ja?

– Und wenn der Mensch würdig wäre, weil er ein Liebender ist?

– Klingt gut.

Nikolaus sah durch die Luke, ein Dreigestirn stand in der Schwärze der Nacht. Das Schiff segelte jetzt ganz ruhig.

– Wir hätten im Sturm leicht umkommen können.

– Wir haben überlebt.

Cusanus hörte den Atem des Freundes an seinem Ohr. Er spürte das Senken und Heben seines Brustkorbs.

– Schläfst du schon?

Nein, lies jetzt, sagte Bessarion.

Sie schwiegen eine Weile.

Dann nahm Cusanus seine Papiere wieder auf.

Der Freund kam, um aus der Quelle zu trinken, deren Wasser jeden in Liebe entflammt, der nicht liebt. Da verdoppelten sich seine Qualen.

Und der Geliebte kam, um aus der Quelle zu trinken und um seinem Freund seine Liebe mehrfach zu verdoppeln und auch seine Qualen.

– Was ist das?

– Ramon Llull. Ein Troubadour des 13. Jahrhunderts, geboren in Palma auf Mallorca. Soll ich von ihm erzählen?

– Du erzählst doch schon.

Nikolaus lachte. Also wohlhabend, beliebt, ein goldener Jüngling, der so durchs Leben feierte. Dann mit 30 Jahren hatte er Christusvisionen. Und sie änderten alles. Er verließ seine Frau, seine Kinder und zog missionierend durch die Welt. Man nannte ihn auch »Apostel Afrikas«.

Noch mit 75 Jahren reist er nach Algerien, wird inhaftiert. Darf, nach einem halben Jahr im Gefängnis, wieder zurück. Aber er erleidet Schiffbruch. Alle seine Bücher gehen unter.

Er war einer der ersten Orientalisten im Westen, er hat Sprach-
schulen eröffnet in Paris, Oxford, Bologna, Salamanca für
Hebräisch, Griechisch, Arabisch, Chaldäisch. Er selbst hat früh
Arabisch gelernt und lebte zehn Jahre mit seinem Arabisch-
lehrer in einer christlich-islamischen Haus- und Lehrgemein-
schaft. Bis dieser Mann sich das Leben nahm. Die Geschichte
dahinter scheint nicht ganz geklärt.

– Erzähl sie trotzdem!

– Du kennst sie; es ist die alte Geschichte der Königskinder.

Man fragte den Freund, wo sein Geliebter sei.
Er antwortete: Er ist in einem Haus, das vornehmer ist als aller
Adel dieser Welt. Er ist in meiner Liebe und in meiner Sehn-
sucht und in meinen Tränen.

Nikolaus hielt inne. Die Katze hatte sich an ihn herangeschli-
chen und tanzte mit ihrem Schweif um seine dicken Papiere.
Er ließ sie gewähren.

– Ramon Llull glaubte an die Möglichkeit einer Versöhnung
der drei abrahamitischen Religionen.

Sie schwiegen. Dann las Nikolaus weiter:

Man fragte den Freund: Wohin gehst du?
Ich komme von meinem Geliebten.
Woher kommst du?
Ich gehe zu meinem Geliebten.
Wann kehrst du zurück?
Ich bleibe bei meinem Geliebten.
Wie lange bleibst du bei deinem Geliebten?
So lange, wie meine Gedanken bei ihm sind.

Cusanus gab der Katze einen kleinen Schubs, so daß sie von seinem Arm abließ.

– Die Liebe ist das heilige Paradox. Der Zusammenfall der Gegensätze: Hingehen ist Zurückkommen, Zurückkehren ist Bleiben. Der Ort ist das kleine Ich, das zum allumfassenden Du der Gemeinsamkeit werden kann.

Bessarion zog die Decke an sein Kinn und ließ sich erschöpft an die Schulter des Freundes sinken.

Die Vögel verkündeten das Morgenlicht,
und da erwachte der Freund im Morgenlicht.
Das Lied der Vögel verstummte,
und der Freund starb für den Geliebten
mit dem Morgenlicht.

Cusanus faßte die Katze sacht unter den Bauch, hob sie hoch und ließ sie bei ausgestrecktem Arm vorsichtig von seiner Hand tropfen. Und als er sich nun zu Bessarion wandte, sah er, daß der eingeschlafen war.

VIII. Cihangir

Von Quitten und Qualen

1

Männerarme hatten ihn vom Asphalt hochgehoben. Ein wenig zurückgeführt. Er hörte Stimmen, die fluchten. Dann fragte ihn jemand, ob alles in Ordnung sei. Die Autofahrer würden immer rücksichtsloser.

Er konnte gleich stehen. Wenn auch wackelig. Er hatte die Straße nicht überquert, er befand sich wieder bei den Grünstreifen. Ihm war übel. Dann mußte er sich erbrechen. Nein, er wollte keinen Notarzt. Man half ihm, sich mit Papiertüchern zu reinigen. Jemand reichte eine kleine Wasserflasche. Ein anderer winkte ein Taxi herbei. Es war ihm nichts passiert. Nichts, außer daß, wäre sein Schritt den Bruchteil einer Sekunde schneller gewesen, er jetzt nicht mehr leben würde. Ein beschleunigender Wagen hatte den langsameren überholt, vor dem er die Straße hatte überqueren wollen. Der Fahrer hatte ihn nicht oder zu spät gesehen. Er mußte die Seite dieses vorbeirasenden Wagens fast berührt haben. Vom Fahrtwind war er nach hinten zu Boden geworfen worden.

Das war gestern gewesen. Also vor einer Ewigkeit.

Gestern, kurz nachdem er unfromm mit empfangenden Händen vor dem Fenster am Grabhaus von Mohammeds Gefährten stand.

Seit einem halben Tag nun wartete er in diesem Café an der prominentesten Straßenkreuzung von Cihangir. Ein Treffpunkt von Intellektuellen, Künstlern. Baran wohnte wenige Schritte von hier entfernt. Dieser Knotenpunkt war gesäumt von Cafés und Restaurants, Gemüseständen, einem Spirituosenladen, einer Moschee. Seinem Café gegenüber lag ein Eckgeschäft, das ein weißes und rosafarbenes Nichts an Schleifen und Tüchern, Seifen und Flacons oder die ganze Fülle von Schlaf- und Badezimmer-Zubehören und Design-Beigaben anbot und das Madame Coco hieß.

Er saß im Café drinnen hinter der Scheibe und sah hinaus; dann wieder saß er draußen und beobachtete die Straße. Er rauchte. Baran könnte jeden Augenblick vorbeikommen. Er mußte hier vorbeikommen, wenn er nach Hause ging, in seine kleine, blau angestrichene Wohnung in einer der steil ansteigenden Seitenstraßen ohne Ausblick. Wenn man vom angeschnittenen Geviert eines verwahrlosten Schulsportplatzes und einer Reihe von Mülltonnen absah, die an einer hohen Bruchsteinmauer standen.

Und doch hatte Cla gerne aus diesen Fenstern gesehen.

Baran hatte sich nicht gemeldet. Auf Anrufe nicht reagiert. In seiner Wohnung war er auch nicht. Hatte er sein Handy verloren? War er nach Thessaloniki gefahren und wollte sich nicht melden? War er hier und stellte sich abwesend?

Er, Cla, Gymnasiallehrer an einer internationalen Internatsschule im Engadin, mußte Baran, den Kellner, den Stadtführer, den Übersetzer, den Schauspieler, den Babysitter, den Sufi aus Giresun, aus Saloniki, aus Istanbul sehen. In seinem immer noch benommenen Kopf hämmerte eine Endlosschleife: Ich muß das klären, ich muß das klären. Aber je länger er wartete, um so deutlicher schien ihm, daß die Sache geklärt war. In all ihrer unbegriffenen Unfaßbarkeit.

Cla hatte mit Alva telephoniert. Noch gestern abend. Er hatte von seinem Beinahe-Unfall erzählt. Er sei nach ihrer Nachricht so durcheinander gewesen, daß er fast in ein Auto gelaufen war. Sie hatte ihm zugehört. Nicht sehr engagiert, hatte er bemerkt. Vermutlich hatte er zu spät gefragt, wie es ihr denn gehe. Aber er war noch unter Schock gestanden.

Es war der Bruchteil einer Sekunde, hatte er gesagt. Nur der Bruchteil einer Sekunde.

Das ist es manchmal, hatte sie geantwortet.

Ich hätte tot sein können, sagte er. Und dann sagte er: Ich liebe dich. Wie aus Verlegenheit, oder damit sie auch etwas sagte, das intimer wäre.

Aber sie hatte nur erzählt, daß in Chur immer noch Reste von Schnee lagen. Und daß es gerade schneie, schneie auf die ersten Blüten der Sträucher, auf die Wiesen. Und immerhin sei doch schon März. Sie hatte von einer Beerdigung eines Verwandten erzählt, eines Dirigenten, auf der ein 100-köpfiger Männerchor »Allas steilas«, das Lied an die Sterne, gesungen habe. Und daß das sehr berührend gewesen sei. Weißt du, hatte sie gesagt, sie haben auch beim Leichenmahl gesungen. Sie sind vom Tisch aufgestanden und haben gesungen.

Er kannte das Lied aus der Surselva, mit den schönen Schlußversen, in denen ein Ich sagt, wer die Sterne ansehe, wisse, warum er nur einen Moment auf Erden lebe. Und er hatte sie mit Blick auf den Bosporus zitiert:

E cu jeu vus contemplel
El firmament,
Sai jeu pertgei ch'ins viva
Mo in mument!

Das hatte sie gefreut.

Er spürte es, auch wenn er sie nicht sah, nur ihren Atem hörte. Aber sie war auch müde gewesen und hatte nicht lange sprechen wollen.

Und so hatte er ihr nichts von seiner Vision erzählt. Er hatte ihr nicht erzählt, daß er Joseph, den Patriarchen, Gemistos, Bessarion und Cusanus auf dem Schiff gesehen hatte. Nur kurz, aber er hatte sie gesehen. Und die Schiffskatze. Nachts, nach dem Sturm und nach dem Licht.

Und nun hockte er da und wartete auf den anderen. Auf Baran. Er wartete wie ein Irrer, ein Psychopath, ein Spanner. Er haßte sich, wie er so dasaß. Und er konnte nicht gehen.

Oh doch, er konnte schon gehen. Er konnte, wie er es getan hatte, in diesem Viertel herumrennen, wie blöde, die Straßen mit den Cafés, den Antiquitätenläden, den Restaurants entlang, vorbei an den syrischen Kindern, die barfuß oder in zwei verschiedenen Schuhen bettelten, wenn sie nicht an Tüten schnüffelten, oder zwei, drei monotone Töne auf pastellfarbenen Melodikas aus Plastik spielten; vorbei an der kleinen roma-türkischen Mülleinsammlerin, in langem Blumenrock, mit Wollmütze, begleitet von noch jüngeren Kindern, die ihr halfen, das hohe Eisengitter auf Rollen, in dem sich Pappen und Papiere häuften, weiterzuschieben. Vorbei an den sportlichen Euro-Touristen, die ersten Männer trugen schon kurze Hosen, den arabischen Touristen mit ihren ausladenden Familien, den Polizisten in Uniform und den Geheimdienstleuten in Zivil, die sich als Sesamkringelverkäufer tarnten oder auch als Bettler, unten auf dem Bordstein, an einen Türrahmen gelehnt, und Taschentücher verkauften.

All das hatte er heute vielfach gesehen. Und all das war ihm egal. Ihm war der Tee egal, den er in sich hineinschüttete, die Zigaretten, die er sinnlos rauchte (banale Marlboro light aus der Packung, nicht diese selbstgedrehten schönen aus hellem arabischem Tabak, in Papieren aus Damaskus).

Ihm war jede Schönheit egal, die Möwen in ihren kühnen Schleifen, das Meerlicht an den Fassaden und auch die prekäre Schönheit eines alten Quittenverkäufers, der gerade aus dem Mosaikenmuseum zu kommen schien, seinen hohen handgeflochtenen Korb auf dem Rücken, gefüllt mit dem pelzigen Gelb. Und der seine Kunst der Früchte diesen sorglosen Leuten in den Straßencafés anbot, die sie ihm vielleicht als solche abkauften. Denn wer Quitten wollte, ging in einen Gemüseladen oder auf einen der Wochen-Bauernmärkte der Stadt. Auf den Gehsteigen im Künstlerviertel Cihangir war eine Quitte aus dem Korb des alten Quittenverkäufers, geschmückt mit den Zweigen eines Zitronenbaums, kein Nahrungsmittel, sondern ein Objekt.

Wie das Einfachste ins Kostbarste kippen kann, dachte Cla.

Und auf einmal wußte er, daß er Alva schreiben mußte. Jetzt sofort.

2

Liebe Alva,
bitte verzeih, dass ich gestern abend unaufmerksam war. Ich hätte Dich fragen müssen, wie es Dir geht, nach diesem Eingriff. Und ich habe nur von mir erzählt. Das tut mir leid.

Ich habe hier eine Frau kennengelernt, im dunklen Mantelkleid. Mit Kopftuch. Sie hat mir erzählt, warum sie sich so kleidet.

Sie war eine Frau, die ihre ebenholzfarbenen langen Locken offen trug, verheiratet, Mutter zweier Töchter und eines neugeborenen Knaben. Sie war nicht mehr als konventionell fromm. In der Nacht des 17. August 1999 hat sie in Istanbul das Erdbeben erlebt. Sie sagte, sie habe eine Gewalt gespürt, die sie ganz und gar überwältigt habe. Ihren Säugling im Arm stand sie da und erfuhr eine Kraft, die sie als die Kraft Allahs erkannte. Er zeigte ihr, dass er die Welt aus den Angeln heben konnte. Danach begann sie, ihr Haar zu bedecken. Ihrem Mann war das nicht besonders recht. Aber sie wusste, dass sie nun anders leben wollte. Das Kopftuch sei immer länger geworden. Und auch ihre Kleidung. Heute verhüllt sie sich ganz. Sie betet streng die fünf Gebete am Tag, sie fastet. Sie ist zufrieden mit ihrem Leben. Ihre Töchter tragen keine Kopftücher. Sie meint, wenn sie es nicht spürten, wird es so richtig für sie sein. Allah lässt viele Formen der Frömmigkeit zu. Bei diesem Erdbeben damals haben fast 20 000 Menschen in der Türkei ihr Leben verloren; knapp 50 000 wurden verletzt.

Liebe Alva, ich bin nicht getötet worden, ich wurde nicht einmal verletzt. Ich kam, wie man so sagt, mit dem Schrecken davon. Aber der Schreck hat mir gezeigt, wie kostbar und wie flüchtig dieses Leben ist.

Wäre ich nur einen halben Schritt weiter auf der Strasse gewesen, wäre ich tot.

Er löschte diesen Satz wieder. Er hatte ihn schon am Telephon gesagt.

Jetzt spreche ich schon wieder von mir. Aber ich muss von mir sprechen, weil es mir jetzt um Dich geht. Du hast recht: Ein Kind wäre für mich zu früh gekommen. Und ich bin nicht sicher, ob ich mir Kinder wünsche. Ich weiss es einfach nicht. Mit Dir wäre es sicher möglich gewesen, aber auch nicht zwingend.

Was ist zwingend?

Ich fühle mich schwach, und ich denke, ich gebe eine ziemlich jämmerliche Figur ab. Aber etwas, das ich im Augenblick sicher weiss, ist, dass ich mich nach einem Mann sehne, nach Baran. Du hast gespürt, dass uns mehr verbindet als eine lockere Männerfreundschaft. Ich habe meine Beziehung zu ihm kleingeredet. Ich habe nicht gewagt, mich zu ihm zu bekennen. Als Du gekommen bist, hatten wir bereits eine Liebesbeziehung miteinander begonnen. Ich habe gelogen, weil ich Dir das nicht gesagt habe.

Ich habe Baran seit elf Tagen nicht gesehen. Es ist jetzt vier Tage her, seit ich das letzte Mail von ihm bekommen habe.

Ich weiss nicht, was wird. Aber ich weiss, dass ich Dir das jetzt sagen musste. Ins Offene hinein.

Ich weiss auch, dass ich mich schuldig fühle. Es ist irrational, aber ich glaube, Du hast das Kind auch deshalb verloren, weil ich es nicht richtig wollte.

Vielleicht sollte ich versuchen, in diesem einzigen Leben, Dinge zu tun, die ich richtig möchte. Auch wenn ich zu unsicher bin, mir immer einzugestehen, was das denn ist. Ich möchte mir Raum lassen, um zu erfahren, was es sein könnte.

So stehe ich jetzt vor Dir, und meine einzige Stärke ist, dass ich Dir meine Schwäche gestehen kann.

Was immer dieses Wort alles bedeuten mag: Ich liebe Dich, Alva. Ich bin Dir dankbar für unsere gemeinsame Zeit.

Üna branclada,

teis Cla

Er las die Mail noch einmal durch. Und noch einmal. Und als er auf Senden gedrückt hatte, fiel ihm ein, daß er Alva wieder nicht gefragt hatte, wie es ihr gehe. Aber es war jetzt zu spät, und er wollte nicht noch eine Nachricht hinterhersenden.

Warum dachte er nicht über sie nach? Warum versetzte er sich nicht in ihre Situation? Warum überlegte er nicht, was das hieß: eine Kürettage? Und: ein Kind verloren haben.

Er stand auf, bezahlte den Tee. Er ging noch einmal zur Wohnung von Baran. Stand, die Mauer im Rücken, unten an der Haustüre. Läutete mit Herzklopfen. Aber er brauchte nicht lange zu warten. Er spürte, Baran war nicht da. Er lief die Straße hinauf und hinunter. Er sah das auf die Steine gesprühte Graffito, das ihm Baran übersetzt hatte: Der Schmerz ist nicht das Problem; die Hoffnung macht müde.

Er lehnte sich an die Mauer, las die Zeilen, die er Alva geschickt hatte, noch einmal durch. Er hatte das Gefühl, er müsse den Text, den er ihr geschrieben hatte, erst verstehen. Hatte er sich von ihr getrennt?

Wieviel Mut brauchte er, um sich einzugestehen, daß sie nicht der Mensch war, an dessen Seite er sein Leben, Tag für Tag, verbringen wollte. Sie war unkompliziert, schön, sie war eine wunderbare Kameradin. Sie war möglich, dachte er. Aber war dies nicht ein seltsamer, ja ein unfreiwillig beinahe böser Satz? Und dann dachte er: Sie war möglich gewesen.

Er drehte sich um, lief die Gasse wieder zurück. Und Baran? Er kannte ihn nicht. Er bekam Herzklopfen, wenn er ihn sah. Er hatte Angst vor ihm. Und er war gerne mit ihm zusammen. Sehr gerne sogar. Baran war in einer Weise aufregend, die er nicht gekannt hatte.

Ich bin nicht homosexuell, hatte er zu ihm gesagt, und war gegangen. Und nun hatte der Beinahe-Unfall ihn dazu gebracht, den Gedanken zuzulassen, Baran lieben zu dürfen.

Den Gedanken zulassen, den Gedanken zulassen.

Und nun bekam er Angst vor sich.

Er war wieder an der Kreuzung. Er sah sich um. In den Restaurants wurde Raki ausgeschenkt. Er wählte einen Tisch auf dem

Gehsteig. Von einem Heizstrahler kam Wärme. Er bestellte ein Bier.

Er sah, daß Alva geantwortet hatte. Er wartete, bis das Bier kam. Er trank in großen Schlucken. Dann öffnete er die Nachricht.

Lieber Cla,
hab Dank für Deine aufrichtigen Zeilen. Du hast ja oft gesagt, ich hätte einen siebenten Sinn. Und manchmal hast Du auch gesagt, ich könne hexen. Vermutlich stimmt beides ein wenig. Ja, ich habe gespürt, dass zwischen Dir und Baran etwas sein könnte. Aber ich war so erfüllt vom Glück, schwanger zu sein, und auch ein wenig bang, es Dir zu sagen, dass ich den Gedanken dann weggeschoben habe. Wir haben diesen wunderbaren Hund gesehen, vor der Blauen Moschee, und ich nahm ihn als Zeichen, dass alles gut wird. Dann habe ich es Dir in der Zisterne erzählt.

Und Du hast Dich nicht gefreut. Du bist erschrocken, und dann hast Du Dich so verhalten, wie ein verantwortungsbewusster Religions- und Ethiklehrer sich in so einer Situation verhält. Aber Du hast dich nicht gefreut.

Danach hast Du auch nicht mehr mit mir geschlafen. Du warst zurückhaltend. Wir haben über das Thema Schwangerschaft, über das kommende Kind kaum gesprochen. Einmal hast Du gesagt: Schade, dass meine Mutter nicht mehr lebt, sie hätte sich über ein Enkelkind gefreut! Du warst auf einmal ganz scheu. Und ich war sehr traurig, glaube mir. Ich war sehr, sehr traurig.

Du bist der Mann, von dem ich Kinder wollte. Du bist jetzt 45 Jahre alt. Ich werde 36. Wann, wenn nicht jetzt?

Wenn ich das so schreibe, merke ich, dass wir uns nicht trennen müssen, wir sind schon getrennt. Du hast Dich nicht gefreut. Spontan nicht, das wäre noch zu verstehen gewesen, aber auch später, in unseren Telephonaten, nicht. Das Kind war für Dich kein Thema. Du hast auch nicht gefragt, wie es mir geht in der Schwangerschaft. Ich verstehe, dass Du Dich schuldig fühlst, auch wenn Dich keine Schuld trifft.

Ich weine viel. Aber ich bin Dir nicht böse. Aber lass mich jetzt. Ich brauche Zeit, und Du brauchst Zeit. Schreib mir nicht. Oder vielleicht später. Oder ich melde mich wieder bei Dir. Es ist alles gut. So, wie es jetzt ist, ist alles gut.

Sta cul Segner,

Alva

Es hatte zu dämmern begonnen. Die Restaurants füllten sich. Gäste bestellten gefüllte Teigtaschen, die aussahen wie Schiffchen, und aßen sie mit Joghurt und Käse. Die Autos hupten, Taxis wendeten. Menschen mit Einkaufstüten kamen vorbei. Der Quittenverkäufer querte die Straßen der Kreuzung wie ein unermüdlicher Christophorus. Bei Madame Coco waren die Lichter angegangen und hatten die Schaufenster in Bonbonieren verwandelt. In den kahlen Bäumen hingen bunte Glühbirnen. Freie Hunde schritten ihre Menschenreviere ab. Cla nahm einen Schluck Bier. Er rauchte.

Seltsamerweise tat Alvas Brief ihm nicht weh. Ja, er war schuldig geworden. Vielleicht nicht in bezug auf das Kind. Aber gegenüber einer jungen Frau, mit der er gelebt hatte, ohne sich für sie zu entscheiden. Aber diese Schuld konnte er akzeptieren. Er war Alva dankbar für ihre klaren Sätze. Sie hatte, wozu ihm der Mut fehlte, die Situation definiert. Und er mußte sich eingestehen, daß der Brief ihn erleichterte. Es gab für ihn kein Zurück zu einer Liebesbeziehung mit Alva. Das empfand er. Auch wenn er keinerlei Vorstellungen hatte, ob und wie es mit ihm und Baran weitergehen sollte.

Warum meldete er sich nicht?

Für einen Moment kam er auf den irrwitzigen Gedanken, daß er nach Thessaloniki fliegen mußte. Und dann? Durch die Häuserschluchten der Metropole laufen und einen verlorenen Sufi suchen?

Baran war kein Sufi, wie er kein Moslem war, auch wenn sie beide die Hände empfangend öffneten. Hilflos einer ehrwürdigen Geste vertrauend. Sta cul Segner: Auch Alva war nicht gläubig.

Ein Wind kam auf, und die Glühbirnen-Girlanden schaukelten. Das Stimmen-Schwirren und -Zirpen und Rauschen der Straße wuchs, ein Muezzin setzte ein, ein zweiter, ein fernerer dritter folgte. Die Möwen waren ein Zustand der Luft. Cla atmete tief ein. Er hatte noch eine kleine Zeit in Istanbul.

Und dann legte ihm jemand von hinten die Hände auf die Schulter. Als er sich umwand, stand Baran vor ihm.

3

Und die Zeit dehnte sich, wie nur die Zeit es kann. Und mit ihr das Erinnern, Erzählen. Sie übersprang sich selbst zurück und öffnete die Wahrheit an einer anderen Stelle. Und für eine ewige Sekunde war Cla noch einmal auf der alten Galeere, die im Winter 1437/38 von Konstantinopel nach Venedig fuhr.

In Körperschleifen bewegte sich die Schiffskatze unschlüssig vorbei an den Männern auf ihren Strohlagern.

– Wir hätten leicht sterben können, Bessarion.

– Wir haben überlebt.

– Wir haben ein Licht gesehen, Bessarion.

– Das wir nicht verstanden haben.

– Unser Nichtwissen ist kein Mangel. Es ist eine Notwendigkeit.

– Ich bin müde.

– Nur weil Gott nicht erkannt werden kann, ist er das Absolute. Das hat Konsequenzen für das Denken.

– Morgen, Nikolaus, morgen wieder.

Cusanus setzte sich auf, doch so, daß er Bessarion dabei nicht wegstieß. Er zog die Knie an. Das Denken muß das Gegenteil mitdenken.

– Nikolaus, willst du nicht etwas vorlesen?

– Ich kann es gerade nicht anders sagen. Aber Gott muß das Größte und das Kleinste zugleich sein. Sonst ist er nicht das Eine. Nicht die Unendlichkeit. In diesem menschlichen Paradox, daß Gott das Größte und das Kleinste zugleich ist, weil er eben alles ist, fallen die Gegensätze zusammen. Gott ist der Zusammenfall der Gegensätze. Und dieses Zusammenfallen ist unsere Möglichkeit, das Paradoxe zu denken.

– Das ist nicht zu denken.

– Deshalb ist es eine Annäherung.

Die Katze kam und rieb ihren Kopf schnurrend gegen seine Wade.

– Aber, Bessarion, in der Milch der Gleichnisse kann man sich dem Paradox nähern.

– Gib sie mir zu trinken!

Das Schiff segelte ruhig durch die nun blaue Nacht, die langsam der Dämmerung wich. Der Himmel hatte aufgeklart, die Mondsichel war blaß. Und Cusanus sprach weiter.

Du kennst doch diese Bilder von Gottes Angesicht, die so gemalt sind, daß wir glauben, seine Augen folgen uns. Egal ob einer von Osten oder von Westen an diesem Antlitz Gottes vorbeigeht, er hat das Gefühl, die sehend gemalten Augen Gottes begleiten ihn. Und wenn einer still vor diesem Bild steht, schauen die Augen ihn auch an. Die Augen dieses Bildes sind also bewegt und unbewegt zugleich. Die Gegensätze Ruhe und Bewegung fallen zusammen in einem absoluten Schauen. Und wenn einer von Osten nach Westen geht und ein anderer in der entgegengesetzten Richtung und ein dritter vor dem Antlitz stehen bleibt, erfährt jeder der drei, daß die göttlichen Augen auf ihm ruhen. Dieses Sehen ist also absolut.

Cusanus schwieg eine Weile, als müsse er seinen Worten nachhorchen, bevor er für den Freund neue fand.

Und es ist zugleich auch noch anders: Wir sehen Gott, indem er uns sieht. Und indem er uns sieht, sieht er sich mit seinen spiegelnden Augen. Oder wieder anders: Gott erschafft sehend. Das Sein der Schöpfung ist zugleich das erschaffende Sehen Gottes. Und indem er uns sehend erschafft, erschafft er sich ein Selbstbildnis seiner Unendlichkeit in unserer Vielfalt.

Damit aber erschaffen auch wir ihn, indem wir ihn als durch ihn Sehende anschaun.

Bessarion lachte auf.

– Ach Nikolaus! Nicht schlecht. Auch wenn das doch höchst spekulativ ist.

– Es ist nicht spekulativ. Es ist genau. So genau es eben geht. Wir neigen dazu, dem absoluten Sehen ein menschliches Antlitz zu geben. Nur damit wir es leichter verstehen. Würde ein Löwe das Angesicht Gottes fassen wollen, gäbe er ihm ein löwenähnliches Gesicht, ein Adler ein adlerähnliches.

– Und was war mit der Würde und der Liebe?

– Mir kam der Gedanke eben so. Wir sind gottähnlich, indem wir Gott sehen, wie er uns sieht. Wir sind schöpferisch wie er. Was wäre das Schöpferischste, wenn nicht die Liebe? Und über die Liebe ist auch die Dreieinigkeit zu verstehen.

– Erklär sie mir!

– Ich bin einer, der ich ein Liebender bin, und derselbe, der ich auch liebenswert bin, und ebenderselbe, der ich den Liebenden mit dem Liebenswerten verbinden kann dadurch, daß ich mich selbst liebe. So bin ich dreifach einer. Aber nicht drei.

Und die Katze hob ihren Kopf. Und die Zeit sprang zurück.

Und Cla erschrak.

Baran sah grau aus. Er mußte abgenommen haben. Seine Wangen waren knochig. Sein Mund schmal. Cla stand auf. Sie standen sich gegenüber. Sie hielten sich gegenseitig an den Schultern und sahen sich an. Wie zwei Verurteilte, dachte Cla. Wir stehen da wie zwei Verurteilte.

Das Leben um sie herum war laut. Das heisere Schreien der Vögel, das Klappern des Metalls der Essenden, ihre Stimmen, Rufe von Handwerkern. Die Hupen der Taxis. Frauen diskutierten aus Fenstern über die Straße hinweg. Und all das Laute vermischte sich zu einer Hülle, einem Klangnebel, der sie einschloß.

Es war Cla, der ihr Innehalten unterbrach. Komm, sagte er, komm. Baran schien willenlos. Cla legte Geld auf den Tisch und zog den Freund weiter, die Hand auf dessen Schulter gelegt. Gehen wir zu dir? fragte er. Baran nickte.

– Du bist nüchtern?

– Sicher.

Immerhin sprach er.

– Wo kommst du her?

– Zu meinem Freund.

Cla drehte sich zu ihm um, umarmte ihn und küßte ihn auf den Mund.

– Oha. Auf offener Straße!

– Es ist eine Seitenstraße! Mein Gott, Baran.

– Allah mag Schwule nicht.

Immerhin sprach er! Immerhin wurde er etwas lockerer.

– Allah ist kein Spießer.

Was du nicht sagst, Engadiner, sagte er. Aber er sagte es merkwürdig stumpf, wie etwas, das er nur zitierte.

Sie gingen weiter, nah beieinander. Cla hatte seine Hand auf Barans Rücken gelegt, als müsse er ihn führen. Der Weg war nicht weit, aber Cla spürte jeden Schritt. Er war dankbar für jeden Schritt. Baran war an seiner Seite. Er spürte beim Laufen seinen Oberkörper, seine Flanke, seinen Schenkel. Baran war da!

– Ich habe dich gesucht. Wo bist du gewesen?

Baran antwortete nicht. Ein dunkler Hund suchte mit der Schnauze dicht über dem Boden um eine Mülltonne herum. Der Weg war steil, und die Bordsteinkanten waren ausgebrochen. Sie wichen Weggeworfenem aus. Sie gingen über Sand und städtisches Geröll. Es waren wenige Schritte, aber Cla ging jeden Schritt bewußt, als seien dies die wichtigsten Schritte, die er je gemacht hatte.

Eine junge Frau mit hennagefärbten Haaren kam ihnen entgegen, sie zog einen kleinen Jungen hinter sich her, der einen Stock über die Zäune streifen ließ, über die geriffelten Bäuche der Mülltonnen und sich an der Musik freute, die er damit machte. Zwei Katzen sprangen, sich im Spiel jagend, vorbei.

Cla sah schon die dunkelblaue Tür mit dem alten Messingknopf, hinter der Barans Wohnung lag, das Klingelschild mit den vielen Namen. Sie überquerten die Straße. Sie blieben vor der Tür stehen. Sie sahen sich an.

Bleibst du bei mir? fragte Baran. Sein Blick war dunkel und ruhig. Wimpern wie Lanzen. Der Wind fuhr ihm durch die Haare. Er strich sich eine Locke aus der Stirn.

Dann strich er Cla eine Strähne aus der Stirn.

Und da sagte Cla Ja.

IX. Bosporusfähre İstinye – Eminönü

Amin oder Ave und Ahoi!

1

Er war den Bosporus entlang von Tarabya nach İstinye gelaufen. Er hatte die salzige Kälte des Winds über dem Wasser geatmet. Die auffliegenden Möwen schrien Zuversicht. Im Teegarten neben der Anlegestelle trank er einen türkischen Kaffee.

Als die Fähre auf die Bucht von İstinye zusteuerte, stand Cla auf. Das Schiff kam von Rumeli Kavağı, dem letzten Hafen vor dem Schwarzen Meer auf der europäischen Seite; es würde die Küste entlang bis Eminönü weiterfahren.

Er stieg die Treppe hinauf an Deck. Über dem Ufer standen einige barocke Wolken auf einem ganz hellblauen Himmel. Am Pier rannte eine junge Frau im Tschador, sie wollte die Fähre noch erreichen. Sie machte weite Schritte in blauen Turnschuhen. Der Kapitän mußte sie ebenso sehen. Würde er warten?

Als die Fähre im Rückwärtsgang stockend losfuhr, kam sie schwarz wehend atemlos die Treppe herauf. Sie setzte sich in die Mitte der mittleren Bänke. Als könne sie sich so unsichtbar machen.

Aber als Cla ihr jetzt zulächelte, lächelte sie zurück.

Alva war seit einigen Tagen in der Stadt. Sie hatte angerufen. Sie wohne in einem Hotel beim Galataturm. Sie klang entspannt. Es hatte ihn erstaunt, daß sie ihm nicht im voraus Bescheid gesagt hatte, daß sie vorhabe, nach Istanbul zu kommen. Sie könne, erzählte sie, vom verglasten Frühstücksraum über das Goldene Horn sehen und hinüber auf die großen Moscheen. Und von der Terrasse aus schaue sie im Abendlicht über das Band des Bosporus nach Asien. Ob er sie treffen wolle?

Warum bist du hier? hatte er gefragt. Sie mache ein paar Tage Ferien. Das wunderte ihn. Und fast hätte er gefragt: Warum ausgerechnet in Istanbul? Es schien ihm unsinnigerweise so, als sei die Stadt schon besetzt. Besetzt von Baran und ihm.

Sie hatten sich in Mails, in Telephonaten getrennt. Nach ihrer letzten langen Nachricht hatte er, wie sie es wünschte, nicht mehr geschrieben. Das heißt, er hatte noch geschrieben, daß sie sich immer an ihn wenden könne, wenn sie es wolle. Er sei für sie da; sie seien doch Freunde. Und das hatte für ihn nicht falsch geklungen, aber etwas schal.

Er hatte gehofft, daß seine Zurückhaltung ihr mehr helfen würde als seine Nähe, und sich nun auf ein Leben mit Baran eingelassen.

Ihr Zusammensein war neu und vertraut. Alltäglich und unwirklich zugleich. Sie teilten ein Bett (von Baran in seiner Jugend geschreinert), ein Badezimmer (ausgeschlagene blaue Kacheln), einen Küchentisch (uraltes Erbstück von der osmanischen Großmutter).

Sie suchten nach einer größeren Wohnung.

Er staunte immer noch über diesen Zustand der Zweisamkeit. Und dabei war er seltsam ruhig. Aber diese Ruhe kam nicht von Baran. Sie kam aus ihm selbst. Den Gedanken zulassen. Er hatte den Gedanken zugelassen. Er war nun ein Mann, der einen Mann liebte. Was für ein kleiner, von außen gesehen vermutlich banaler, vielleicht rührender Schritt. Zumal in dieser von ihm empfundenen Ernsthaftigkeit.

Aber welche Wende in seinem Leben.

Baran ging seinen bunten Beschäftigungen nach. Er kellnerte aushilfsweise, fuhr für die Taxizentrale Cihangir, wenn ein Fahrer ausfiel. Gab Schülern und Gewerbetreibenden Nachhilfe in Türkisch oder Griechisch oder Englisch oder Deutsch. Er war ein Spieler, und es machte ihm nichts aus, wenn er nicht immer perfekt war. Manchmal verfaßte er polyglotte Kondolenzschreiben oder Liebesbriefe. Für zwei alternative Reisebüros, die auch Ausflüge nach Armenien anboten, gab er Stadtführungen. In Bebek, einem der teuersten Viertel Istanbuls, war er bei einer Diplomatenfamilie Babysitter, wenn das zuverlässige philippinische Kindermädchen einmal nicht konnte. Aber sein Herz schlug für ein Leseprogramm in einem kleinen selbstorganisierten Theater in einer der steil zum Bosporus abfallenden Seitenstraßen der İstiklal. Zusammen mit der griechischen Dramaturgin hatte er einen Kaváfis-Abend entwickelt. Vier Schauspieler lasen die Gedichte des Griechen, der zwei Jahre in Konstantinopel gelebt hatte, auf Griechisch, Türkisch, Arabisch, Französisch. Eine Sängerin interpretierte sie.

– Kaváfis hat in Yeniköy gelebt. Mit seiner Mutter. Er war 19, als er herkam, und 22, als er wieder ging.

– Und?

– In dieser Zeit wurde ihm klar, daß er schwul war. Komm'
her!

Baran fuhr ihm kurz durch die Haare.

– Wir finden auch etwas für dich!

– Ich habe doch dich!

– Wir finden eine Arbeit für dich, Engadiner!

Und sie schrieben Bewerbungsschreiben. Für die Deutsche
Schule, die Österreichische Schule, ein privates Elitegymnasi-
um. Das österreichische Krankenhaus. Einige Import-Export-
Firmen, die Geschäfte mit Deutschland machten.

Abends saßen sie in der Küche.

Baran fragte: Wie viele Geschlechter gibt es?

– So viele, wie es Menschen gibt.

– Das klingt schön, Engadiner. Sag mir, und er griff nach
seinem Täschchen mit dem Tabak, gibt es einen Heiligen Geist
des Geschlechts?

Sie lachten. Cla nahm einen Schluck Raki. Sicher, und er ver-
mittelt zwischen dem Allgrund und all den erbärmlichen Liebenden.

Baran zupfte Tabak hervor, legte ihn in das Blättchen, drehte. Mit dem Allgrund der Liebe kann ich weniger anfangen,
er leckte über das Papier, schloß die Zigarette. Aber all die erbärmlichen Liebenden interessieren mich.

Manchmal liebten sie sich stehend am Fenster, beim Weinen
der Möwen und dem schreienden Orchester des Feierabend-
verkehrs, als vermählten sie sich mit dieser Stadt.

Ein hochbeladenes Containerschiff kam entgegen. Es fuhr knapp an der asiatischen Küste entlang. Die bunten Metallquader, braun, blau, grau, auch in Rostfarben, die nach Orange und Rosa hin spielten, wirkten trotz ihrer Größe klein wie aus dem Legokasten. Wie groß sie waren, entschieden die Bäume, die hinter ihnen am Ufer wuchsen. Die weiße Brücke des Frachters, von der Sonne beschienen, glänzte, als feiere sie die Fahrt.

Und Baran hatte ihm Sinan gezeigt. Seine Hamams, seine Moscheen. Und er, der katholische Kirchen kannte mit all ihren gefolterten Heiligen, lanzendurchbohrte, blutüberströmte Jünglinge mit schmerzverzerrten Gesichtern, hatte aufgeatmet in der hohen Heiterkeit der lichtdurchfluteten islamischen Gotteshäuser.

Cusanus mußte diese Moscheen als »coincidentia oppositorum«, als Zusammenfall der Gegensätze verstanden haben. Denn was könnte schwerer sein als Marmor und was leichter als dieses Kuppelschweben, zu dem Sinan den Stein gebracht hatte.

– Man nannte ihn auch den Michelangelo der Osmanen. Soll ich ein wenig Fremdenführer sein? Hatte Baran gefragt.

Und er hatte genickt.

– Wir wissen wenig über ihn. Er war der Sohn griechisch-orthodoxer Christen, geboren in einem Dorf in Kappadokien, Mittelanatolien. Sagt dir die »Knabenlese« etwas?

– Eher die Weinlese. Entschuldige!

– Wie damals üblich, fuhr ein hoher Militär des Osmanischen Reichs mit seinem Sekretär übers Land. Sie gingen jeweils zum orthodoxen Priester und ließen sich die Taufregister zeigen. Dann verlangten sie, die Knaben zwischen 14 und 20 zu sehen. Man suchte die klügsten und schönsten für die Janitscharen. Das war die Elitetruppe des Sultans.

– Sie nahmen die Kinder einfach mit?

– Ja sicher! Und manche Eltern waren vielleicht auch froh. Es war eine Auszeichnung, vom Sultan erwählt zu werden.

– Wieso wollte der Sultan Christenkinder?

– Vermutlich schätzte er das Fremde, das Exotische, das er nach seinem Willen umbilden konnte. Diese Jungen legten, freiwillig oder nicht, das muslimische Glaubensbekenntnis ab, wurden beschnitten und dann, abgeschottet von der Außenwelt, in Palastschulen erzogen.

– Elternlos, bindungslos.

– Ja, sie gehörten jetzt dem Sultan. So kam der junge Sinan also nach Istanbul. Vermutlich absolvierte er das für Janitscharen übliche exquisite Ausbildungsprogramm: Türkisch, Persisch, Arabisch, Kalligraphie, Literatur, Theologie, Recht, aber auch Reiten und Bogenschießen. Zudem hat Sinan noch Zimmermann gelernt. Seine Jugend waren Feldzüge; sie brachten ihn durch Europa und Asien. Er machte Karriere; nach einem Irak-Feldzug stieg er auf zum Oberst in der Leibgarde des Sultans. Gleichzeitig arbeitete er als Militäringenieur, baute Festungen, Brücken, auch Schiffe.

Er ist fast 50 Jahre, als er seinem Leben noch einmal eine Wende gibt. Architektur interessiert ihn schon lange; er hat seldschukische und arabische Werke gesehen, Bauten des islamischen Mittelalters, vor allem aber die byzantinischen Kuppelkonstruktionen, ihre Weiterentwicklung im altosmanischen Reich. Die Hagia Sophia provoziert ihn. Er beginnt, Moscheen zu bauen. Moscheen mit umgebenden Sozialkomplexen, also Bibliotheken, Schulen, Krankenhäuser, Volksküchen, Karawansereien. Die folgenden Jahre bis zu seinem Tod – er wird unter vier Sultanen fast 100 Jahre alt –, arbeitet er an der Leichtigkeit des Steins.

– Leichtigkeit des Steins. Ach Baran, komm, laß dich küssen.

Aber Baran hatte nur eine wegwerfende Armbewegung gemacht und weitererzählt.

– Er baute und baute. Fast 500 Werke von ihm sind bekannt, darunter spektakuläre Brücken und Aquädukte. Er hatte ein Gefolge von am Ende etwa 30 Architekten; und ein Drittel davon waren nichtkonvertierte Christen.

– 30 Architekten?

– Die Arbeiter hat keiner gezählt. Er wollte mehr und mehr. Immer neue Variationen des Zentralkuppelraums. Höher, weiter, von Bögen getragen, die Gewichte verteilt. Die Kuppeln pyramidisch ansteigend, im Innenraum ein Spiel mit der optischen Rotation.

Und sie standen, Rücken an Rücken, im Kosmos Sinanscher Kuppeln. Schwindelbereit. Und er hatte gesehen: Sinan unterlief die Masse durch Anmut.

– Schau, diese blau schimmernden Schattennischen, Paneele aus den schönsten Kacheln, Schriftzüge, die sich pflanzenhaft mit Ornamenten verbinden. Tulpen neigen sich wie heilige Botschaften.

– Siehst du diese Abzugsnischen? Er fing den Rauch der Öllampen auf, führte ihn in versteckte Kammern. Und aus den rußigen Ablagerungen an den Wänden ließ er Tinte herstellen.

Sie saßen in den lichten Innenhöfen, frisches Wasser plätscherte aus marmornen Brunnen. Sie waren mitten in der Stadt und doch enthoben. Und er dachte an die Ruhe im Hochgebirge.

– Hat er nicht auch Stille gebaut, Baran.

– Demokratische Stille. Diese schönen Plätze vor den Moscheen sind ja öffentlich. Hier darf jeder sein. Alle sind willkommen.

– Künstliche Paradiese. Zum kleinen Verweilen, zur Aufmerksamkeit, die das erste Gebet ist. Kann es sein, daß er so etwas wollte wie den Vorschein einer himmlischen Herrlichkeit?

– Wenn du willst, Engadiner. Ich weiß nicht, ob Sinan fromm war. Aber offensichtlich lag ihm etwas an der Kostbarkeit des Lebens.

Baran sah zu Kindern, die begonnen hatten, um den Marmorbrunnen Fußball zu spielen. Man nannte ihn auch Euklid seiner Epoche. Er konnte Schönheit berechnen.

Und Baran, so schien es Cla, dieser schmale, nicht besonders große Mann mit der persischen Nase und dem dunklen Blick, zog Schönheit an. Ja, er schien Schönheit zu entzünden, ein flammenbereites Streichholz für Glanz.

Einmal, nach einem zeitvergessenen Nachmittag – Baran hatte ihn in Tarabya besucht –, waren sie den Bosporus entlang bis Yeniköy gelaufen und hinüber auf die asiatische Seite nach Beykoz gefahren. Sie saßen dicht beieinander an Deck. Es war eine kleine Fähre, die ihren Weg jede Viertelstunde aufnahm und die in keinem Fahrplan stand. Sie hatte eine Zeltplane als Dach.

Na, was ist das, fragte Baran und lehnte, den Kopf im Nakken, seinen Oberkörper gegen ihn, und er war seinem Finger gefolgt, der hinauf zur Unterseite der Zeltplane zeigte. Er sah Schmutzflecken auf dem hellgrauen Stoff. Und dann bewegte sich etwas. Etwas, das er noch nicht bemerkt hatte. Es tupfte auf und war weg, es war schnell und abrupt wie in einem Comic. Tap, tap, tapatapatapatap, tap, tap. Tap, tap. Immer zwei nebeneinander: tapatapatapa tap.

– Es sind ja Füße! Die Füße der Möwen. Die Möwen fahren mit und laufen auf der Dachplane hin und her. Das ist so komisch!

Tap, tap, taptaptaptaptap.

Sie lachten.

– Und wie sehen sie aus, Cla, diese Füße, so von unten gesehen? Schau ganz kalt hin! Kalt wie eine Kamera, und dann sag!

Er hatte auf das Spiel der Füße gesehen. Er wußte, es waren Zehen, die mit Schwimmhäuten verbunden waren.

– Wie Fächer.

– Sei mutiger!

Er zögerte. Nein, nicht wie Fächer. Wie Rochen, Baran, wie kleine Rochen! Ich habe noch nie die Füße der Möwen von unten gesehen und gesehen, daß sie aussehen wie kleine Rochen!

Baran legte seinen Arm um seine Schulter.

Und Cla wußte, daß er dieses Glück nicht vergessen würde.

Ein Teeverkäufer kam rufend mit seinem Tablett. Cla nickte ihm zu.

Alva und er hatten sich bei der Anlegestelle Eminönü verabredet. Die Fähre würde 16.45 Uhr dort sein. Er war unruhig. Ende des Monats hätte er sie in Chur treffen können, das wäre ihm lieber gewesen. Er würde für eine Woche in die Schweiz fliegen, um Bürokratisches zu klären, auch an seiner Schule war noch einiges zu regeln. Aber nun war sie in Istanbul.

Alva nicht zu treffen wäre einer Beleidigung gleichgekommen. Und er freute sich ja auch, sie zu sehen. Er würde eine mögliche Befangenheit seinerseits aushalten können. Aushalten wollen.

Er atmete tief durch. Er konnte den Geruch nicht beschreiben, aber er würde ihn blind wiedererkennen. Immer war dieses Wasser neu, die Muster der Ufer, der Wind, der einen leicht machte. Er fuhr den Bosporus entlang. Er fuhr auf der vermutlich schönsten Wasserstraße der Welt. Ein Flußlauf mit zwei entgegengesetzten Strömungen. Unten das stark salzige Wasser aus dem Marmarameer, das zum Schwarzen Meer fließt. Oben die größeren, leichteren Wassermassen aus dem Schwarzen Meer, die zum Marmarameer hinziehen. Und doch war es *eine* Wasserstraße.

Er bewegte sich hier auf der Fähre über die Meerenge zwischen zwei Kontinenten. Und doch war er in *einer* Stadt unterwegs.

Er lebte und liebte in Istanbul. Das für ihn, der die Gegensätze verband, auch Konstantinopel war. Und immer noch Byzanz.

Die Fähre näherte sich der zweiten Brücke und passierte nun langsam die Burg Rumeli Hisarı. Wie eine Festung aus einem Bastelbogen stieg ihr brauner Steinkörper mit Mauern und Zinnen, Türmen vom Bosporus hinauf zu den Hügeln. Mehmed der II. hatte die Anlage 1452 in Windeseile bauen lassen. Unter den Händen von 3000 Arbeitern war das Fort in kaum fünf Monaten entstanden.

Und als die Byzantiner das beobachteten, war ihnen klar, was der Sultan vorhatte.

Cla sah hinüber zur korrespondierenden Festung auf der asiatischen Seite. 60 Jahre vor Mehmed II. hatte Sultan Bayazid dort drüben die Burg Anadolu Hisarı mauern lassen, um den Schiffsverkehr auf dem Bosporus zu kontrollieren. Die Meerenge hatte hier mit etwa 700 Metern ihre schmalste Stelle.

Cla trank Tee. In Heckwellen, Schaumkämmen, Strudeln mischte sich das Wasser mit Wasser.

Ende Mai 1453. Im Lager des 21jährigen Sultans herrscht Uneinigkeit. Seit sieben Wochen läßt er Konstantinopel belagern und kommt so gut wie keinen Schritt voran. Seine Ratgeber widersprechen sich. Zwar hat er das gesamte osmanische Heer, immerhin 80 000 Kämpfer, versammelt, ihm stehen höchstens 10 000 Byzantiner und Lateiner entgegen. Aber die Griechen und die ihnen verbündeten Genueser, Venezianer, auch Männer aus Kalabrien, verteidigen die Stadt von der Höhe ihrer Mauern herab. Konstantinopel ist umgeben von einem 21 Kilometer langen Stadtwall, zum Teil mit Gräben und mehreren Mauern verstärkt. Es dürfte die bestgesicherte Stadt ihrer Zeit gewesen sein.

Als guter Muslim darf Mehmed II. die Stadt nur stürmen, wenn die Christen sich ganz und gar störrisch zeigen. Die letzten Verhandlungen finden am Freitag, den 25. Mai, statt. Der junge Sultan erwartet, daß die Bewohner Konstantinopels sich zum Islam bekennen oder ihm einen jährlichen Tribut zahlen.

Aber der byzantinische Kaiser Konstantin XI. ist bankrott. Und sein Volk betet vor Ikonen.

Ende April war das mit einer Eisenkette gesicherte Goldene Horn von den Byzantinern nicht mehr zu halten gewesen. Der junge Sultan hatte eine größenwahnsinnige Idee umgesetzt. Er ließ seine Schiffe, die am Bosporus vor Anker lagen, da, wo heute der Dolmabahçe-Palast steht, auf dem Landweg ans Goldene Horn bringen. Auf dem Landweg. Er hatte eine grabenartige Straße bauen lassen, sie wurde mit geschmierten Rollen ausgelegt. Die Schiffe bekamen besondere Segel und wurden so, mit Hilfe des Windes und schiebender Männerkraft, über die Hügel bewegt.

Als in der Stadt klar ist, daß es zum entscheidenden Angriff kommen wird, strömen die Menschen in die Hagia Sophia. Wenn nichts mehr hilft, hilft ein Wunder! Und das Wunder sind auf einmal sie: Unionsbefürworter und Unionsgegner, Griechen und Lateiner, Venezianer und Genueser, Personen, die sich im Namen Christi oder der Handelsinteressen befeindet haben, gehen nun Seite an Seite, um gemeinsam zu beten und die Heilige Messe zu feiern. Orthodoxe Priester stehen neben römisch-katholischen und teilen das Abendmahl an alle aus. Im Licht der Honigkerzen leben die Ikonen. Wann, wenn nicht jetzt? Man folgt den Vorsängern und singt die Melodiebögen des Terirem nach. Eine Gemeinde, ein Körper, ein Klang. Für eine Sekunde der Weltgeschichte ist die Christenheit wieder vereint.

Der Sturmangriff beginnt am Montag, dem 28. Mai, abends. Während in der Hagia Sophia das Singen und Beten, das Hoffen gegen jeden Verstand die Verzweifelten durch die Nacht trägt bis in den fatalen Morgen hinein, sind die türkischen Streitkräfte gegen die Mauern gerückt. 30 bis 40 000 Reiter, internationale Söldner zu Fuß, anatolische Geschütztruppen, die 69 Kanonen mitführen, darunter eine eigens entwickelte Kanone, die sieben Mal am Tag Kugeln von bis zu 600 kg abfeuern kann. Schließlich die Elitetruppe der Janitscharen, die Mehmed selbst kommandiert. Nacheinander formieren sie sich zu Angriffen rund um die Land- und Seemauern. Sie schütten Gräben auf, positionieren die Kanonen, schießen. Schießen mit Feuerwaffen, Pfeilen, stellen Leitern an. Doch sie können die Mauern nicht wirklich zerstören, und schon gar nicht erklimmen.

Der Erfolg der Angreifer besteht vor allem darin, daß sie die Griechen, die sich von oberhalb der Mauern mit Steinen, Feuern, Pfeilen verteidigen, erschöpfen. Sie sind müde von den Kämpfen am Tag und dem Reparieren der Schäden an ihrem Bollwerk in der Nacht.

Es ist nach Mitternacht, als einige Janitscharen ein kleines Tor entdecken in der riesigen Mauer, fast verdeckt von einem Stützpfeiler. Die »Kerkoporta« war versehentlich offen geblieben. Eine halbe Hundertschaft dringt ein. Und sie wäre vermutlich noch zu überwältigen gewesen, wenn Giovanni Giustiniani Longo, der Anführer von 700 gutbewaffneten Genuesern und Griechen von der Insel Chios, die er in Eigenregie zur Verteidigung von Konstantinopel in die Stadt gebracht hatte, nicht zur selben Zeit verletzt worden wäre. Er muß eine charismatische Figur gewesen sein, dem zu verdanken war, daß Griechen, Venezianer und Genueser gemeinsam kämpften. Der Kaiser hatte ihn zur Verteidigung der prekärsten Stellen der Landmauer eingesetzt. Nun ist Giustiniani unfähig, weiter zu kommandieren. Er will auf eines seiner Schiffe gebracht werden.

Kaiser Konstantin versucht noch persönlich, ihn davon zu überzeugen, daß sein Bleiben zwingend sei. Aber der Adlige ist gebrochen. Er läßt sich davontragen – und wird in der Sicherheit des Schiffes, das entkommen kann, am 1. Juni mit 35 Jahren sterben.

Die Kampfmoral seiner Leute wurde durch seinen Weggang nicht gestärkt, viele Genueser flohen durch die »Kerkoporta«, das kleine offene Tor, weil sie dachten, auch ihr Anführer habe Fahnenflucht begangen. Und im Tumult fehlte jetzt eine überlegene Stimme. Kaiser Konstantin soll seine Hoheitszeichen abgeworfen und, sich des Todes gewiß, in die Menge gestürzt haben. Sein Leichnam wurde nie gefunden. So starb der letzte byzantinische Kaiser anonym wie seine Soldaten.

Es war in der Morgendämmerung des 29. Mai 1453, als die Türken riefen: Die Stadt ist unser. Und Mehmed II. sah zum

Himmel und sah die Sichel des abnehmenden Mondes. Sie sollte in die türkische Flagge eingehen. Legende, Wahrheit? Wahr wie eine Legende, dachte Cla.

Erzählt wurde auch ein anderer Blick. Der 21jährige Sieger, nun Erbe von Byzanz, habe den Mond und die Sterne gesehen als Spiegelung in einer Blutlache seiner gefallenen Krieger.

Später sei er auf seinem weißen Pferd durch die Gassen des geschundenen Konstantinopel geritten und habe bereut: »Welch eine Stadt wir doch der Plünderung und der Zerstörung anheimgegeben haben!«

Und er schenkte seinen neuen Untertanen Religionsfreiheit:

Ob Priester oder Mönche an einem Berg Unterschlupf finden, oder ob sie in der offenen Wüste, in einer Stadt, einem Dorf oder in einer Kirche wohnen – ich persönlich verbürge mich mit meinen Armeen und Gefolgsleuten für sie und verteidige sie gegen ihre Feinde. Jene Priester gehören zu meinem Volk. Ich nehme Abstand davon, ihnen irgendeinen Schaden zuzufügen. Es ist verboten, einen Bischof von seinen Pflichten abzuhalten, einen Priester von seiner Kirche fernzuhalten und einen Eremiten von seiner Unterkunft. Ein Muslim darf eine Christin, die er geheiratet hat, nicht daran hindern, in ihrer Kirche Gott zu verehren und den Schriften ihrer Religion Genüge zu tun. Wer sich gegen diese Anordnungen stellt, soll als Feind Allahs und seines Gesandten betrachtet werden. Muslime sind verpflichtet, sich bis ans Ende der Welt an diese Anordnungen zu halten.

Und Nikolaus von Kues schrieb unter dem unmittelbaren Eindruck der Eroberung Konstantinopels seine Abhandlung »De pace fidei«, Über den Glaubensfrieden, in dem er sich für die

Versöhnung der Religionen, vor allem des Christentums und des Islam, einsetzte.

Gab es diese Tür, die »Kerkoporta«, durch die die Osmanen letztlich doch in die uneinnehmbare Stadt Konstantinopel eindringen konnten? Oder waren die Osmanen am Ende überlegen und die Mauern nicht unzerstörbar?

War »Kerkoporta« ein Bild für alle die Türen, die wir uns öffnen wollen, zur Entlastung, wenn wir nicht zugestehen können, daß wir zu schwach sind.

Die Fähre hatte die zweite Brücke erreicht und verschwand in ihrem Schatten, um wieder im Licht aufzutauchen auf ihrer Route weiter Richtung Bebek.

Alva, dachte er. Unser Scheitern war kein Zufall, kein Versehen. Wir waren unser Byzanz. Einmal. Und dann wurden wir ein sinkendes Reich. Eine kostbare, aber nicht mehr zu haltende Stadt.

3

Von Ferne erschien der Hafen von Arnavutköy. Wie ein Klöppelspitzenband in Pastell standen die schmalen Holzhäuser an der Uferpromenade, filigrane Muster in Zimt, Grau, hellem Orange, Flieder. Er sah die Fischrestaurants mit den verglasten Fronten. Auf den Terrassen wehte das Weiß der Tischtücher ferienhaft.

Und dann dachte er, er täusche sich. Er stand auf und ging an die Reling.

Sie trug ein flaschengrünes Etuikleid. Ihre Augen lagen unter einer dunklen Sonnenbrille. Ihre Haare waren etwas kürzer geschnitten. Und als sie ihn jetzt auf dem Schiff entdeckte und ihm mit einem nur leicht winkenden Arm ein Zeichen gab, ergriff Cla ein seltsames Gefühl. Sie schien auf einmal etwas weltläufig Souveränes zu haben, das er an ihr nicht kannte. Warum stieg sie schon hier ein? Sie waren eine halbe Stunde später in Eminönü verabredet.

Sie kam die Eisentreppe herauf mit dieser Elastizität ihrer Hüften, die er so mochte. Ihre Beine waren braun, ihre Füße steckten in Ballerinas von der Farbe ihres Kleides. Ihr Gesicht schien fraulicher zu sein, als er es in Erinnerung hatte.

Und als sie nun so vor ihm stand, wußte Cla Bescheid.

Er sah ihr Haar, er sah ihre hohen Wangenknochen, die wenigen Sommersprossen auf ihren Nasenflügeln, ihren Mund.

Und er sah, daß Alva schwanger war.

Daß sie doch noch schwanger war.

Es war Mitte März! Die Mail, in der sie von der Kürettage sprach, hatte sie vor kaum vierzehn Tagen geschrieben.

Sie blieben voreinander stehen, lange, so schien es ihm. So, als ob ein Film gerissen wäre und man ihn erst wieder kleben mußte, damit die Vorstellung weitergehen konnte.

Dann begrüßte er sie mit einer wie hingehauchten Umarmung. Er hielt sie vorsichtig an den Schultern und bewegte sie dabei ein wenig von sich weg.

Er fragte nur mit einem ungläubigen Lächeln.

Ja, sagte sie und nahm die Sonnenbrille ab, um ihm in die Augen zu sehen. Ja.

Er nickte und ließ sie los. Er drehte sich um und ging ewige, sich dehnende Schritte, an den anderen Fahrgästen vorbei, die hölzernen Reihen der Fähre entlang bis gegen das Heck hin, wo die türkische Fahne im Wind herabhing. Sie war schwanger. Und wieder war da dieser Marionettenspieler, der sich allerdings deutlich mit den Fäden verhedderte.

Aber Cla ging weiter.

Sie folgte ihm. Das Schiff röhrte im Rückwärtsgang, gleich würde es drehen und seinen Kurs wieder aufnehmen. Er sah sich nach freien Plätzen um, die etwas Abstand zu den anderen Fahrgästen hatten. Sie setzten sich. Alva lehnte sich zurück und hielt ihr Gesicht in die Sonne. Sie schwiegen. Cla sah blicklos über das Wasser in die kauenden Wellen. Das Schiff gab ein Signal. Möwen flatterten auf. Ein kleiner Junge hatte begonnen, ihnen Stücke seines Sesamkringels zuzuwerfen. Cla schaute auf und sah, wie die Möwen in der Luft ihre zarten rosa Füße an ihr weißes Bauchgefieder anlegten. Er sah über sich zum Dach der Fähre, aber es war aus Metall.

Sie war schwanger, und durch sie würde er Vater. War Vatersein eine Identität? Was hatte Vatersein mit ihm zu tun? Er hatte ein neues Leben begonnen. Und Alva wußte das.

Alva schlug die Beine übereinander.

Warum? fragte er.

Alva hielt ihren Kopf im Nacken, das Sonnenlicht des späten Nachmittags fiel auf ihr Gesicht. Ihre Sonnenbrille steckte auf dem Haar. Ihre Gesichtszüge waren entspannt.

Ja, sagte sie, ohne sich weiter zu bewegen, ich habe gelogen.

Ich habe gelogen, um die Wahrheit zu finden. Für mich.

Cla sah von ihrem Gesicht hinunter über ihren Busen, ihren Bauch, die schmalen Knie, die Ballerinas, den Farbanstrich des Bodens.

Die Fähre pflügte sich voran durch die Wasser des Bosporus, der heute von öliger Schwere war unter einer seidigen Haut, die reflektierte.

Alva hob ihren Kopf, wandte sich ihm zu.

Ich wollte, daß du dich für mich entscheidest, und nicht, daß du mich in Kauf nimmst, weil ein Kind kommt.

Ihre Augen waren dunkel und jung. Und Cla wußte wieder, warum Alva möglich gewesen wäre.

– Ich wollte nicht, daß du ein Leben akzeptierst, in das du hineingerutscht bist, das du aber nicht gewählt hast.

Ihre Lippen hatten einen verwegenen Schwung, der nicht nur mädchenhaft war, wie er jetzt erkannte. Er fühlte, daß eine Erinnerung an eine Erregung in ihm aufstieg. Und sich wieder entzündete, an dieser neuen Alva.

– Deine Haare, sie –

– Vermutlich habe ich früher gespürt als du, daß du Baran liebst. Ich habe etwas an dir entdeckt, das es für uns, für mich nicht gab. Eine Ernsthaftigkeit, eine Verletzbarkeit, etwas Weiches und zugleich Stolzes. Auf einmal habe ich gewußt, daß du mit mir nicht glücklich werden würdest. Und ich mit dir auch nicht. Wir hätten ein gemeinsames Leben leisten können. Pragmatisch. So wie es viele tun. Aber das wollte ich nicht.

Und nun spürte Cla noch einmal eine Feuerwand von Scham in sich aufsteigen. Warum war er mit dieser Frau nicht genau gewesen?

Er sah hinüber zum Ufer. Sie fuhren vorbei an den großen Schiffen der Küstenwache, an luxuriösen Ausflugsdampfern, die hier vor Anker lagen. An Villen aus drei Jahrhunderten. Langsam näherte sich die erste Brücke. Der exquisite Nachtclub, in dem in der Silvesternacht jugendliche Islamisten Sprengsätze gezündet und um sich geschossen hatten, lag da wie ein ausgeweideter Kadaver. Die 39 Todesopfer waren meist junge Menschen. Jetzt zog die Fähre an dem Ort vorbei wie an einem Bild.

Der Schatten der ersten Brücke. Das Licht, in das sie entließ.

Welche Kraft hatte diese Frau neben ihm? Wer war er, daß er sie abgelehnt hatte? Hatte er sie abgelehnt? Er sah über den in der Sonne schimmernden Ansatz ihrer Oberschenkel. Er meinte, den Geruch ihrer Mandelhaut zu riechen.

Er hatte sie nicht angenommen.

Und nun trug sie sein Kind aus.

Er räusperte sich.

– Und als du also meintest, begriffen zu haben, daß ich das Kind nicht wirklich wollte, und als wir uns dann trennten, da hast du keine Abtreibung erwogen?

Sie richtete sich etwas auf.

– Ich bitte einen Gott, an den ich nicht glaube, daß er mich nie in die Situation bringen möge, über eine Abtreibung nachdenken zu müssen. Aber bei dir war ich in der Sekunde sicher. Nie würde ich ein Kind von dir abtreiben.

Sie schwiegen wieder.

Ein blaues Containerschiff mit der Aufschrift ARKAS überholte sie.

– Wird es ein Junge oder ein Mädchen?

– Ich möchte es nicht wissen. Wenn es ein Junge wird, nenne ich ihn Flurin; wenn es ein Mädchen wird, Florinda.

Sie sahen auf die Moschee von Ortaköy, ein verspieltes Kleinod am Wasser, gebaut wie für ein orientalisches Kindermärchen. Dann die alten Paläste der Sultanstöchter, die unter Atatürk in Schulen und Museen umgewandelt worden waren. Die Fähre steuerte den Hafen von Beşiktaş an.

Am Pier standen Menschen in aufbruchsbereiter Unruhe, die meisten waren nur leicht gekleidet. Sie wollten hinüber nach Üsküdar, nach Kadıköy oder noch weiter bis zu den Prinzeninseln mit ihren Pferdekutschen, Blütenkränzen, dem süßen Geruch von in Fett gebackenem Hefeteig und dem blauen Versprechen, daß das Leben ein Sommer war.

– Wann wird es geboren werden?

Sie lachte auf.

Den Termin solltest du errechnen können. Also Mitte September.

Cla dachte an die englischen Streublumenwiesen, und an die doppelte Schwangerschaftsgeschichte, die er ihr an Weihnachten bei ihrem letzten Zusammensein erzählt hatte.

Am Ufer glitt das Meeresmuseum vorbei – hier lag der alte osmanische Hafen. Hinter Zedern erschien der Dolmabahçe-Palast, in dem Atatürk starb und für drei Tage aufgebahrt wurde, damit das Volk von ihm Abschied nehmen konnte.

– Wie lange bleibst du noch? Wir könnten auf die Prinzeninseln fahren.

Sie zogen die Füße zurück und machten den neu Zugestiegenen Platz, die immer noch an Deck kamen. Es waren meist Touristen. Sie hörten Russisch, Arabisch, ein älteres Ehepaar in Wanderschuhen und Wanderblousons sprach Französisch.

– Das ist lieb, aber, weißt du, ich möchte Zeit. Zeit für mich, meine eigene Zeit in Istanbul.

– Warum bist du gekommen?

– Das fragst gerade du mich?

– Weil der Ort wichtig ist. Der Raum.

– Sicher. Ich wollte es dir in Istanbul sagen.

Sie streckte ihre Beine wieder aus, lehnte sich gegen das Holz in ihrem Rücken.

– Auf einer Fähre wollte ich es dir sagen, daß ich noch schwanger bin. Nicht nur wegen dir. Auch wegen mir. Und ich wollte mir einige Tage hier schenken. Diese Stadt macht mich glücklich. Es war schon so, als ich das erste Mal den Bosporus hinaufgefahren bin. Ich weiß nicht, wie lange das jetzt her ist. Lange. Ich war noch Schülerin. Ich werde wieder in die eine oder andere Moschee gehen. In die Kleine Hagia Sophia, in die Chora-Kirche.

– In die Zisterne?

– Vielleicht.

– Und eine Münze ins Wasser werfen neben der tränenden Säule?

– Eher um den beiden Medusen über ihre Wangen zu streichen.

Die großen Hotels zogen vorbei. Die Mimar Sinan Universität, die Baustellen von Kabataş.

Cla sah in die Bewegungen des Wassers, die in jeder Sekunde neue Metamorphosen erfand, die dann ausschwangen wie immer. Wie oft war er durch diese Meerenge gefahren! Die Bosporusfähren waren seine erste Heimat in Istanbul gewesen. Sie gaben ihm das Gefühl der Ruhe, die aus der Bewegung kam. Hier an Deck blieb er ein Ich und mußte keines sein. Er war aufgehoben und ausgesetzt zugleich.

– Wie geht es dir, Cla?

– Hast du keine Angst?

– Als alleinerziehende Mutter, meinst du?

– Du hast in der Schweiz acht Wochen Mutterschutz. Und dann?

– Ich habe eine Arbeit, die mir gefällt. Ich bin fest angestellt. Als Lehrerin kann ich oft zu Hause sein, ich habe viele Ferien. Vermutlich reduziere ich mein Deputat in den ersten Jahren. Ich habe etwas gespart.

– Natürlich helfe ich dir finanziell.

Sie zuckte mit den Schultern. Das ist schön, Cla. Aber wie soll das gehen? Mach es, wie es dir richtig scheint und möglich ist. Du wirst in Istanbul nicht viel verdienen. Zunächst jedenfalls nicht, denke ich.

– Ich habe etwas gespart. Und es gibt dieses Haus im Engadin.

– Du würdest dein Elternhaus verkaufen? Wirklich?

– Wenn ich das Geld zum Leben brauche. Wenn du und das Kind es brauchen. Warum nicht! Es ist eine Möglichkeit. Gerade ist das Haus gut vermietet. Die Mieter haben sogar die Hühner meiner Mutter wieder aufgenommen.

Ich kann dich unterstützen.

Und auf einmal spürte Cla etwas Unerwartetes. Etwas, mit dem er nicht gerechnet hatte. Es stieg in ihm auf, wie ein lange vergessenes, ruhiges Empfinden. Cla spürte Freude. Eine einfache Freude. Er spürte, daß er froh war über dieses kommende Kind. Es würde ein Kind geben, entstanden aus Alva und ihm. Und nun war er auch ein wenig stolz. Einen Flurin oder eine Florinda. Er sah sie, abwechselnd, ein Mädchen, einen Jungen, unter Skihelmen mit Rennbrillen, beim Fahrradfahren, in Anglerhosen am Inn oder Rhein.

Alva, sagte er, aber sie unterbrach ihn.

– Und vergiß nicht. Ich bin nicht allein. Ich habe Freundinnen. Das ist etwas Lebenswichtiges. Nebenbei – und nun lächelte sie mit einer Kühnheit, die er nicht erwartet hatte – Cla, seien wir genau: Es gab Männer vor dir. Warum soll es keinen nach dir geben! Ich möchte sicher nicht allein leben. Und wenn sich ein Mann trotz des Kindes für mich entscheidet, dann weiß ich doch, daß er mich meint. Und nicht sein Gewissen.

Sie setzte die Sonnenbrille wieder auf.

– Liebe und Schuld sind Geschwister.

– Wie meinst du das, Alva?

– Liebe macht abhängig. Und ein sicheres Gleichgewicht der Sehnsucht gibt es nicht. Daß du dich in Baran verliebt hast, ist nicht deine Schuld, und doch hast du mich damit verletzt. Alleingelassen. Ich hatte schlimme Wochen, Nächte. Aber an dem Kind habe ich nie gezweifelt.

Die Fähre zog Wellen in den fleischigen Körper des Bosporus. Und Cla verstand, warum sie das, was sie ihm sagen wollte, auf dieser Fähre sagen mußte.

– Ich liebe dich, Alva. Aber es gibt verschiedene Spielarten der Liebe. Du bist Teil meines Lebens. Und jetzt sowieso.

– Sei vorsichtig!

– Nein, ich meine nicht nur wegen des Kindes. Von dem ich ja glaubte, es gäbe es nicht mehr. Wir haben uns doch so getrennt, daß eine Freundschaft immer möglich blieb.

Sie schwieg.

– Und jetzt bist du nach Istanbul gekommen, um mir auf einer Fähre zu sagen, daß du doch noch schwanger bist. Das ist schön.

Sie rückte etwas ab von ihm.

– Ich bin nicht gekommen, um dich zurückzuholen. Ich bin gekommen, um dich loszulassen.

Die Häuserhänge von Cihangir erschienen wie eine Buntstiftzeichnung. Der Galataturm lag im späten Nachmittagslicht. Die Fähre steuerte Eminönü an im Strömungsfeld, da, wo drei Wasserstraßen strudelnd ineinander übergehen. Die Topkapı-Palastanlage wuchs, dahinter wuchsen die Minarette der Hagia Sophia, und die der Blauen Moschee. Die Neue Moschee am Ufer wuchs und mit ihr am Hang die Kuppel der Süleymaniye-Moschee mit ihren Minaretten. Je näher die Fähre dem Ufer kam, um so mehr verdichtete, ja schloß sich die Kulisse der Stadt. Es war wie ein Eintauchen in byzantinische, lateinische, osmanische Essenzen. Als könnten die Küsten sich um die Fähre schließen und sie nun weitertragen, mitnehmen über die Häuserhügel tief in die wogende Wüste der unabsehbaren Stadt hinein.

Die tieffliegenden Möwen überschrien den Lärm des Piers, die Warnhörner der Schiffe.

– Istanbul ist eine so wundersame, wunderbare Stadt. Alva war aufgestanden und an die Reling getreten. Cla sah ihren schmalen Rücken, die schönen Schultern. Sie drehte sich kurz nach ihm um: Vermutlich wirst du das bald anders sehen, wenn du immer hier wohnst. Hier arbeitest, einen Alltag hast.

Der Wind fuhr durch ihr Haar, ihr Kleid.

– Aber wir werden dich in Istanbul besuchen.

Sie schob die Ärmel etwas hoch. Und er sah, daß sie immer noch die kleine Schweizer Bahnhofsuhr mit dem roten Hirschlederband trug, die er ihr einmal geschenkt hatte. Ich meine, fuhr sie fort, wir werden euch in Istanbul besuchen! Baran und dich.

Er war hinter sie getreten. Ihre Locken berührten sein Gesicht. Beide sahen sie nun zur Galatabrücke mit den Anglern, in deren Rücken quietschend eine Straßenbahn vorbeifuhr.

– Und ich werde zu euch, zu dir und dem Kind, nach Chur kommen. Vielleicht kann ich ein ferner naher Vater sein.

Er hatte eine Hand auf ihre Schulter gelegt.

Aber Alva rückte etwas von ihm ab. Seine Hand hatte keinen Grund mehr und rutschte über ihren Oberarm. Unter ihrer dunklen Sonnenbrille lächelte ihr Mund. Sie bückte sich nach ihrem Rucksack am Boden.

– Sta bain, Cla.

– Was heißt: Sta bain! Was hast du vor? Wir trinken noch etwas zusammen oder nehmen ein kleines frühes Abendessen! Ich kenne hier ein schönes Restaurant, gleich über dem Platz vor der Neuen Moschee, oben im siebenten Stock.

Sie nahm seine Hand. Und er erschrak für einen Moment, weil er vergessen hatte, wie schmal sie sich anfühlte.

Die Fähre bremste rumpelnd. Ein Geräusch, als ob alle Schrauben und Scheiben der Motoren brechen würden. Im schwankenden Strom der Menschen gingen sie hintereinander die Eisentreppe hinunter. Alva tauchte geschmeidig durch die Wellen der Körper hindurch. Cla kam kaum hinterher.

Hör mal, rief er fast lachend, drängle doch nicht so, wir sind hier nicht am Skilift! Er versuchte ihr zu folgen.

Aber als er jetzt mit einem größeren Schritt auf das Festland sprang und sich nach Alva umsah, war sie vor der Anlegestelle in der Menge verschwunden.

Historische Personen, die eine Rolle spielen

Nikolaus von Kues, auch Cusanus (* 1401 in Kues an der Mosel, † 1464 in Todi, Umbrien), universalgelehrter Philosoph und Theologe, Diplomat.

Bessarion (* ca. 1403 in Trapezunt im nördlichen Kleinasien, † 1472 in Ravenna), byzantinischer Humanist, Theologe, Kirchenpolitiker, Übersetzer.

Joseph II. (* 1360, † 1439 in Florenz), Patriarch von Konstantinopel.

Johannes VIII. (* 1392 in Konstantinopel, † 1448 in Konstantinopel), byzantinischer Kaiser.

Georgios Gemistos Plethon (* ca. 1355 in Konstantinopel, † 1452 in Mystras), griechischer Philosoph und Kirchenpolitiker.

Dschalāl ad-Dīn ar-Rūmī, genannt Mevlânâ oder Rumi (* 1207 in Balch, heute Afghanistan, † 1273 in Konya), Dichter, auf ihn geht der Sufi-Orden der Tanzenden Derwische zurück.

Ramon Llull (* 1232 in Palma de Mallorca, † 1316 auf der Seereise von Algerien zurück in seine Heimat), universalgelehrter Philosoph und Theologe, Dichter.

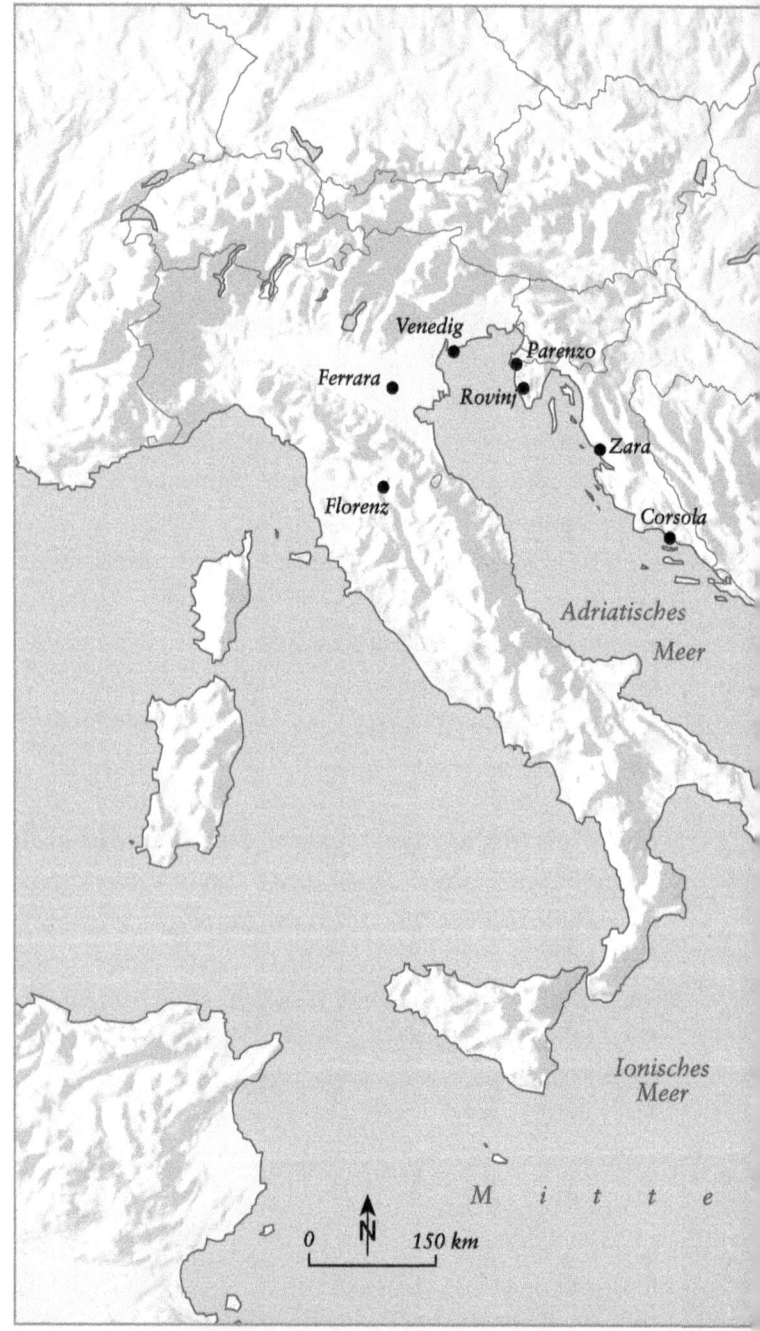

Schwarzes
Meer

Konstantinopel

Galliopoli

Madytos

Lemnos

Tenedos

Korfu

Ägäisches
Meer

Euripos

falonia

Kenchreai

Navarino

Methone

Sykia

e   e   r

© Kartografie Fischer-Leitl, München 2018

Dank

Die Autorin dankt der Kulturakademie Tarabya und dem Goethe-Institut Istanbul für die in jeder Hinsicht großzügige und aufmerksame Unterstützung ihrer Arbeit.

Dank gebührt weiterhin der Goethe-Stiftung Zürich, der Robert-Bosch-Stiftung (Förderprogramm »Grenzgänger«) sowie der UBS Kulturstiftung, mit deren Hilfe zusätzliche Reisen und Recherchen ermöglicht wurden.

In ihren Ausführungen über Nikolaus von Kues stützte sich die Autorin besonders auf die Arbeiten von Hans Blumenberg, Kurt Flasch (vor allem »Nikolaus von Kues in seiner Zeit«), Erich Meuthen und Hans Gerhard Senger (vor allem »Nikolaus von Kues. Leben – Lehre – Wirkungsgeschichte«).

Hans Gerhard Senger verdankt die Autorin zudem nicht nur vielfältige Hinweise (so etwa auf Tom Müller, »Die Konstantinopelreise der Basler Konzilsminderheit und der Gesandten Papst Eugens IV. (1437/38)«, Cusanus Jahrbuch 2015), sondern wertvolle kritische Anmerkungen zum Manuskript. Daß die Autorin trotzdem zugelassen hat, daß sich ihr Held Cla manchmal irren mag, akzeptierte der Gelehrte großmütig.

Ihrem Lektor Christof Bultmann dankt die Autorin für sein lebhaftes Engagement, seine Sensibilität und große Geduld.

Dieser Text bewegt sich auf dem freien Feld der Fiktion.
Eventuelle Ähnlichkeiten mit lebenden Personen sind zufällig.

Sollte diese Publikation Links auf Webseiten Dritter enthalten,
so übernehmen wir für deren Inhalte keine Haftung,
da wir uns diese nicht zu eigen machen, sondern lediglich auf
deren Stand zum Zeitpunkt der Erstveröffentlichung verweisen.

Penguin Random House Verlagsgruppe FSC® N001967

1. Auflage
Genehmigte Taschenbuchausgabe April 2023
Copyright © 2018 Luchterhand Literaturverlag
in der Penguin Random House Verlagsgruppe GmbH,
Neumarkter Straße 28, 81673 München
Covergestaltung: semper smile, München,
nach einem Entwurf von buxdesign, München
Covermotiv: ›Angelus Novus‹ by Sinan Cansel, Istanbul, 2016
Karte: Astrid Fischer-Leitl
Druck und Einband: GGP Media GmbH, Pößneck
cb · Herstellung: sc
Printed in Germany
ISBN 978-3-442-77322-0

www.btb-verlag.de
www.facebook.com/btbverlag

Angelika Overath

Unschärfen der Liebe
Roman

224 Seiten, Luchterhand 87634

Als Baran im schweizerischen Chur den Zug besteigt, ahnt
er bereits, dass nichts mehr so sein kann, wie es war. Sein
Lebenspartner Cla entfremdet sich von ihm. Und auch er hat
sich verändert. Er liebt Cla, aber nun hat er die Bündnerin
Alva, Clas vorherige Partnerin und Mutter ihres gemeinsamen
Kindes Florinda, kennengelernt. Was bedeutet diese
unerwartete Nähe?

Eine Zugreise von Chur bis nach Istanbul: Angelika
Overath erzählt eine west-östliche Fahrt durch den Balkan.
Wie viel Freiheit kann es geben zwischen drei Menschen
unterschiedlicher Kulturen, die einander suchen und sich
selbst finden?

»Eine der eigenständigsten Stimmen der deutschsprachigen
Literatur.«
Jochen Schimmang, taz

).Luchterhand
www.luchterhand-verlag.de

Angelika Overath

Alle Farben des Schnees
Senter Tagebuch

256 Seiten, btb 74418

Wie lebt es sich an einem Sehnsuchtsort?

Ferienorte sind flüchtige Heimat. Oft verbinden sie sich mit
dem Wunsch, für immer bleiben zu können. Und doch reisen
wir ab. In der Regel. Die Reporterin und Romanautorin
Angelika Overath hat sich zusammen mit ihrem Mann und
dem jüngsten Sohn aufgemacht, aus einem Traum Realität
werden zu lassen. Die Familie ist nach Sent ins Unterengadin
gezogen. Ihr Buch erzählt, wie sich Wahrnehmungen und
Lebensweise ändern, wenn das Feriendorf in den Bergen zum
festen Wohnort wird.

» ... spannender als jeder Roman.«
Brigitte

»Ein wunderbares Buch: unprätentiös die Autorin, heiter und
neugierig die Grundstimmung, still und poetisch der Stil.«
Financial Times Deutschland

btb